T0068205

AVENTURAS DE LOS DESVENTURADOS ANTOLOGÍA

ENTRE "CUENTOS Y LEYENDAS"

AVENTURAS DE LOS DESVENTURADOS ANTOLOGÍA

-Once Relatos Cortos de Ficción-

Katia N. Barillas

Copyright © 2018 por Katia N. Barillas.

Número de Control de la Biblioteca del Congreso de EE. UU.:		2018901271
ISBN:	Tapa Dura	978-1-5065-2379-8
	Tapa Blanda	978-1-5065-2380-4
	Libro Electrónico	978-1-5065-2381-1

Todos los derechos reservados. Ninguna parte de este libro puede ser reproducida o transmitida de cualquier forma o por cualquier medio, electrónico o mecánico, incluyendo fotocopia, grabación, o por cualquier sistema de almacenamiento y recuperación, sin permiso escrito del propietario del copyright.

Esta es una obra de ficción. Cualquier parecido con la realidad es mera coincidencia. Todos los personajes, nombres, hechos, organizaciones y diálogos en esta novela son o bien producto de la imaginación del autor o han sido utilizados en esta obra de manera ficticia.

El texto Bíblico ha sido tomado de la versión Reina-Valera © 1960 Sociedades Bíblicas en América Latina; © renovado 1988 Sociedades Bíblicas Unidas. Utilizado con permiso. Reina-Valera 1960™ es una marca registrada de la American Bible Society, y puede ser usada solamente bajo licencia.

Información de la imprenta disponible en la última página.

Fecha de revisión: 06/03/2018

Para realizar pedidos de este libro, contacte con:
Palibrio
1663 Liberty Drive
Suite 200
Bloomington, IN 47403
Gratis desde EE. UU. al 877.407.5847
Gratis desde México al 01.800.288.2243
Gratis desde España al 900.866.949
Desde otro país al +1.812.671.9757
Fax: 01.812.355.1576
ventas@palibrio.com
773813

ÍNDICE

AGRADECIMIENTOS

- Al "Todopoderoso".

- A los lectores.

- A los amigos y familiares.

- A quienes adquieran ésta obra.

Muchísimas gracias.

PROLOGO

"Aventuras de los Desventurados", surge de una serie de ideas aunadas a trozos de escenas oníricas y visiones diurnas de las paradojas de la vida, las que fueron tomando forma hasta convertirse en éste libro.

Cada relato se asemeja a situaciones que se presentan en el día a día, entre: familias, vecinos, conocidos, personajes públicos o populares; por lo que todo lo que encuentres narrado aquí, es pura ficción, producto de la mente del autor. Cualquier parecido con tu realidad, no pasa de ser una coincidencia.

Espero puedan tener un buen tiempo al sumergirse en cada uno de estos laberintos cotidianos y viajen y se empapen de la idiosincrasia de cada uno de los personajes y sus vivencias.

Gracias por estar aquí y ser parte del mundo de la imaginación.

La autora.

RELATO I

El ayer volvía a hacerse presente. La lluvia caía desde hacía horas aquella madrugada. El olor a campo y a tierra mojada inundaba el ambiente. Los sucesos palpables, eran traídos con el aguacero y con los aromas a flores silvestres.

Cada situación se enrollaba nuevamente en la mente de Olivia y aunque no lograba dilucidar de quién era el cuerpo que su alma en éste nuevo viaje ocupaba, sabía que se encontraba en el lugar correcto, al ver su sombra reflejada tras los halos luminosos de los espejos que adornaban aquella sala lujosa y amplia de la casa donde diariamente se desplazaba.

Aquel día en particular, la honradez de las lilas se había desvirtuado ante el paso inminente de las libélulas anunciando la pronta llegada del vendaval. Las veinticuatro partes que dividen el día no daban abasto para enterrar los bochornos, las congojas y las perturbaciones que victimizan cuando se ponen al desnudo: alma, carne, espíritu, vida y corazón; cuando en las fauces voraces de los intransitables caminos de la existencia se simulan los ahorcamientos de los dolores y de las penas.

Olivia, una jovencita de ojos grandes y negros; nariz respingada; cabellos castaños ensortijados; tez morena (casi moca); pestañas largas, crespas y tupidas; de buena estatura... Trabajaba en aquel caserón, en donde solía perderse desde la madrugada hasta el anochecer en los quehaceres adjudicados.

Solía bañarse en el río y ver su tez canela reflejarse en sus aguas cristalinas. Se sentaba horas a su orilla y soñaba. Alucinaba con un mundo irreal en el que el amor era solamente un sentimiento más; hasta que el canto de los pájaros ribereños despejaba su hipnotismo y volvía a la realidad y al soñar veía los enclenques horcones sosteniendo las ramas débiles del árbol de aquel sentimiento que la mantenía en pie aunque embriagada de tristeza y confusión.

Después de su visita matutina a la naturaleza, regresaba al caserón y haciendo sus tareas domésticas visualizaba cada sueño frustrado. Cada visualización era palpable y a la vez efímera. Se veía vestida como María Antonieta de Francia y pasearse ligera entre los grandes pasillos de un hermoso castillo. Los espejos de su realidad y su presente, esos espejos, eran los mismos que adornaban aquel alcázar y cuando cerca de ellos pasaba, su sombra, con miedo de ella misma, se esfumaba.

En aquella ocasión, su rostro no era moca, sino que fácilmente podría simular la apariencia de un hada: tez muy blanca; mejillas de arrebol; cabello ensortijado en un amarillo dorado intenso; ojos de zafiro destellando añiles por el firmamento y de sonrisa triste y andar pausado.

En la visión de su subconsciente, un caballero solía acompañarle. Un hombre parco, arisco y ensimismado, a quien cariñosamente ella se acercaba y le hablaba pero, al mismo tiempo, sentía el rechazo de su alma... Él la despreciaba.

Detenidos ambos frente al espejo, sus espíritus se transfiguraban... Ella en la sombra de Olivia (la pobre joven que trabajaba en el servicio de la casona en la actualidad); él, el hijo amado de un millonario, de andar errante y solitario. Vicioso... Se ahogaba diariamente en las avenidas del alcohol, del opio y otros vicios.

Así pasaba el tiempo. Cada mañana, al ama de llaves, alguien llegaba a despertarla. Abría las ventanas de su humilde habitación despacio para que los primeros rayos del sol dieran vida a su día y que la brisa matutina de las madrugadas hicieran más placentera su estadía en aquel lugar. Acompañada de su perro Bobó (fiel compañero en cualquier circunstancia), abría la puerta y se dirigía por los pasillos hasta el umbral; luego a la cocina a preparar un café y biscochos para desayunar; servir a Bobó su medio litro de leche, salido de las ubres de la cabra Nieve y a continuación a trabajar.

Cada vez que abría las ventanas de su habitación, recordaba los espacios oníricos y las visualizaciones raras que se le presentaban como una película a destiempo y aunque no sabía ni tenía explicación del porqué se daban, solicitaba siempre al cielo permiso para volver a soñar las mismas imágenes, con el afán de poder descubrir el misterio que aquellas causaban en su presente, en su vida diaria.

En su realidad, su nombre era Olivia, sirvienta de profesión, brindando sus servicios en aquella casa como ama de llaves desde que tenía uso de razón.

Después de haber desayunado y haberle dado de comer a Bobó, bajó al salón principal a limpiar; recogió las copas, barrió y organizó todo el desorden del fin de semana. No se sentía indigna de realizar su labor, se sentía humillada por don Jonás y Juan Ramón, sus patrones y dueños del caserón.

Las francachelas que ellos armaban cada noche, incluían de todo: bebidas, mujeres, drogadicción, música alta, espectáculos de desnudos, palabras obscenas... Todo era sexo y vulgar distracción. Ella siempre tenía que mantener aperado el lugar del bacanal con copas, bocadillos, hielo, sábanas blancas de lino y otras muchas cosas más.

Aunque la paga por sus servicios era un salario sustancioso, ello no compensaba los malos ratos que tenía que soportar. Tener prácticamente el dinero libre; no pagar renta porque dormía en su trabajo; no gastar en víveres, porque le daban la comida y hasta uno que otro obsequio por cumpleaños y navidad; todo esto no compensaba el maltrato y el abuso que tenía que aguantar.

El reloj de péndulo suena... Diez tonos diferentes deja escapar. Es hora de que Bobó y Olivia vayan a reposar. Saca del clóset su camisón, se cepilla los dientes, se pone crema en la piel y su antifaz para mantener sus ojos concentrados en la obscuridad. Mientras Bobó, se acomoda en la alfombra blanca y hace notar su color de alquitrán. El despertador en la cabecera, con el silencio abrumador y expectante, despide un "tic-tac" que hipnotiza a sus oídos para que vuelva a soñar. Es así que ella y Bobó suben al carro de Morfeo y vuelven de nuevo a viajar por la avenida de fantasías que solamente encontramos en el descanso nocturnal.

Don Jonás pasea descalzo por los pasillos silenciosos; al fondo, resplandece la luz de un candil y entre las hendijas de la habitación de Olivia, luces brillantes se escapan, como si el cielo mismo hubiese desprendido sus trozos brillantes de añicos de diamantes. Con sus ojos dilatados, su agitación al andar... Sus pasos se detuvieron. Las luces lo cercan sin permitirle escapar y envuelto en sus destellos se siente volar y volar y engrosa las filas de quienes se desplazan sobre las estelas de un fabuloso viaje cósmico y astral.

Es tanta la emoción que aquella sensación le ha causado, que no desea regresar. De gran satisfacción ha llenado su espíritu aventurero, creyendo que aquel viaje es tan sólo un regalo de la naturaleza en el que se sentía plenamente libre como un ave, con la puerta de la jaula abierta de por vida. Allí no existían preocupaciones, malas noticias ni reproches.

De repente, Bobó ladra. Se esfuman sus ladridos en el aire. Aquel momento fue etéreo. Jonás y Bobó estrecharon sus sombras luminosas, como lo exigen las leyes de la realidad mortal y encuentran en su camino al fragante Juan Ramón. Su cuerpo inerte y aterido, descansaba en el sillón.

Mientras los sonoros y primeros cantos del gallo, por primera vez se hacen sensibles a sus propios ecos que rápidamente como susurros se regresan al portal. Aparece el sol sereno al oeste del rosal. El cuidador sigiloso, se asoma por el ventanal. El silencio del castillo no le parece normal. Se acerca temeroso y comienza a silbar, pero Bobó no sale, no ladra, su silencio es sepulcral.

La alarma de su sexto sentido está encendida ya. Nervioso toca a la puerta, llamando a gritos a Jonás, a Olivia y a Juan Ramón. El cuidador es supersticioso y cualquier cosa para él es una alerta, un aviso; por lo que le ha llamado la atención el canto de un ouiz, que posado en el romero pía y canta; canta y pía como dando una señal.

Un sudor frío le recorre el cuerpo henchido de por más. A paso acelerado, sube a su caballo y enterrando sus grilletes en la piel del animal, emprende su viaje al pueblo a traer a la autoridad. La policía tarda dos horas; los paramédicos, mucho más. Pasado cierto rato todos se acercan al camino que lleva a aquel castillo (convertido en un viejo caserón) cargado de misterio de una noche para acá. Una vez frente a la puerta, la comienzan a forzar y al cabo de un minuto, ésta se abre de par en par.

Las escuadras policiales se dividen para revisar el caserón. Los paramédicos se desplazan habitación por habitación para dar auxilio y atención. Al pasar por el gran salón, el cuerpo de Juan Ramón parece dormir en el sillón. Le han tomado el pulso, pero, a Juan Ramón, se le detuvo el corazón.

Se acercan a los pasillos donde anduvo Jonás. Antes de llegar al tope, ven un bulto reposar. ¡Otro cuerpo! – gritan los primeros a los que vienen detrás-. ¡Era el cuerpo del patrón! ¡Era el cuerpo del patrón! Frente a la puerta de la habitación de Olivia, de donde se desprendía un fuerte olor a jazmín en flor.

Asustados todos ellos y alucinados de aquel olor, giran la manigueta de la puerta y ésta sin resistencia se ha abierto así no más. Mas, sobre la cama reposaba el cuerpo de Olivia. Una sonrisa dulce su rostro dibujaba. Tenía el cabello suelto y las pupilas dilatadas, posadas fijamente en la ventana. A sus pies, Bobó parecía idolatrarla y el ouiz –su amigo musical- posado en el romero -cual tenor lírico- entonaba una mazurca de Chopin. Por la ventana entraban trozos de rayos solares, añicos de bruma y un suave viento que sutilmente ululaba.

En señal de respeto, el cuidador lleva las manos a su cabeza y se quita el sombrero ante los cuatro cuerpos inertes: el de don Jonás; el de Juan Ramón; el de la joven Olivia y el de su fiel perro Bobó. Todos habían realizado la noche anterior, su vuelo eterno al más allá, quizás de esa manera, puedan sus almas evolucionar.

Las visualizaciones de Olivia no se alejaban de una loca e inconsciente regresión. Todos sus sueños habían sido placenteros, pero fue la muerte la que acabó con el misterio. En épocas de La Toma de la Bastilla en Francia, don Jonás era su padre y jardinero de la familia real; Juan Ramón, era el hijo del príncipe que estaba por llegar; Olivia, la dama de compañía de la mejor amiga de su Majestad la Reina y Bobó que nunca dejó de ser su amigo, su más fiel compañero, su perro leal y protector.

El castillo está cerrado. Nadie más habita allá. Los arbustos han crecido; el rosal no existe más; solamente el romero, aun sigue floreciendo dando abrigo al viejo ouiz... Al ouiz viejo y agorero que aún se le oye entonar a las seis de la mañana las mazurcas de Chopin.

RELATO II

Toda historia que acontece, llega hasta las barrocas paredes de la iglesia de santo Tomás. Esas paredes oliendo a frío y humedad y con rasgos de niebla entre rayos de sol cuando se abrían las puertas de la entrada principal. Un entorno revestido de paz entre imágenes de santos, olores a mirra, velas grandes de los promesantes, eternamente encendidas; unas con llamas titilantes; otras, con flamas brillantes, altas y fijas; algunas con el iris azulado y otras con éste desvanecido.

El padre Orontes, sacerdote parroquial, antes de iniciar sus oraciones matinales, conversaba con la beata María Pía, quien siempre madrugaba para la misa de las cinco de la mañana de los jueves –día de Jesús Sacramentado-. Pero, algo que siempre tenía este peculiar personaje, era que todo lo que le comentaba al cura, era bajo "secreto de confesión". Como quien dice: "Quien peca y reza, empata". Desde que Orontes comenzaba con el "Ave María Purísima" y ella respondía "sin pecado concebida" y "¿de qué te acusas hija?", parecía que a la susodicha le dieran cuerda y comenzaba a contar la vida y milagros de los vecinos, de los amigos de los vecinos, de todos los que llegaban a misa los domingos y visitaban al Santísimo Sacramento los jueves... ¡Pueden imaginarse! El padrecito parecía entrar en un trance sin fin y con fobia particular hacia la vida de los demás, pues sin gesticular palabra, sentía que su asombro ante todo lo que escuchaba diariamente de boca de la beata María Pía, subía al campanario haciendo que las campanas en un hálito profundo, entre sonido y eco dejaran escapar toda una onomatopeya singular. Sin embargo, como el padrecito tenía su propia historia, no le gustaba juzgar ni aconsejar ni imponerle penitencias que no servirían de nada en ayudar a aquella alma a cambiar; pues, era su entretenimiento particular estar pendiente de la vida del prójimo, hablar, especular y despedazar, pues ella se pasaba los consejos que le daba el padrecito por el "arco del triunfo"... A palabras necias, oídos sordos.

La historia del padre Orontes, desde el transcurso de su niñez a la adolescencia (nunca imaginó que se haría sacerdote), se describe a continuación... De ademanes y modos asexuados a los que su madre -llena de escrúpulos por el qué dirán nunca se atrevió a aceptar- con la excusa de haberlo educado en demasía y rodeado solamente de mujeres, hacían de él alguien diferente pero nada más, nada que ver con que fuese afeminado. Y él temiendo a la sociedad que le rodeaba, trataba por todos los medios que el barullo y el chismorreo se detuvieran y estaba por bachillerarse del Instituto Nacional de la ciudad, cuando conoció a Olga, una jovencita bonita, de buena familia, educada y siete años menor que él.

Estuvo saliendo con ella. Él contaba los diecinueve años y ella andaba en escasos doce años de edad. Ante los ojos de Juliana —madre de Orontes- ésta relación no iba para ninguna parte... No fructificaría. Por otro lado, estaban sus hermanas que deseaban que continuara su noviazgo con la joven María Rita, hija de los padrinos de Orontes y vecinos de la familia de toda la vida.

Orontes había perdido interés en María Rita. Nunca le interesó como mujer; se quejaba de que siempre andaba desaliñada y oliendo a fogón; todo lo contrario de Olga, su nueva adquisición, quien se preocupaba por andar bien presentada y oliendo a "Jean Naté".

Su cabeza no era más que una madeja enredada en los colores de la confusión. Por un lado, su madre, quien nunca aceptaría a un hijo diferente; por el otro, sus hermanas, apoyando a su exnovia y en el otro extremo sus hermanos, unos verdaderos machos.

Para no hacerse la vida chiquita, decidió seguirles el juego. Se hizo muy amigo de las primas de Olga, quienes eran vecinas del pueblo de Los Extenuados. Las primas de Olga terminaron haciéndose novias de sus hermanos, a tal punto que la menor de ellas se embarazó y aunque la relación con su hermano no transcendió, de ese romance nació su único sobrino varón.

La amistad con las primas de Olga fue más allá. Hizo amistad con la madre de ellas, doña Josefa Pinares, a quien le cayó muy bien.

En la casa de Orontes siempre se mantenían "cruzando el Niágara en un taburete"; o sea que si tenían para desayunar no tenían para almorzar ni para cenar. La economía de la familia de él, era muy precaria; por lo que haberle caído bien a la madre de las muchachas le vino como "anillo al dedo", ya que le permitió asegurar sus tres tiempos de comida y un plato más en la mesa de las Pinares, pues no les hacía mella, ya que la comida en esa casa era lo que más abundaba.

Con las muchachas habían salidas, viajes cómodos, hospedaje, etc., etc., etc. Allí tuvo todo lo que a un jovenzuelo de clase baja puede deslumbrar y bien reza el refrán: "Regalado, fiado y prestado, hasta caer morado". Solamente faltaba que trasladara su "estudio" a la casa de las Pinares.

Estas jóvenes a diferencia de Olga (su novia), eran orgullosas, narices respingadas, "piquis" -como dijeran en un inglés castellanizado algunos hispanos agringolados-; Olga, sin embargo, aunque no tenía el dinero ni las comodidades de ellas, contaba con algo de lo que ellas carecían: inteligencia, dedicación, perseverancia y paciencia. Siempre se destacó como una de las mejores alumnas en las escuelas públicas donde estudió (muy al contrario de sus primas, que siempre dejaban los años de estudio y repetían y repetían el mismo nivel, en los mejores colegios de señoritas del pueblo).

La hija mayor de los Pinares, Caridad Pinares, novia de Rigoberto (uno de los hermanos de Orontes), le gustaba consultar la "ouija", de preferencia los días jueves –día del Santísimo- porque decía que era más efectivo. En Caridad había encontrado Orontes más que a una cuñada a una confidente. A ella le contaba todo. Con ella se abría ampliamente. Tan es así, que una vez exclamó al ver pasar a un jovenzuelo: **"Ay, Dios mío... ¡Qué hombre más bello!"** y Caridad entre risas y asombro lo secundó.

De joven era muy galán. Moreno claro, alto, delgado, pelo crespo y de facciones muy finas. Su pésimo vestir causaba notoriedad. Sus padres Horacio Pataqui y Juliana Escalante, se habían conocido por casualidad cuando ella lavaba ropa en el río "Estrujado". Don Horacio por esa época era un hombre casado. Vivía con su esposa en los alrededores del poblado de Los Extenuados, exactamente en la hacienda "Lo que fue". Nunca tuvieron hijos. A la postre de tanto ver a Juliana en sus quehaceres matutinos a la orilla del río, entre cruces de miradas, terminaron enamorándose.

Pasaron los años. Tuvieron siete hijos. Cuatro hembras y tres machos (Victoria, Rosa, Josefina, Lola, Diego, Rigoberto y Orontes). Se divorció don Horacio de su primera esposa ya teniendo a seis de sus hijos con Juliana. Cuando iba a nacer Orontes, se enamoró nuevamente y con locura abrazadora de la hija del zapatero del pueblo "Los Extenuados". Adilia –era su nombre- y con ella emigró a Europa y concibió dos hijos (de la misma línea sexual de Orontes –el hijo que nunca conoció y del que ignoró su existencia-).

Ante el abandono del padre de sus hijos, Juliana Escalante para sobrevivir con su prole, echaba tortillas, las que vendía envueltas en hojas de chagüite con cuajada fresca y las acompañaba de una jícara de tibio o de chocolate caliente; o bien de tiste, de pinol o de pinolillo helado. Se levantaba diariamente a las tres de la mañana. Ya para las tres de la tarde, había vendido las 700 tortillas, los veinte galones de bebidas calientes y heladas y las 350 cuajadas. Fuera de la inversión para el trabajo diario, únicamente le quedaban libres P$150.00 pesos; cifra insuficiente para mantener a sus vástagos; y aunque se mataba también lavando y planchando ropa ajena, lograba medio defenderse, pero aún así, no era lo que realmente necesitaba para subsistir con sus hijos.

Orontes les contaba a las Pinares que en su casa el pan nuestro de cada día consistía en pan tostado, café negro y una cucharada de "gallo pinto" (arroz y frijoles revueltos) para cada uno. Nunca habían probado la leche ni los jugos. Eso para ellos era una broma de mal gusto.

Comentaba también que la vecina –quien le tenía envidia a su madre, ya que prácticamente negociaban con lo mismo... comida- en varias ocasiones había insinuado que su progenitora se prostituía, ante lo que él mismo razonaba y sacaba sus propias conclusiones: "Si fuese verdad lo que decía la vecina, la vida de su madre y por ende la de él y sus hermanos hubiese sido diferente... No, no, no... ¡Nada que ver!".

Ante tanta vicisitud, ellos estudiaban aunque fuera en la escuela pública –pues el que va a aprender, aprende en cualquier lugar si tiene inteligencia y deseos de superación- y como bien decía su madre: "Somos pobres, pero honrados". Según Orontes, no hubo un sólo día en que su madre, juntando a sus siete hijos a la hora de dormir, se acercara con la botella de aceite de cocinar a "ungirles la cabeza" rezando a continuación un "padre nuestro" en la cabecera de los catres de cada uno y agradeciendo a Dios por lo poco con lo que contaba diariamente para sobrevivir.

Cuando él estudiaba ya el ciclo básico en secundaria en las noches –no podía en el día porque era el encargado de distribuir las tortillas de su madre a domicilio- por la ciudad se escuchaban los cuentos tenebrosos de "la taconuda", de "la chancha bruja", "del toro ojos de fuego" y de muchos otros más.

Él -como muchos de sus conocidos- fueron testigos de persecuciones por las calles del pueblo, sobre todo cuando de plática en plática le agarraba la tarde en casa de las Pinares, en donde se veía con Olga (su mampara ocasional).

Un día de esos, corría la una de la madrugada. En el poblado caía un aguacero torrencial. Cuando el cielo comenzó a tronar, emprendió el viaje de regreso a su casa, tomando el rumbo que va del mercado municipal hacia "el barrio de las piedras pintadas" (donde vivía). Faltaban cinco cuadras para llegar a su casa. El vislumbre de los rayos era algo aterrador. Culebras eléctricas se dibujaban en el cielo "enlutecido". De repente un silencio total le hizo apresurar el paso y llegar a las cuatro esquinas que comunicaba con tres calles. En el punto medio escucha a una mujer llorando; del otro extremo, escucha el fuerte taconeo de otra mujer. En ese momento, sintió sus pies como ladrillos de cemento y la piel se le puso como de gallina recién desplumada, con los poros resaltados y los vellos como de espinas de puerco espín. Tira la mirada hacia el frente y se topa con los ojos de una chancha blanca que chillaba como si la estuviesen degollando y a su lado tres chanchitos con los ojos como carbones encendidos. No deseaba voltear la mirada, pero a su espalda parecía que un animal embravecido restregaba sus cascos en la polvorienta calle empedrada y a continuación sintió un olor fuerte a azufre –como el que despide la caldera encendida de un volcán-.

No supo de dónde sacó valor para escapar. Aun con los pies pesados y sin sentir que avanzaba, subió la acera de un metro y medio de alto de un solo brinco. Desesperadamente comenzó a golpear la puerta de su casa. Los segundos se hacían eternos. Aquel ambiente fantasmal era enloquecedor. En la lontananza y en la oscuridad, se escuchaban los ecos del llanto, del taconeo, los chillidos de la chancha y se veían como endemoniados brillar los ojos del "toro muco"... Un toro negro y cojo (tenía solo tres patas), a quienes otros pobladores apodaron "ojos de fuego". Fueron tres minutos de angustia en los que Orontes creyó morir del susto y del miedo. Al fin, escucha que su madre se acerca a destrancar la puerta, no sin antes preguntar quién era. Cuando su madre abrió la puerta al fin, cayó desvanecido. La fiebre no se hizo esperar... El termómetro se disparó. Pensaban que se iba a quemar. Paños de agua helada iban y venían, pero, el delirio continuaba.

Pasó una semana en cama, mudo y con la mirada trémula posada en las cañas del interior del tejado de su casa. Llamaron hasta al padre Mora para que lo "santoleara". Todo ese tiempo no comió ni bebió nada; con costo, algunas gotas de agua. Después de este tremendo susto, a un mes de los sucesos, lo más tarde que estaba en su casa era a las diez de la noche.

Volvió a visitar nuevamente a las Pinares. Se olvidó de los sucesos aquellos para no atormentar su existencia. Fue cuando decidió presentar a su familia a Olga, como su novia oficial.

Eran los quince años de su hermana menor Lola –mejor ocasión que ésta no se podía presentar-. Sus hermanas optaron por ignorar la presencia de Olga porque en el festejo se encontraba María Rita, la joven que todos anhelaban que formara parte de "tan noble familia real".

Olga en ese momento no supo entender ese comportamiento y tampoco vio malicia en tal proceder. De todas maneras, ella nunca vio a Orontes como novio, sino, como el amigo filial de sus primas.

Todo volvía a la normalidad. Poco a poco, Orontes fue retomando nuevamente la rutina. Sin embargo, su amiga Caridad Pinares, le propone jugar la "ouija" el jueves siguiente a las tres de la tarde (hora de la Divina Misericordia y del Santísimo Sacramento). Él acepta pero para arrepentirse después.

****

El lunes de la semana posterior, valga la pena decir, caía en "lunes santo" (ya era la semana mayor o semana santa). Caridad Pinares se alistó temprano y muy a las seis de la mañana ya estaba en el mercado comprando lo que necesitarían para el rito inicial y para adecuar el lugar: tres velas negras; dos velas azules; una vela morada; una vela blanca; aceites de eucalipto y romero; pétalos secos de rosa de castilla; un vaso y una pana de porcelana; fósforos; incienso de mirra y patchulí; flores de azahar; azúcar; sal; pimienta y canela. Además de un litro de agua bendita y quince cotonas blancas para el uso de quienes participarían y el cuaderno y el lápiz para quien hiciera de secretario al momento de la sesión.

El martes santo, emprendieron viaje hacia el balneario más cercano. Iban todos los que participarían en el bendito ritual -programado para el jueves santo- a hacerse una "limpia grupal" en el mar.

El miércoles santo, lograron tomar el primer carretón que les sacó a las orillas de la carretera y pidiendo raid lograron llegar hasta el pueblo.

El jueves santo a la una de la tarde, ya todos los participantes estaban en casa de las Pinares. Doña Josefa Pinares y sus hijas Caridad y Petronila; la hermana de doña Josefa de nombre Emerenciana; Dalia –sirvienta de las Pinares-; Orontes y todos sus hermanos: Victoria, Rosa, Josefina, Lola, Diego y Rigoberto; Emperatriz y su esposo Chepe Chú (vecinos de las Pinares) y la joven Olga.

Prepararon pues las vestimentas blancas. Armaron todo y dieron inicio al ritual de preparación (para evitar que cualquier entidad negativa se quedara en la casa o se posesionara de alguno de ellos).

En el suelo hicieron un círculo grande de sal. En un incensario colocaron carboncillo el que encendieron con un algodón remojado en alcohol al 90 %. Cuando el carboncillo ya estaba al rojo vivo, le dejaron caer la canela en raja y la pimienta negra en bolita. Cuando comenzó a soltar humo recorrieron con éste sahumerio: el círculo de sal –primero- y de ésta misma manera circularon incensando toda la casa hasta el más oculto de los rincones.

Al terminar de incensar la casa, tomaron las velas; las ungieron con los aceites de eucalipto y romero (de la base hacia la mecha –como les indicara doña Josefa-). Tomaron los pétalos de rosa de castilla y los pusieron en la pana de porcelana, dejándoles caer con un gotero el agua bendita para hacer con ellos una "pasta santa". A lo que sobró en el incensario, le dejaron caer siete piedras de mirra y siete gotas de patchulí. Trajeron después las cotonas o túnicas blancas y las incensaron con el humo que soltaban la mirra y el patchulí. Cada uno se puso la suya, mientras, doña Josefa, tomó la "pasta santa", haciendo a cada uno de los practicantes la señal de la cruz en la frente (a como lo hacen los sacerdotes a los fieles en miércoles de ceniza).

Después de lo anterior, procedieron a colocar dentro del círculo de sal, las velas ungidas de adentro hacia afuera de manera inversa formando dos triángulos (o sea el ángulo principal de cada triángulo en vez de ir al frente, debía ir al contrario), en el siguiente orden: primero las tres velas negras; después las dos velas azules, a la par de las bases del triángulo de las velas negras; la vela morada, coincidiendo con la punta del triángulo de las velas negras y al centro de ambos triángulos la vela blanca, una panita con azúcar, las flores de azahar en un florero de porcelana y un vaso grande con agua. También ubicaron dentro del círculo la mesita con la tabla de la "ouija" y las dos sillas de los oficiantes, muy pero muy cerca del vaso con agua y del florero.

Fuera del círculo estaban los otros trece participantes debidamente protegidos, esperando a que se consumiera un poco más el incienso y a que el reloj de la salita anunciara las campanadas de las tres de la tarde en punto.

"Ding-Dong"; "ding-dong"; "ding-dong"; el péndulo del reloj se meció tres veces... De izquierda a derecha y viceversa. Doña Josefa y su hermana Emerenciana tomaron posesión de los asientos al centro del círculo de sal. Caridad Pinares, del lado de afuera del círculo, lista con papel y lápiz para tomar nota de las respuestas que darían los espíritus a los consultantes; los demás, con sus listas de preguntas hechas.

Doña Josefa y su hermana Emerenciana unen sus manos (el resto de los participantes lo hacen también). Las llamas de las velas estaban brillantes, altas y fijas; el olor del incienso, impregnando el ambiente. Arrancan todos a una sola voz rezando el "*Yo pecador, yo confieso ante Dios todo poderoso...*"; continúan con la oración a "*las benditas ánimas del purgatorio: Ánima sagrada que deambulas errante...*" y concluyen como lo haría Rubén Darío en el poema "Los motivos del lobo"... '*Padre nuestro que estás en los cielos...*'.

Ubican el corazón que dirigiría la sesión sobre el tablero de la "ouija" y siguiendo el orden establecido, comenzaron con las invocaciones. Llamaron uno a uno a los hermanos de Orontes: Primero, **Victoria Pataqui Escalante**. Ésta mujer, alta, morena, algo agraciada y de mirada traicionera, se había casado porque había salido embarazada, pero no duró mucho tiempo su matrimonio. Se separó. Fue a vivir con su bebé y su madre y se desempeñaba como secretaria de la Curia Arzobispal del pueblo.

Ella pidió hablar con el espíritu de su tatarabuelo paterno, Vicente Pataqui. El corazón comienza a agitarse sobre la tabla y entre las manos ensimismadas de Josefa y Emerenciana. Las llamas de las velas tiritan. El humo del incienso se eleva y empieza el dictado letra por letra y el mensaje inicial es el siguiente:

la tabla, el corazón (con las puntas de los dedos de Josefa y Emerenciana alzados sobre la superficie, sin rozarle siquiera) comienza a moverse y el espíritu de Bartolo Salomé dice educadamente un *"buenas tardes a todos"*. Josefina le pregunta hace cuánto falleció y de qué... A lo que él le contesta: *"Fui un pirata español que frecuentó los mares de estos lares. Saqueador, amedrentador y ladrón; mas, nunca asesiné a ningún mortal; motivo por el cual han sido absueltos mis errores y mis culpas. Fallecí ahogado cuando los cañonazos enemigos hundieron el barco que capitaneaba allá por el año 1686 (en pleno auge de la edad de oro de la piratería, que duró de 1620 a 1795); yo, a pesar de ser pirata no sabía nadar"*. Emerenciana le pregunto por qué había decidido bajar en ese momento y él le respondió: *"Por dos cosas querida, por dos cosas: Primero, porque el alma de José Miguel Aburto, debido a su abrupta partida, no se ha desprendido aun del plano terrenal (José Miguel había muerto víctima de un accidente de moto) y anda perdido en las funestas simas del limbo y aunque le llamen, no puede escucharlos. Segundo, porque tengo pena de su esposa Josefina, quien en estos momentos y a escasos treinta días de su partida, no logra asimilar lo sucedido"*. Ella necesita consuelo y aislamiento para analizar los acontecimientos del día de la muerte de su esposo. En este momento, la sombra de sus miedos le tiene la mente en blanco; y mientras ella logra deshacerse de esos temores, déjenme comentarles: *"En la calle que colinda con el arroyo que cruza de un extremo al otro la calle Central de la ciudad, corre un túnel que conduce directamente al muelle. En su trayecto, mis compañeros corsarios y yo escondíamos todos nuestros 'botines'. La casa de los Pataqui Escalante está ubicada justo sobre una parte de ese túnel. Si ellos bajan al fondo del pozo seco que está en el patio, encontrarán una pequeña portezuela de hierro (ya corroída por el transcurrir del tiempo). Al abrirla les lleva después de media cuadra, directo al túnel.*

Tienen que recorrer 150 pasos en dirección al Este. Al llegar al último paso, deben alzar la mirada sobre su cabeza y encontrarán el dibujo de un "martillo de Thor" en pintura roja, ya algo borroso. Tendrán que encontrar la manigueta diminuta que sostiene la portezuela y halarla. Alguien de mediana estatura y de contextura delgada y menuda, tiene que entrar por el estrecho agujero, en donde encontrarán: un baúl negro y dorado que contiene 200 barras de oro macizo de veinticuatro quilates y de 300 gramos de peso cada una; dieciocho piedras de estaño; catorce rubíes; veintiséis diamantes; treinta y dos esmeraldas; otras piedras preciosas de menor cuantía y joyas en abundancia. Actualmente este botín tiene un valor de veinticuatro millones de dólares estadounidenses. Las barras de oro, deben sacarlas del país por agua y venderlas en la tienda de Tomás Durán en el vecino país de Panamá y el dinero, deben depositarlo en diferentes sumas en las cuentas bancarias de todos los presentes en esta sesión. Las piedras deben de ser distribuidas en partes iguales para todos. Luego, deberán de ofrecer cada año una misa a las ánimas benditas del purgatorio y una en particular a mi nombre... Bartolo Salomé. Deberán de entregar cuatro millones de dólares a obras de caridad y dos millones más a los más necesitados. Si no cumplen con el acuerdo, prometo que me verán a mí y a mi tripulación completa durante todos los días de sus vidas".

Las miradas entre Josefa y Emerenciana se encontraban asustadas y nerviosas. Caridad Pinares (secretaria de la sesión), le pidió permiso al espíritu de Bartolo Salomé, para hacer del conocimiento de los asistentes su caso y sus propuestas; al finalizar la lectura, no salían de su asombro. Caridad hizo la pregunta cajonera a los asistentes: ¿Quiénes se rifan con esto? ¡Levanten la mano! Las manos se alzaron unánimemente, incluidas las dos manos de Josefina, quien – después de haber tomado un vaso de agua con azúcar- lucía más sosegada. Josefina solamente quiso hacer una pregunta: ¿Supo mi esposo que lo traicionaba con su hermano y que estoy preñada de él? Bartolo Salomé le respondió: *"El día del accidente estuvo bebiendo con Juan y entre uno y otro trago, la verdad salió a flote. No pudo entender el porqué de tu traición. Tomó su moto y salió a toda velocidad de la casa de su hermano, alejándose como alma que lleva el diablo y en la calle de El Buen Pastor, en el tercer poste de luz eléctrica se estrelló... Su cuerpo voló sin rumbo fijo y su cabeza –en el pedregal puntiagudo del lago- hecha una masa quedó. Josefina... La culpa de esto es toda tuya y de tu cuñado Juan. Si desean vivir tranquilos, hagan ambos un examen exhaustivo de consciencia. Arrepiéntanse de corazón y a ese hijo de ustedes que viene en camino –fruto de su pecado- cuando sea mayor, cuéntenle de su traición".* Josefina, ahogada en llanto ni una palabra pronunció y el espíritu de Bartolo Salomé, así se despidió: *'En la próxima sesión hablaremos del botín que sacarán del túnel. Pasen buenas tardes. Me retiro a descansar'.* Muchas gracias.

El turno le corresponde ahora a **Lola Pataqui Escalante**, la más chiquita de las hermanas de Orontes, quien en ese momento, estaba impávida de los nervios.

El corazón en la tabla "ouija" recibe las energías corporales de Josefa y Emerenciana; más no se mueve... No hay fuerza que le haga deslizarse en el tablero. Mientras, los asistentes comentan y hacen planes para echarle las manos al tesoro del pirata Bartolo Salomé.

El "cuchicheo" estaba en lo fino, cuando el corazón de plástico blanco de ojo transparente, comienza a moverse como loco de un lado al otro en el tablero. Las velas negras del primer triángulo parecen doblarse una a una hacia la izquierda, lo que indica a los miembros de la sesión que varias energías en grupos considerables de cinco a seis entidades, están bajando y deseando hablar. Se siente la presencia de una pequeña multitud y el pichel que contenía cinco litros de agua baja de nivel al número dos. Los azahares botan veintiséis pétalos y un pistilo. Los pétalos que han botado corresponden al número de entidades presentes en el recinto y el pistilo representa la presencia de un niño no mayor a los ocho años de edad.

Josefa y Emerenciana solicitan a los espíritus mantener por favor un orden. Mientras, a Orontes Pataqui Escalente, le solicitan traer otro pichel con cinco litros de agua. Se siente en el ambiente un fuerte olor a corozos y todos creyeron que se debía a las celebraciones de las procesiones que por la semana mayor se estaban llevando a cabo en los alrededores; pero no... ¡Qué va! Una sesión de "ouija" se transforma en una sesión "mediúmnica". Josefa comienza a notar los cambios propios en su hermana Emerenciana, quien transformando por completo sus gestos y su voz, en un tono muy grave dijo: "**No se asusten. Soy un espíritu de luz con permiso para poseer esta materia y tomar un hálito de vida momentáneamente. Mi nombre es Mateo Quiroz y viví en los años 1800 en las faldas del volcán Irazú en Costa Rica. Fui un médico reconocido en la época que me tocó vivir. Salvé muchas vidas de las pestes que atemorizaban a la gente por aquellos tiempos...Fiebre perniciosa (a la que también llamaban fiebre amarilla) y viruela. Me dediqué mucho a plantar mi propio herbolario, en el que mis pacientes habían puesto más fe que en mis propios conocimientos. Allí planté todo tipo de hierbas y plantas medicinales, las que me permitieron surtir una de las mejores farmacias en la zona. Las medicinas que descubrí en cada planta y las combinaciones que aprendí a hacer con** ellas utilizando sus propiedades, permitían que los pacientes después de ser diagnosticados salieran de mi consultorio con la medicina correcta para curar el mal que les aquejaba y todo sin costo alguno para ellos. Fue tanta mi fama y prestigio que desperté celos profesionales y envidias entre algunos que me mal querían. Fui asesinado brutalmente de un golpe en la cabeza con una herramienta de herrería y desmayado de muerte me abandonaron muy cerca del furioso cráter del Irazú. Mi cuerpo no resistió mucho tiempo y expiré dieciséis horas después que me abandonaron herido de muerte. Los animales de rapiña devoraron mi cuerpo sin vida. Ya en este siglo XX (la sesión en referencia se estaba llevando a efecto en el año 1975), soy llamado 'la leyenda del Irazú'. Los pobladores de las cercanías me veneran en un altar como si fuese alguno de esos santos aprobados por la iglesia católica, apostólica y romana. Me hacen ofrendas y súplicas de sanación para sus familiares enfermos. Debido a todo el bien que hice en vida, Dios me ha permitido bajar al 'centro asistencias de espiritismo y curación' de Rosita Rosales, una joven de veinticinco años que tiene el don de la "mediumnidad" y a través de ella sigo ayudando a muchos enfermos a sanar". Josefa le dijo: "Sin dudas lo que nos está relatando son historias de impacto; pero, ¿qué más te ha impulsado a bajar en esta sesión aquí?"… A lo que el doctor Mateo Quiroz contestó: *"Es que pude percibir la energía de preocupación de Lola Pataqui Escalante, quien es la persona que está de turno para consultar, tiene varias preguntas relacionadas con su salud y la de algunos de sus familiares más cercanos. Pues bien, estoy aquí a sus órdenes".*

Lola confirmó lo dicho por el espíritu del médico y con voz entrecortada dijo: "Gracias por preocuparse en despejar las dudas que me embriagan desde hace algunos meses. Resulta que he estado notando que mi madre se levanta todas las noches y pasa caminando de un lado al otro sin sosiego por un lapso de hasta media hora todos los días. Ya le he preguntado qué le pasa... Que se abra conmigo; mas no me contesta, solamente me queda viendo con los ojos llenos de agua; da media vuelta y siempre me esquiva el tema". El espíritu del doctor Quiroz le dice: **"Tu madre está preocupada porque cada vez que va al inodoro y defeca le salen con las heces, gotas rojas vivas de pura sangre y tiene miedo de ir al médico y de decirle a sus hijos lo que le está pasando por el temor que le consume de poder tener algo malo. Mas no es así. No tiene nada de qué preocuparse. Son hemorroides... Venas anales que por el fuerte estreñimiento que padece, al hacer fuerza para defecar, se le revientan. Dile que coma "ciruelas secas" y beba suficiente líquido todos los días. Que evite tomarse las treinta tazas de café que consume en el día y que lo sustituya por agua. Que evite el chile y la pimienta. Que camine diario por lo menos treinta minutos a paso rápido para mover esas heces y que se aflojen para salir. Que procure mantenerse activa y que trate de estar de pie el mayor tiempo posible mientras esté despierta. Que respete su horario de descanso. Además, cuando sienta los deseos de defecar, que no use el inodoro, que se ponga en 'cuclillas' sobre un bacín o como si estuviese en campo abierto. Que no puje ni haga fuerzas pues en esa posición la materia fecal se desliza como por arte de magia. ¿Algo más?"** –preguntó el espíritu jovial del doctor Quiroz- a lo que Lola respondió: ¡Sí! Mi hijo menor sufre de alergias a los olores húmedos. Y el médico respondió: **"Procura mantener ventilada la casa. Que su habitación no sea cerrada. Dile que debe de abrigarse en invierno y que no use fragancias. El mejor antihistamínico que podría ayudarle naturalmente –además de las indicaciones anteriores- es tomar una cucharada de vinagre puro blanco tres veces al día, por siempre".** Y continuó diciendo: **"Aunque no me has preguntado por tu salud, es necesario que prevengas algo que puede resultarte en cualquier momento. Tienes que incrementar tu consumo de agua. Se te están** *formando cálculos biliares y renales debido a la fuerte ingestión de sal a la que has venido acostumbrando a tu cuerpo. Vas a beber por seis meses en ayunas, un litro de té de apio. Compra el apio, lo pones a cocer. Lo dejas en cocción por media hora; esperas a que se ponga a una temperatura que puedas tolerar al ingerir. Procura ir eliminando poco a poco el consumo de sal de tu dieta. Si no sigues estas recomendaciones, lo que te espera es una sala de cirugía y no con muy buenos resultados para ti. Bien, como sé que no tienes más que preguntarme, abandono esta materia y me retiro a descansar".* Gracias por todo –dijo Lola-.

Las velas negras están a la mitad y totalmente tronchadas hacia la izquierda. El olor a corozos, poco a poco se desvanece del ambiente. Orontes espera que le indiquen qué hacer con el pichel lleno con cinco litros de agua que le mandaron a traer. Emerenciana parece recuperar el sentido. Caridad le indica a Orontes que debe de ubicar el pichel con agua en el mismo sitio. Emerenciana bebe afanosamente un vaso con agua. De repente se siente una leve brisa que el viento arrastra sutilmente desde el patio hacia el cuarto de la sesión. Un fuerte olor a sándalo se está dejando sentir.

Emerenciana nuevamente se transforma y Josefa pregunta al espíritu visitante ¿quién eres? Una dulce voz se deja escuchar. Los gestos de la médium son de una dulzura total. Se escucha la vibración como una estela de sonido de campanillas en susurro... De repente... *"Buenas tardes –dijo- soy la hermana Mercedes Blanco de la Orden de las Carmelitas Descalzas. Estoy aquí para calmar y traerle paz al corazón de* **Diego Pataqui Escalante**, *quien está sufriendo por su reciente separación de la persona que hasta hace unos meses consideraba su alma gemela, la pareja ideal. Llámenme por favor a Diego"* –dijo la monjita-.

Diego, era de los hombres que se tragaba todo y se había acostumbrado desde siempre a sufrir en silencio. Todas sus penas y sus amarguras, eran de él y de nadie más. Siendo como era de desconfiado, no exteriorizaba lo que le lastimaba por temor a que lo lastimasen más.

Era un tipo extremadamente elegante, alto, galán, el mejor en físico de todos los hermanos Pataqui Escalante. Hasta llegaron a murmurar que no era hijo de Pataqui, pues su porte era de tanta clase, que no parecía venir de donde venía.

Él se hace presente al llamado. Ninguno estaba enterado de la intimidad de él ni de su angustia. Se había venido tragando la amargura que le causó la infidelidad de Isabel –su mujer, su esposa, desde hacía más de quince años- y lo que más le consumía era la indiferencia con que ella lo estaba tratando y sobre todo el hecho de que lo mantuviera alejado totalmente del pequeño Dieguito, en esa época con tan solo tres añitos.

La situación era tal que se sumió en una tremenda pena moral. Él insistía, pero ella parecía odiarle de una manera irracional y utilizaba al pequeño para hacerle sufrir más. La situación se volvía cada día más insostenible. Sin saber por qué razón ella se portaba de esa manera tan cruel con él, decidió hacer un examen de conciencia durante varias noches seguidas y se dio cuenta que aunque no era un ser intachable, tampoco podían decir de él que era indeseable y mala sangre; en la medida de sus posibilidades le proporcionó todo lo material que pudo. Durante un largo tiempo –desde que se conocieron hasta hacía dos años atrás- ella nunca trabajó, era él el proveedor del hogar; ella, era de las mujeres que le gustaba el baile, las

Orden de las Carmelitas Descalzas, tomó su pañuelo para no dejar escapar las últimas lágrimas que por Isabel derramaría. Se despidió agradeciendo a la hermana Mercedes Blanco.

La hermana Mercedes no se retiró. Pidió descanso de diez minutos para la materia que estaba ocupando como vaso.

Las velas ya estaban casi extintas. Sus pabilos comenzaban a chisporrotear. El olor a corozos aunque tenue se dejaba sentir en el lugar. El pichel de agua mantenía su nivel. La monja llamó entonces a **Rigoberto Pataqui Escalante**, quien pasó al frente de Emerenciana (la médium que servía de canal a la comunicación con los espíritus presentes en aquel lugar).

La monja posesionada del cuerpo de Emerenciana, tomó las manos de Rigoberto entre las suyas. En aquel rostro, la monja Carmelita parecía dibujar una sonrisa. Los segundos mustios, mudos y trémulos se dejaban sentir espaciados e incoherentes. Los miedos de Rigoberto comenzaron a exteriorizarse. Parecía un alma en pena buscando ansiosamente un poco de paz. Sin embargo, no se atrevía a iniciar la conversación. El espíritu de la monja respetaba sus momentos de análisis a aquella consciencia que cargaba consigo: penas, culpas y desdén.

Al fin, Rigoberto ha decidido romper el hielo y sin darle pistas (porque no creía en nada de lo que estaba pasando aquella tarde), se limitó a un escueto "hola"; saludo que fue respondido a lo inmediato por el espíritu, el que con educación y cordialidad le dijo: *"Tú no crees ni por un instante que Emerenciana abandonó su cuerpo para cederme un momento de vida en tu vida.*

Mi objetivo aquí es el de ayudarte a sobrellevar tus agobios. Sé que has tenido muchos sueños recurrentes en donde te ves con ropas que usaban los individuos de hace unos cuantos siglos atrás". A lo que Rigoberto le respondió: *"En mis sueños voy vestido como un vaquero. Siempre galopando en mi caballo negro, al que llamo 'Pelambre'. Galopo en él por un buen rato siempre en campos verdes y siempre por el mismo camino. Todo es color esmeralda y cubierto de girasoles. Me place mucho estar en compañía de mi caballo. Siento que su alma está muy unida a la mía… Suelo platicarle mis cosas. Él es mi confidente. Parece que me entiende y como que se complace de mis conversaciones a su oído. Es como si entendiera lo que me agobia y lo que me place. Al final del camino, la tranquilidad de las aguas cristalinas de un río; las que atravieso a pie y halando a 'Pelambre' de la correa para llegar a la casona que es mi morada. En la puerta principal, me espera todos los días una joven cariñosa a quien llamo Socorro. Viste de traje largo, botas, cabello blondo e hirsuto y de una hermosa sonrisa afable. Sus rasgos son los de una diosa que me invita como por encanto a tomarle del talle y hacerla mía. Todas estas imágenes viven en mis sueños y son tan reales que forman parte de mi vida y vivo anhelando el momento de dormir para volver a soñar. Es lo que me permite sobrellevar los problemas y continuar mi andar. Yo quisiera saber, sin embargo, ¿a qué se debe todo esto? ¿Quién es Socorro? ¿Existe mi caballo Pelambre? Socorro suele llamarme por mi nombre; un nombre que nunca escucho pero que sé es mi nombre".*

"Bien –dijo la hermana Mercedes-, vamos a comenzar. Antes que nada, gracias hijo mío por hacerme merecedora de tu confianza. Todo indica que tus sueños repetitivos son indicios de una vida pasada. El lugar cálido en el que se desenvuelve el escenario onírico; los campos verdes con sembradíos de girasoles; el río que pasa; todo eso te está dando el indicio, la pista de un lugar tropical. Habitaste en Venezuela. Fuiste un hacendado que se dedicaba al cultivo del girasol. Siempre anduviste sobre el lomo de tu caballo Pelambre y Socorro es tu esposa, cuya alma hoy ocupa el cuerpo de la mujer que más desprecias. Tu nombre en esa vida era Genaro Cifuentes. Si vas a Venezuela algún día, exactamente al estado de Zulia, encontrarás toda tu historia en la biblioteca de la ciudad; te convertiste en el personaje que en el siglo XVII, llevó nuevos tecnicismos a la población; ayudaste a los pobres y desposeídos; supiste lo que es tener dinero y conociste la bondad; practicaste la humildad. Ayudaste desinteresadamente a quien necesitaba, a quien estaba en problemas y sobre todo, fuiste muy agradecido. Socorro, tu esposa querida, te ayudó en todo de manera incondicional. No tuvieron hijos porque tenías problemas para engendrar. Ambos murieron desnucados en el despeñadero que aun rodea la parte trasera de la casona y sus cuerpos fueron encontrados semanas después. Esto ocurrió porque una culebra asustó a los caballos y ambos cayeron de la grupa. Ahora bien, tu aversión hacia Soraya (el nombre de la mujer que más desprecias en esta vida y que corresponde al alma de Socorro), es porque ella sabía que por el camino que iban habían reptiles y que eso podría asustar a los caballos, mas sin embargo, no te dio esa información porque creyó que tú la manejabas sin lugar a dudas. Fueron minutos cortos de distancia entre tu muerte y la de ella. Te aconsejo que dejes que suceda lo que tenga que suceder entre tú y Soraya para que puedan cerrar el ciclo que dejaron abierto siglos atrás. No te mortifiques. Continúa tu rumbo y deja que la vida haga lo suyo con ustedes. Esta vez la suerte ha sido echada y han *de cerrar el círculo con los hijos que no tuvieron. Realizarán ese gran amor que fue interrumpido por cosas del azar".*

Rigoberto atónito hizo un pacto con su nueva realidad. Se despidió muy calmado de la hermana Mercedes, convencido de que lo que le había dicho durante el tiempo de su sesión, era la más pura verdad.

****

Luego el espíritu, pidió urgente la presencia de **Orontes Pataqui Escalante.**

"Nacemos y morimos, nadie escapa a ésta historia. Salvajemente y nómadas, los pensamientos se rebelan siempre y en el horizonte en donde parecen unirse cielo y tierra, los cuerpos se moldean en caricia angelical"... Estas fueron las primeras palabras de la hermana Mercedes Blanco, el espíritu que había tomado posesión del cuerpo de la médium (Emerenciana) para recibir a Orontes Pataqui Escalante. Mientras las velas, el agua, el incienso... Seguían consumiéndose.

Todo llevaba su ritmo normal. Orontes, en ese momento con diecinueve años de edad, se comía las uñas ansiosamente; no podía ocultar el nerviosismo ante el desconocimiento total entre una sesión de OUIJA y una sesión espiritista. Era la primera vez que todos los presentes tenían o pasaban por tal experiencia. Aún lívido, blanco como un papel (y él era moreno), parecía habérsele borrado el casete de la memoria. La mente la tenía nula... En blanco. Tenía lengua pero era un mudo. No sabía qué decir ni por dónde empezar. Ante lo cual, la hermana Mercedes inicia de nuevo la conversación, diciendo: "*Hola Orontes. Ese es tu nombre ¿verdad?*". Él, respondió con un cabeceo afirmativo. Continuó el espíritu: "*Estás aquí porque eres una persona muy inestable, poco común, inseguro. Eres y serás siempre una de esas personas que les gusta obtener todo fácil, sin esfuerzos. Déjame decirte que debes cuidarte. En el futuro cercano, veo un feroz accidente. Si no tomas providencias, puedes verte afectado seriamente. Te veo engrosando las filas del ejército obligatoriamente de aquí a unos tres o cuatro años y por conveniencia tomarás la vía del sacerdocio... Conste que no lo harás por vocación sino por conveniencia –le ratificó-. Te arrepentirás de haberlo hecho y convencido de tus miedos y por el temor a la soledad como castigo, seguirás engañado y así llegarás hasta tu día final*".

"*Hoy día estás jugando con tu identidad sexual. Crees en fantasmas. Te gusta que las cartománticas te echen las cartas, porque deseas saber lo que te depara el futuro. Sin embargo, eres muy inestable; alguien que todavía no sabe lo que quiere en la vida y enredado en ese juego te sientes cautivo, esclavizado a tu deshonestidad. Más adelante, a quienes hoy te ayudan más temprano que tarde desconocerás. Cuando seas sacerdote te tildarán de cosas que ni siquiera puedes imaginar ahora. Cosas que marcarán fuertemente tu vida sacerdotal... ¿Algo más?*".

Y en el preciso momento en que Orontes comenzaría a hablar, la tierra tembló, las llamas de las velas colapsaron ante un fuerte viento infernal; la tabla de la OUIJA y el corazón de plástico blanco cayeron al suelo; los carbones cenicientos en el incensario, se apagaron; el pichel con agua, se volcó en el piso y Emerenciana (la médium) yacía en el suelo sin reaccionar.

Josefa Pinares era un mar de nervios. Las portezuelas de madera de las ventanillas de las puertas de la entrada principal a la vivienda, se sacudían de tal manera que aquel escenario parecía más bien el guion de una película de terror. Todos los presentes hacían la señal de la "guatusa" (cruzando el dedo Pulgar entre los dedos Índice y Medio), cerrando de esa manera sus auras y protegiendo sus materias para no ser poseídas por ninguna mala entidad. Todos oraron al unísono la oración universal: "Padre Nuestro...".

Mientras oraban el Padre Nuestro, el viento se fue calmando; los cabos de las velas y el incienso, se encendieron como por arte de magia; sin embargo, en el ambiente se sentía la presencia del desasosiego. Emerenciana recuperó la consciencia y pudo visualizar lo podrido de aquella extraña presencia: fétida, desgreñada, harapienta, burlona y de una horrible apariencia. Rezando entonces varios Padres Nuestros y la infalible oración al Justo Juez, procedieron a recitar al unísono: "Espíritu del mal, en el nombre sacrosanto del hijo de Dios, te ordenamos abandonar este lugar y retirarte al sitio de dónde has venido".

Por varias horas parecía que el ente había obedecido aquellas oraciones repetitivas y cantadas como un mantra por todos los participantes en aquella sesión; quienes limpiando todo y dejando en orden la casa de "Las Pinares", se retiraron a sus viviendas a descansar.

Josefa Pinares, tomó la OUIJA y el corazón, los metió en el bolso de satén destinado para ello y la guardó en el lugar de siempre... Debajo del sillón que ocupaba en vida su difunto esposo, sin imaginar que lo peor estaba por comenzar.

Estaba cayendo la media noche. Josefa Pinares –más sosegada- se prepara para dormir. Después de haberse lavado los dientes y puesto el camisón, apagó las luces de toda la casa. Sentada en su cama, frente al espejo, creyó ver una sombra pasar. Los escalofríos no se hicieron esperar. Con todo el miedo del mundo, se dispuso a dormir. Pasados cinco minutos, con los ojos cerrados, estiró uno de sus brazos y al pasarlo por encima de las sábanas, sintió "arenilla" sobre ellas y a continuación un fuerte hedor a carne descompuesta. El cuerpo lo sentía pesado. Quería incorporarse, pero era como si una fuerza superior la halara impidiéndoselo; el pánico se iba apoderando de ella... Trataba de gritar, pero no podía; todo aquello era extrañamente siniestro. No obstante, logró virarse en la cama, cayendo al suelo y de repente una lluvia de pequeñas piedras volaban de la nada hacia ella. Los segundos eran eternos, como detenidos en el reloj. Así pasaron seis horas, hasta que el gallo del vecino anunció la salida del sol.

Apresurada ante lo acaecido en la noche anterior, decidió tomar agua y sin bañarse se vistió rápidamente y se fue a la iglesia más cercana. Con vergüenza le contó al sacerdote lo de la sesión de OUIJA. El cura le dijo que debía de esperar a que concluyera la semana santa, porque tenía la agenda llena. No teniendo más alternativa, decidió esperar; no sin antes protegerse de aquella entidad frívola y negativa que se había posesionado de su habitación cuando el corazón de la OUIJA cayó piso.

Tomó más providencias. Comentó al resto de los participantes las situaciones por las que estaba pasando a causa del ente que se había quedado a pernoctar en su casa. Se quedaron "atónitamente pasmados". Muy cerca de ellos estaba el "hierbero del barrio", que como quien nunca escuchaba, intervino en la plática y le sugirió llevarse la OUIJA al borde del río; que sobre ella rociara sal y que dijera: **"Espíritu del mal, quien quiera que seas, de donde quiera que vengas, en el nombre de Jesucristo, el Hijo de Dios, el crucificado, te ordeno regresarte por dónde has venido".** Luego dejarás que el agua arrastre la tabla hacia el fondo –le dijo-. Además, debería de dormir con un amuleto. Le aconsejo que le preparen el "Ojo de Horus", que es una protección poderosa contra las energías negativas y cuando el cura esté disponible dígale que lo necesita para que bendiga y "exorcise" la casa. Creo que con lo que le estoy diciendo, las cosas mejoren para usted. Además, báñese en agua de ruda y déjese secar el cuerpo al aire libre, no use paños ni toallas. El olor de la ruda lo mantendrá alejado de usted, por lo menos para que pueda dormir cada noche. Además, debe de colocar frente a usted, una vela negra, de dos pies y medios de alto (desnuda... Sin vaso que la aprisione); la que debe encender con un cerillo o fósforo (de madera, preferible). Concentrar la mirada en su llama, visualizando esa situación que la está perturbando. Después de cinco minutos de haber concentrado su mirada en la llama, visualice como envuelve en un destello de luz negra esa negatividad que se alimenta de sus miedos. Solamente así la aislará para siempre y se apagará su poder negativo, que es el que le causa tanto desasosiego... Y así lo hizo.

Cada noche se bañaba en agua de ruda. Dejó ir la OUIJA en la corriente del río. Escuchaba siempre algunos susurros, arenilla deslizándose en los tejados, piedras que caían al patio, etc. Los días pasaron. Aquella inmensa vela negra, totalmente se consumió. El miércoles de pascua fue de nuevo a buscar al sacerdote. Acordaron que llegaría el viernes de pascua a las siete de la mañana. Ese día todo transcurrió normal. El cura exorcizó la casa y la bendijo y le impuso las manos a Josefa Pinares sobre la cabeza con una oración especial. Día a día, todo se fue aplacando. Josefa al parecer aprendió la lección.

En cuanto al trato que hicieron con el espíritu del pirata Bartolo Salomé, este siguió en pie, pero, antes de realizar otra sesión (al no tener más una tabla OUIJA, debían de buscar un sitio y otra tabla para sesionar). Por las sesiones no debían de preocuparse tanto del local, pues estas se estarían realizando en la casa de los Pataqui Escalante, ubicada al centro de la Calle Central, cabalmente sobre el túnel que lleva al muelle y en donde se encontraban los botines de los piratas de los años 1600. Decidieron pues, convocar a una reunión extraordinaria, para estudiar cada una de las directrices que les diera el espíritu de Bartolo Salomé. Y habiendo consenso entre las partes, la reunión se llevó a efecto una semana después de la convocatoria, acordándose la realización de la futura sesión para el 24 de mayo, día de la celebración a la virgen María Auxiliadora. Los asistentes siempre ocuparían sus mismos cargos, ya que contaban con la experiencia necesaria. Como siempre Josefa Pinares y su hermana Emerenciana, serían las "matronas de las matronas".

Efectivamente el 24 de mayo, a las tres de la tarde, a la misma hora que en la iglesia los fieles rezan el santo rosario a la Divina Misericordia, ese día todos estaban puntuales en la casa de los Pataqui Escalante y sin tiempo que perder, se dirigieron al patio, propiamente donde se encontraba el pozo seco.

Debido a los sucesos en casa de Josefa Pinares, las precauciones que tomaron fueron realmente extremas; y sacando los materiales: ollas pequeñas de barro para la quema de azufre con las raíces de siete azahares; las dieciséis velas negras a colocar en la tierra (dando la vuelta a la base del pozo); la bolsa de sal gorda para proteger dentro de un triángulo de sal la base del pozo; las ramas de ruda y las pencas de sábila; las oraciones a la ruda y a la sábila para conseguir el objetivo en la primera; las vestimentas blancas de cada oficiante; la ceniza húmeda para hacerse la señal de la cruz en la frente; la oración a María Auxiliadora; el agua florida para rociar y así acordonar el diámetro donde se encontrarían todos y las cintas de mantequilla negra de una pulgada de ancho (de la cual cada uno tomaría un trozo y se la amarraría a las muñecas izquierdas para aislar a las entidades negativas).

Josefa Pinares no pudo conseguir el "Ojo de Horus" que le recomendara don Fernando (el hierbero del barrio). Aunque sí, llevaron las campanitas y las flautas para atraer las mejores vibras positivas al sitio y aunado a todo lo anterior, la famosa y bien conocida "oración de sello" que reza así:

"En el nombre de Dios Padre, de Dios Hijo y de Dios Espíritu Santo, sello y protejo con el poder del Altísimo, mi consciente, inconsciente y subconsciente. Sello mi razón, corazón, sentimientos, sentidos, emociones, pensamientos; mi ser físico, biológico, psicológico, material y espiritual. Todo lo que soy, todo lo que tengo, todo lo que puedo, todo lo que sé y todo lo que amo, queda sellado y protegido, con el poder del Altísimo, Señor y Dios nuestro. Sello mi pasado, mi presente, mi futuro; sello mis planes, proyectos, sueños, ilusiones, viajes y enfermedades; trabajo y actividades. Dios Altísimo me protege ante

todas las personas y lugares con los que me relaciono a diario. Sello mi persona, mi familia, mis posesiones, mi árbol genealógico y a toda mi descendencia y me escondo en el poder absoluto, omnipresente, omnisciente y omnipotente de mi Señor, el Dios Altísimo, el Creador mío y de todo lo que me rodea y nada ni nadie me provocará daño alguno. Amén, amén y amén".

Encendieron las velas. Uno a uno, vestidos con sus túnicas blancas –impecablemente planchadas- pasaron por donde Emerenciana, quien haciendo las veces de sacerdotisa, les hacía la señal de la cruz con ceniza mojada.

Orontes colocaba las velas negras alrededor de la base del pozo y ordenaba a los ungidos con la cruz de ceniza en la frente, colocarse en sus puestos; iban a dar inicio al ritual del triángulo salino para proteger aquel lugar. Cuando hubieron estado todos acordonados dentro del triángulo, tomó una botella rociadora y empezó a rociar el ambiente con agua florida. Encendieron las velas y el incienso y se rezaron las oraciones. Ya cada uno tenía su pulsera de cinta negra y durante cinco minutos hicieron sonar las campanillas y las flautas.

Con todo el ambiente armonizado, parecía como si la naturaleza, hubiese estado actuando como cómplice con los participantes en aquella inusual sesión.

Así y siguiendo las instrucciones del espíritu del pirata Bartolo Salomé, el más flaco de todos era Orontes Pataqui Escalante, a quien todos eligieron unánimemente para que entrara en compañía de otro flaco, Petronila, hermana de Caridad e hija de Josefa Pinares. Petronila era de contextura baja y muy delgada. Ella y Orontes fueron los designados a entrar al pozo y encontrar la portezuela que conducía al túnel.

Como expertos alpinistas, se amarraron fuertemente las sogas al cinto. Los otros participantes, con guantes en sus manos, desde afuera los sostenían, mientras ellos lentamente bajaban al fondo del pozo. Tocaron tierra firme. Al tacto, deslizando sus manos en las ásperas y heladas paredes del pozo, buscaban ávidamente la manecilla de la portezuela de hierro... Petronila con la linterna; Orontes con sus manos buscando. De repente se escuchó un "¡aquí está!" ¡Bingo! Haló y haló y haló con mucha fuerza. Un chirrido estremecedor se escuchó. Fue entonces que Orontes le dijo a Petronila: "Es tu turno" y ella, escurriéndose por la portezuela pasó. Contó desde la entrada 150 pasos buscando el "este". El eco del conteo se escuchaba: uno, dos, tres, cuatro, cinco, ... Ciento cincuenta, e inerte en el último paso, al levantar la mirada, efectivamente descubrió con las manos la señal: "El martillo de Thor" despintado en rojo. Petronila gritó a Orontes, ya que necesitaba subirse a sus hombros para halar la manigueta sarrosa que estaba tan suspendida que ni a saltos la podía alcanzar.

Transcurrieron once minutos. Petronila subió a los hombros de Orontes. Haló la estrecha portezuela y entró por el agujero. Foco en mano, descubrió el baúl negro y dorado, el que tuvo que vaciar, pues para ella era muy pesado subir con él. Fue pasando a Orontes uno a uno todo lo que encontró: 200 barras de oro macizo de 24 quilates y 300 gramos de peso cada una; 18 piedras de estaño; 14 rubíes; 26 diamantes; 32 esmeraldas y 40 piezas de joyas de oro y piedras preciosas variadas. Orontes hizo en total 20 viajes para evacuar todo aquello.

No hubo necesidad de realizar la sesión de OUIJA. Todo había transcurrido en una solidaria paz. Cuando todos estaban juntos y comenzaron el conteo, les parecía mentira que sus pobrezas y penurias acabarían.

Ahí mismo decidieron quienes irían por barco a Panamá a vender el oro a Tomás Durán; los destinados fueron: Orontes Pataqui Escalante; Josefa Pinares y su hermana Emerenciana. Así fue. Partieron y un mes después, todos tenían ya sus partes iguales en los bolsillos.

Destinaron –además- los cuatro millones de dólares a las obras de caridad y los dos millones de dólares a los más necesitados. Dieron inicio a las misas anuales a las ánimas del Purgatorio y una misa especial cada año para el generoso espíritu del pirata español, Bartolo Salomé.

Todos los beneficiados fueron sacando poco a poco su capital para no levantar sospechas y multiplicaron su dinero en múltiples negocios.

Todo lo dicho por los espíritus en la primera sesión se fue cumpliendo al pie de la letra.

A **Victoria Pataqui Escalante**, todo le resultó cierto. Las joyas que robó su pariente Constantino y que mal vendió para regresarse a El Salvador. Su esposo Antonio continuó viviendo con Dalila, su mejor amiga.

Rosa Pataqui Escalante, perdió a su pequeño hijo, quien padecía un tipo raro de hepatitis, la que le avanzó a gran velocidad. Ella emigró a México después de que su hijo cumplió cinco años de fallecido, ya que tenía que agradecer y arrepentirse de corazón sobre un sin número de calumnias que había inventado años atrás a su amiga Elena Rivas por envidia; aunque su amiga, siempre fue quien le socorrió en los momentos que necesitaba de un hombro amigo para llorar y dos manos para surgir. Además, terminó arrepintiéndose de haberse metido con un hombre casado, que a la larga, nunca valió la pena.

A **Josefina Pataqui Escalante**, el remordimiento al descubrir que su difunto esposo falleció en aquel accidente de moto al enterarse de la traición entre ella y su hermano, no la deja tranquila. Se le ve caminando por las calles distraída, como un cuerpo sin alma, conduciendo la carriola de su bebé y frecuentando como una beata la iglesia en busca de la misericordia divina.

A **Lola Pataqui Escalante**, le ayudaron los consejos que le diera el espíritu del doctor del Irazú para controlar el estreñimiento de su madre; las alergias de su hijo menor, desaparecieron como un milagro; dejó de comer sal como solía hacer y está gozando de excelente salud.

Diego Pataqui Escalante, superó la depresión que le había consumido por la separación de su esposa e hijo. Siguió de cerca el consejo que le diera el espíritu de la Monja de la Orden de las Carmelitas Descalzas. Encontró al amor de su vida; mantiene una excelente relación con su hijo; olvidó para siempre a la traidora de Isabel y aprendió que uno debe amarse primero a uno mismo.

Rigoberto Pataqui Escalante, pudo constatar que sus sueños repetitivos no eran más que regresiones involuntarias a una de sus vidas pasadas, la vida que más extrañaba. Se dio cuenta de su filantropía siglos atrás y decidió poner punto final y cerrar ese ciclo haciendo un pacto con su realidad. Él y Soraya se casaron y tienen tres hermosas hijas.

Orontes Pataqui Escalante, asiduo a la velocidad, sufrió el accidente que le vaticinaron en aquella oportunidad. Pasó a emergencia. Le remendaron todo el cuerpo. Estuvo en estado comatoso durante seis meses, lo que produjo se hiciera paciente vitalicio en la tan temida "ala de cuidados intensivos"; todo debido a sus contusiones encéfalo craneales. Cuando despertó del coma, todavía lo dejaron en observación dos meses más; luego pasó ocho meses en sala de rehabilitación.

La situación de su país cambió radicalmente. Aun contando con el apoyo de sus amigas "Las Pinares", quienes lo escondían en su casa cuando el "yepón" de militares pasaba reclutando en su zona; aun habiendo formado parte del movimiento juvenil comunista de su localidad; aun y con todos los detalles enumerados en la epicrisis médica, con lo que le sería fácil demostrar sus limitaciones de salud, seguía siendo llamado a prestar servicio militar; y lo agarraron en las calles, un día de tantos; a culatazos lo montaron en el camión y se lo llevaron con rumbo desconocido. Costó que su familia diera con su paradero y al fin, lo encontraron. Por algunos meses lo dejaron en la ciudad sin enviarlo a los frentes de guerra.

Estuvo encuartelado como recluta ocho semanas, tiempo durante el cual y como cuentan algunos que estuvieron con él, le daba pena salir del baño común de hombres sin toalla, por lo que siempre, salía con su mano derecha al frente (tapando sus genitales) y la izquierda atrás, tapando su zona de leyendas; provocando con sus acciones las murmuraciones de sus compañeros acerca de su sexualidad.

Cuentan que un día de tantos que le dieron "pase" para visitar a su mamá, se encontró con la visita del obispo de la ciudad, quien siempre pasaba por su casa, saludando a su madre; aunque ésta vez estaba atendiendo una invitación de la señora, para ver la posibilidad de que él (Orontes), pudiese ingresar al seminario para evitar que fuese obligado a regresar a la zona de reclutamiento obligatorio y servir en el ejército. Cuando llegó nuevamente a visitar a su madre (Orontes) fue sorprendido por ella, quien ya le había conseguido uno de los tan ansiados "salvoconductos" que protegía a los futuros "seminaristas" de la iglesia católica. El documento estaba avalado por el Nuncio Apostólico, que ante la crisis del país, se encontraba de paso por esos lares. Los sellos y firmas originales, eran un hecho.

Al día siguiente, Orontes debía de regresar a la base militar. Esta vez iría acompañado por su señora madre y el obispo de la ciudad. Al llegar, el señor obispo, habló con el responsable del lugar, le mostró el original y le entregó una copia del documento que demostraba que el joven era un "seminarista activo" de la orden de "los jesuitas" y que debía de viajar a Chile en tres días para ser internado en el monasterio de la ciudad de Santiago.

El alto jefe militar, capitán del comando, les hizo esperar cerca de seis horas antes de soltar a Orontes definitivamente. La suerte le favoreció y ese mismo día, durmió en el Seminario de la capital en donde comenzó a adaptarse a la disciplina de los Jesuitas: 4:00:00 a.m., todos a levantarse, bañarse y vestirse; 5:00:00 a.m., todos a correr por una hora dando la vuelta a la cancha de juegos del lugar; 6:00:00 a.m., todos a darse un chapuzón en la piscina y a secarse y vestirse; 7:00:00 a.m., a orar y dar gracias; 8:00:00 a.m., el desayuno; 9:00:00 a.m., la misa; 10:00:00 a.m., clases de teología, biblia y oratoria; 1:00:00 p.m., el almuerzo; 2:00:00 p.m., charlas sobre los símbolos de las vestimentas sacerdotales; 3:00:00 p.m., charlas para la interpretación de la palabra de Dios; 4:00:00 p.m., charlas sobre los pro y contras de los votos sacerdotales y el celibato; 5:00:00 p.m., cena; 6:00:00 p.m., recogimiento; 7:00:00 p.m., a dormir.

Los tres primeros días fueron agotadores, pero todo sacrificio era válido ante el hecho de perder la vida defendiendo al gobierno de turno en su país.

Al cuarto día, camino al aeropuerto, encontró a su madre y a algunos de sus hermanos, quienes felices se despidieron. El avión surcó los cielos y llegó al fin a Santiago de Chile.

Pasaron los meses. Él llamaba a su madre dos veces cada mes. Le comentaba lo agotadoras que eran las jornadas y que no se acostumbraba pero que, aun con todo eso, tenía que hacer su mejor esfuerzo por lograr aprender de toda aquella disciplina, más dura –inclusive- que la del mismo ejército.

El tiempo siguió transcurriendo. Era como un tren a toda velocidad pero sin parada final y sin retorno. Su pasado creyó ir olvidando. Las llamadas a su madre se tornaron más distantes. Se volvió un alumno destacado, tanto así que sus buenas calificaciones fueron tomadas en cuenta y le otorgaron una beca para que continuara sus estudios sacerdotales en Roma, en donde radicó por cinco años.

Concluyó sus estudios con honores. Regresó para ser ordenado como sacerdote en su ciudad natal. Ese día, la iglesia principal del poblado Los Extenuados estaba al reventar de gente. Su madre hizo un banquete multitudinario para dar de comer a toda la gente que asistió a su ordenación como sacerdote Jesuita.

A partir de ese momento, fue nombrado secretario auxiliar del señor obispo. Tenía voz, voto y poder en la toma de decisiones de la Diócesis. Todos los documentos importantes, tenían que ser exhaustivamente chequeados por él, antes de ser sometidos a la firma aprobatoria de su jefe.

En ausencia de su superior, la tesorería pasaba a su tutoría. Las donaciones de las organizaciones y ayuda eran también administradas por él. Tuvo bajo su dirección las escuelas de la Diócesis y el poder de aceptar o rechazar docentes, alumnos y becados.

Y el poder se incrementaba en el día a día. Pero, adivina adivinador... Los más beneficiados con altos cargos en los colegios de la Diócesis, en las distribuciones de las donaciones, en la concesión de becas, etc., eran los miembros más cercanos de su familia; hasta en las obras de reconstrucción de los edificios propiedad de la Curia Arzobispal, se veía disgregada a la familia del padre Orontes.

El poder se le había subido a la cabeza. El nepotismo con que administraba los bienes de la iglesia, lo había convertido en un vil dictador. Se le veía rodeado de jóvenes monaguillos y las malas lenguas comenzaron a "rumorear" que el padre Orontes Pataqui Escalante, se rodeaba de jovencitos porque era homosexual.

Olga, la novia con quien terminó para seguir su "instinto vocacional", no daba crédito a los rumores. Además, en los rumores se decía que el padre Pataqui no soportaba a los cartománticos, quirománticos, médiums, brujos, ni a ningún tipo de persona que tuviese lazos con el "esoterismo callejero".

Todo lo anterior llegó a oídos de Josefa Pinares y de su hermana Emerenciana, quienes un día de tantos, decidieron asistir a una de las misas oficiadas por el famoso padre Orontes.

Se sentaron en las bancas de atrás para pasar casi desapercibidas. Se tragaron el rosario que rezaban los diáconos antes de que diera comienzo la homilía. Las campanas comenzaron a sonar los "dejes" para anunciar la proximidad de la santa misa. Pasados tres minutos del último "deje" en el repique de campanas, el padre Orontes entra al altar mayor, elegantemente vestido con su sotana blanca y sus esquelas púrpuras y da inicio a la homilía.

Todo iba bien, hasta que comenzó la explicación de la segunda lectura, que abrió con la frase del Apocalipsis, capítulo 9, versículos 20 y 21: "Y los otros hombres que no fueron muertos con estas plagas, ni aun así se arrepintieron de las obras de sus manos, ni dejaron de adorar a los demonios y a las imágenes de oro, de plata y de bronce; de piedra y de madera; las cuales no pueden ver, ni oír ni andar y no se arrepintieron de sus homicidios ni de sus hechicerías ni de su fornicación ni de sus hurtos".

Pues bien hermanos míos –continuó- yo les digo que si alguno de ustedes; que si alguno de los aquí presentes anda por los caminos errados; esos caminos que llevan a la perdición de las almas, es hora de acabar con todo eso; es hora de no dejarse embaucar por esos "charlatanes" que lo único que buscan es la forma gratificante de sacarles dinero.

¡Qué es eso de andar creyendo en espíritus! ¡Qué es eso de andar tirándose las cartas! ¡Qué es eso de andar adorando imágenes no sacramentadas o bendecidas por manos sacerdotales! ¡Es el momento de que se arrepientan hijos míos por la salvación de sus almas!

Terminando de decir lo anterior, se escuchó la voz de Emerenciana al fondo, quien fuertemente dijo:

"¡Hey! ¡Hey! ¡Padre Orontes Pataqui Escalante!, ¿nos recuerda? Aquí estamos sus examigas, Josefa Pinares y esta servidora, brujas adictas, quirománticas y cartománticas –a quienes- hasta hace unos cuantos años, usted mismo nos colaboraba en las sesiones de OUIJA y mediumnismo. ¡Sí! ¡Así como lo oyen ustedes!

–dijo a gritos dirigiéndose a la feligresía-… A nosotros, a estas dos brujas, el padre Orontes nos buscaba con asiduidad para leerse las cartas, las manos, la poza del café, el rostro y para hablar de sexo (que era lo que más le encantaba). Acuérdese que nos pidió ayuda para que el marido de la campesina aquella, no lo macheteara ¡sí!… La mismísima Chabelita, que estaba casada… Esa que usted mismo cree que le parió un hijo cuando anduvo alfabetizando por aquellos lados; recuerda que lo protegimos con nuestras brujerías y que usted mismo nos ayudó a hacer -con su energía- el "trabajito de aislamiento" porque no deseaba hacerse cargo del "chigüín"… Recuerda la fortuna que les quedó a usted y a su familia con las directrices del espíritu de aquel famoso pirata… Fue de ahí que su madre costeó sus viajes a Chile para salvarlo del Servicio Militar porque usted no es cura por vocación, si no que por conveniencia; y ¿de dónde sacaron plata sus hermanos para estudiar fuera del país?; ¿de dónde sacó su mamá dinero para visitarlo mientras realizaba sus estudios en Roma?".

"Entonces… No hable padrecito, no hable, que la lista es larga y no vamos ni por la mitad. Y de ladrones tampoco, es mejor que se quede callado… No diga nada, porque usted es tan falso como un billete de veinte dólares. A ver… Tenga valor y explíquele aquí a los feligreses ¿dónde han ido a parar las donaciones a la Curia, los puestos a los docentes, las becas? ¡Qué mala memoria tiene usted padrecito! ¿Ya se le olvidaron las predicciones de los espíritus sobre su

accidente, su —entre comillas- vocación sacerdotal y su afinidad hacia jóvenes del mismo sexo y de su bisexualidad? Le hace a los dos ¿no? Ande, tenga el valor de desmentirme, aquí le estoy dando la cara… ¡Desmiéntame si es hombre! Le recuerdo que son muchos los testigos. ¿Ya no se acuerda cuando llegaba sin comer a la casa de nosotros y le llenamos los intestinos, le pagamos ciertos gustos, se divirtió a como quiso sin soltar ni un solo peso? Entonces, no se las venga a dar que está libre de culpa. Antes de hablar y señalar a los demás, debería de auto analizarse a conciencia, pensar bien antes de abrir la boca y ofender y herir a quienes en su oportunidad fueron incondicionales con usted y de pasito con su familia. ¡Dé muestras de su honestidad! ¡Demuestre su convicción y fidelidad a Dios! Recuerde que libre de pecados usted no está y que el hecho de ser hoy día Ministro del Señor, no le da derecho de hablar de quienes hasta hace poco no hemos hecho más que ayudarle a llegar hasta donde ha llegado. Y si por decirle delante de todos estas verdades, nos ha de condenar, que no creo que tenga el poder para tanto… ¡Pues en hora buena!".

Esto fue "santo remedio". Al padre Orontes Pataqui Escalante, después que Emerenciana tuvo el valor de leerle la cartilla en público, se le bajó la presión y paró en el hospital con un sincope al corazón.

Dos meses más tarde, el señor obispo ordenó una auditoría a la Curia Arzobispal. No se sabe a ciencia cierta si fue a causa de la exposición de motivos de Emerenciana sobre el pasado del cura o si realmente ya había sido programada. El asunto es que Orontes y su familia salieron embarrados de la cabeza a los pies.

Lo anterior generó en el traslado del cura de la iglesia principal a una "iglesuchita" en un villorrio de la ciudad y después de unos meses, lo desplazaron como párroco a una iglesita que está en una isla casi innombrable y muy poco conocida.

El arzobispado recibió a un nuevo obispo de origen europeo y al padre Orontes, le andan siguiendo también los pasos por pedofilia.

Al final, Emerenciana dijo a los parroquianos: "Si sabes que tienes un rabo largo que pueden pisarte, mejor piensa bien antes de abrir la boca".

****

Se hace un paréntesis para aclarar que los vecinos de "las Pinares", Emperatriz y su esposo Chepe Chú, no lograron pasar consulta por lo que aconteció en la penúltima sesión, pero participaron en la repartición del tesoro del pirata Bartolo Salomé. La joven Olga, pariente de "las Pinares", no participó en ninguna sesión. Solamente se dedicaba a observar y escuchar lo que acontecía en cada una. Y Dalia, la fiel sirvienta y creyente de "las Pinares", fue beneficiada con su casita y un retiro más que moderado, que le ayudó a pasar holgadamente los últimos días de su existencia.

RELATO III

Una abeja de aguijón eréctil sobrevolaba en el vergel como fecundando las extrañas margaritas de pétalos rojos y ojos de sol. Las libélulas –relajadas en las gotas de la lluvia- van siguiendo el reflejo que ha dejado el sol en cada hoja de los tallos de las rosas que botaron sus espinas. Mientras, los "horneros" –pardos y acanelados- han hecho sus nidos de barro entre las frondosas copas de cedros y saucos. En este ambiente, no existe horror atemorizando ni miedos que puedan hacer temblar a algún cristiano, pues el manto rosado, azul y morado de las hortensias, reviven cualquier tristeza que hubiese podido apoderarse del ambiente.

Todo esto formaba parte de una ciudad distante en donde vivía un hombre como ermitaño. Dentro, todo lucía descuidado –desde su apariencia hasta su entorno-. Era la propiedad, una deteriorada mansión que siglos atrás, perteneció a sus antepasados, quienes fueron personas distinguidas en la sociedad de esa época, por sus títulos nobiliarios, su posición económica y su origen de cuna.

La propiedad –como era de esperarse en estos casos- había venido pasando de mano en mano, generación tras generación. El último descendiente de cada familia en grado de consanguinidad comprobado, heredaba legalmente aquel activo fijo.

El hombre de quien les hablo se llamó Luis Gregorio Delio Montalván y Vega; hijo del barón Luis Gregorio Benito IV Montalván y Calderón. Sevillano y "maese" (barbero) de profesión. Él emigró de su España natal, atraído por una joven que conoció por casualidad. Ella había llegado de algún lugar de América. Fueron incrementando su amistad con salidas periódicas. La jovencita era risueña, hogareña, de buenos modales y posición (a pesar de ser una "manchada de la tierra", o sea, que había nacido en América, pero sus padres eran legítimos españoles). Su nombre era Lucrecia Efigenia de la Concepción Vega Duarte; hija de un hacendado y de una costurera, ambos españoles que decidieron emigrar al continente americano buscando hacer un poco de fortuna, pues en su país natal, la suerte no les habría sonreído nunca como pasó en esas tierras.

El barón Montalván y Calderón se afincó en la misma ciudad donde vivía su amada; compró una pequeña mansión (que pasado cierto tiempo tuvo que vender); montó una barbería –la mejor equipada de la ciudad- y una vez establecido, tomó la decisión de presentarse ante sus futuros suegros y hacer la petición de mano formal de aquella grácil doncella. Así fue. Los suegros, don Delio Ricardo Vega Escorcia y su señora esposa, Mariana Ricarda Duarte Solís, cedieron la mano de su única hija al joven y noble sevillano.

La planeación de la boda se hizo en cuestión de meses. El ajuar de la novia fue bordado a mano por su propia madre; el velo medía casi media cuadra de largo (hasta ya tenían a los niños que llevarían la cola... Los gemelitos hijos de los vecinos más cercanos). El diseño del vestido fue tomado de una revista "cosmopolita" de la moda europea, totalmente de talle y corte imperial; los zapatos, el corsé, los guantes y el fustán can-can, fueron encargados a una tienda de Sevilla, España. Todo llegaría cuatro meses antes de la boda, por barco.

El encargo no se hizo a los padres del novio, porque estos murieron en un accidente que nadie sabía a ciencia cierta cómo había ocurrido. Por lo que el joven fue entregado a escasos meses de nacido a sus abuelos paternos para que lo criaran y le proporcionaran la educación necesaria.

Continuando con el ajuar de la novia, el ramo que llevaría en sus manos el día de su boda, estaría formado por rosas blancas (demostrando con su marfil la castidad de la futura esposa). La iglesia sería adornada con ramos frescos de lirios combinados con tulipanes y magnolias japonesas, los que serían colocados en los costados de las bancas del templo... La lujosa Catedral de la ciudad. La ceremonia sería celebrada por su Excelencia Reverendísima, el señor obispo, Orlando Vivas y Soares. Desde la entrada principal hasta el altar, estaría extendida una alfombra roja, simbolizando el amor de la pareja.

Las alianzas fueron dadas a hacer en oro blanco de veinticuatro quilates, con peso cada una de medio gramo. El "Ave María", sería interpretada en el órgano de la iglesia por el maestro y pianista profesional, don Julio Ciriaco Burgos Espronceda.

Para la recepción no hubo variantes. Esperaban a 260 invitados de la alta sociedad de la ciudad. El banquete estaría conformado por variedad de bocadillos, platos fuertes, postres y los más finos licores: vinos, coñac, champagne y no podría fallar... Agua mineral.

La música seleccionada eran valses clásicos interpretados por la Orquesta Sinfónica de Madrid, cuyos integrantes serían hospedados en la pequeña mansión donde vivirían los recién casados después de su luna de miel.

La "mansioncita" que sería su nido de amor, ya había sido equipada con todo lo mejor: elegantísimas arañas daban aquel aire señorial a los salones; los muebles antiguos europeos, elaborados por los mejores carpinteros y tallados por los mejores ebanistas de Europa; cortinas y alfombras paquistaníes; baños de mármol; sábanas de lino; almohadas rellenas con plumas de gansos y todo lo más refinado que la mente humana pueda imaginar.

El 28 de noviembre, día en que la ciudad daba inicio a la celebración católica de la Inmaculada Concepción, se acercaba rápidamente. Los días y las noches parecían no pasar, se fundían en uno solo; parecían en un equinoccio perdurable, tanto que, el día y la noche solían moverse en una total armonía. Ese día, estaba ya a las puertas. El pomposo matrimonio entre el barón Luis Gregorio Benito IV Montalván y Calderón y la futura baronesa, doña Lucrecia Efigenia de la Concepción Vega Duarte, a los que en toda España conocerían como "el barón y la baronesa de las claras aguas", estaba a las puertas.

Contrataron para el resto de la organización de aquel magno evento a un entrenador encargado de realizar ensayos tres veces a la semana con los participantes en la boda.

La amiga íntima y el cortejo de las damas de honor, ya habían diseñado sus propios trajes. La amiga íntima –repasaba el entrenador de la ceremonia- es quien lleva el rosario que cae sobre la pareja una vez que hayan sido declarados como marido y mujer por el cura. Éste papel había sido asignado a la mejor amiga de la novia, la señorita María Rosa de los Dolores Aguilar Buenaventura, hija del magistrado de la Corte Suprema de Justicia, el doctor en leyes, don Justino Boanerges Aguilar Ventura y su señora esposa, doña Celia Josefina Guadalupe Buenaventura Castro. Las damas de honor –prosiguió el entrenador de la ceremonia nupcial- su papel es desfilar del brazo de los notables caballeros con quienes –como indica la tradición- deberían ir acompañadas; pero, ésta boda como es especial, debe romper con ciertas tradiciones, por lo que las damas de honor, cada una llevará una canasta llena de pétalos de flores de naranjo y de jazmines, los que deberán dispersar al momento del desfile en la iglesia a un paso corto y en puñados pequeños. O sea, la amiga íntima, va delante de la novia; las damas de honor, detrás de la novia, haciendo exactamente lo que acabo de indicar. Al momento de salir los esposos, deberán ubicarse en el mismo orden del inicio, con la diferencia que irán tirando con delicadeza los pétalos sobre los recién casados... ¿Entendido? –Preguntó-. Todo el mundo asintió con la cabeza en señal de aceptación.

En cuanto a la vestimenta –prosiguió- todas las damas de honor irán uniformadas con vestidos "talle princesa", color rojo sangre, guantes negros de satén y zapatos altos, negros y de charol. Además, como todas son vírgenes, llevarán un sombrero negro de medio velo tejido que les cubrirá los ojos y caerá hasta un poco arriba de la nariz –apuntó-.

La transportación de la novia ha de ser todo un espectáculo. Será llevada en un coche halado por seis corceles; el cochero... ¿¡En dónde está el cochero que no lo veo en este ensayo!?... ¡Aquí estoy señor! –Gritó el hombre-. ¡Ven! ¡Acércate! –Ordenó-... Prosiguiendo, tú debes de ir con un saco de cola de pato, color negro, guantes blancos, sombrero negro y de copa alta y zapatos negros bien lustrados o si no te consigues unos de charol. ¿Entendido? –Preguntó- y el cochero respondió: ¡Cómo ordene el señor!

En las invitaciones ya va especificada la vestimenta para damas y caballeros... Traje Formal. Consiste en que los hombres deben vestir saco, corbata, sombrero y zapatos oscuros y las damas vestidos largos y de color azul oscuro y zapatillas negras satinadas.

La servidumbre (meseros, mayordomos, amas de llaves y demás), deben presentarse con sus uniformes impecablemente limpios; gafetes de identificación a la vista y deben de practicar su caminar erguido. Deberán ensayar las veces que puedan. ¿Me expliqué? –Preguntó con cara de marimbero mal pagado- ... Y el personal que lo escuchaba atento, respondió: ¡Entendido señor!

Continuaba repasando cada paso (y esto fue durante todos los días hasta el día de la boda), diciéndose para sí: "La luna de miel será en la histórica ciudad (copia fiel de la Castilla de España), misma que esconde una riqueza sin igual y una historia incomparable". ¡Qué emoción! –Pensaba todo entusiasmado, frotándose las manos- ... Parecía que visionaba (más que los interesados) cada paso de lo que sucedería aquel día.

Todo lo anterior fue planeado durante cinco meses. El presupuesto para esa época fue de diez mil dólares, cantidad que para el barón Montalván y Calderón, era como "tirarse una sabrosa carcajada", ya que era heredero de tanto dinero como propiedades. Él y sus generaciones futuras por dos siglos o más (de acuerdo a sus cálculos), no pasarían por ningún tipo de apuros.

****

Es el 28 de noviembre de 1898. El reloj marca las doce del día y el pajarillo anuncia con una docena de "piares" la hora nona. El sol estaba esplendoroso afuera. El ambiente cálido cual brizna del mar matutino. El cielo, celeste y blanco –totalmente despejado-. A lo lejos se escucha el eco de las campanas de la Catedral en un primer llamado: "Ding-dong; ding-dong; ding-dong"... Y el aire –cómplice de la futura unión- se lleva aquel sonido que ya está llamando a los prometidos en aquella ocasión.

El barón nervioso bota las mancuernillas. Aunque faltan por lo menos dos horas, siente que el tiempo le apremia y sigue vistiéndose de prisa. Su deber es estar antes de la llegada de la novia al pie del altar.

Ella, la novia, está siendo ayudada a vestir por su madre y su dama de compañía. La media luna del espejo es pequeña para ver su majestuosidad.

Las campanas hacen el segundo llamado. Su "dingdongneo" hace que las mariposas en los estómagos de ambos enamorados "revoloteen".

El barón, elegantemente vestido, con clavel rojo sangre en la bolsa de su saco negro y bastón en mano, camina cual gendarme hacia la Catedral. Pisa la puerta de entrada y erguido prosigue con paso firme sobre la alfombra extendida como un manto de coral hasta el altar mayor. El olor fuerte a lirios, los tulipanes y las magnolias japonesas dan una sensación de paz y armonía al lugar. Los padrinos de la boda, unos minutos después de su llegada, se hacen presentes. Ellos eran –ni más ni menos- que el presidente de la República, don Nicasio Antenor Tales Munguía Castillón y su señora esposa, doña Perla Narcisa Esmeralda Jerez Grünenberg. Mientras, los monaguillos preparan las campanillas, los copones con las hostias, el misal, el vino de consagrar, la primera y la segunda lectura sobre la mesa principal del altar. Y en la sacristía, dos seminaristas ayudan con su atuendo a su Excelencia Reverendísima, el señor obispo, Orlando Vivas y Soares.

Afuera, cerca del púlpito, prueban el sonido. La afinación de todos los instrumentos musicales; los coristas dan los últimos toques al ensayo del "Ave María" y la "Marcha Nupcial".

Corroborado que todo está en el orden establecido, el sacristán desde el campanario, hala de arriba hacia abajo las cuerdas que sostienen los péndulos de las campanas y estas doblan haciendo el llamado final. Varias veces "dingdongnearon" dejando aquel eco sonoro fluctuando en la cámara sinfónica de cada nicho dentro de la Catedral.

Como es costumbre, la novia debe tener en vilo a su prometido con un tiempo prudencial de atraso, como para darle picor a la emoción de la espera y hace su entrada triunfal unos minutos después del último "deje" de las campanadas.

Pero antes, con toda la paciencia del mundo bajó los treinta y dos escalones desde el segundo piso de su casa (donde se encuentran los aposentos) hasta el salón principal. El velo del vestido resbala lentamente a su compás. Abajo, los hijos de los vecinos, levemente recogen con sus manitas la punta de la tela del velo y ella sale como toda una reina a abordar el carruaje nupcial.

Los pajecillos que llevan las "arras" y las "alianzas"; las damas de compañía y la amiga íntima, ya la esperaban en el orden practicado en el atrio de la iglesia. De repente se escucha la marcha lenta que llevan los corceles negros que halan el carruaje de la novia -en un espectáculo de ensueño- por las principales calles y avenidas de aquella ciudad de porte y elegancia colonial.

La novia estaba llegando. La escena era digna historia de un cuento de hadas. Los fotógrafos preparados con sus luces, cámaras, trípodes y "flashazos"; no piensan perder detalle del desfile que en "sepia" sería guardado en papel y en blanco y negro.

El desfile por delante se organiza y detrás entra la inmaculada virgen al ritual del matrimonio. El organista entona el "Ave María" acompañado de las voces del coro; aquello parecía una escena del cielo en la tierra. Detrás del cortejo, la novia entra al templo del brazo de su orgulloso padre. En el altar mayor esperan: el novio ansioso y los padrinos de ambos (ubicados a cada costado). El vestido nupcial, los zapatos y el velo de la novia –blancos como nubes- contrastaban con el carmesí de la alfombra. El "Ave María" concluye exactamente cuando el padre de la novia estrecha la mano del futuro yerno para entregarle a su única hija, su tesoro más preciado; e inmediatamente, el obispo comienza la ceremonia.

Los prometidos cruzaban sus miradas. De lo que decía el obispo, a duras penas se daban cuenta. El sermón fue inminente: "Primera lectura"... Lectura del apóstol san Mateo, capítulo 19, versículos del 1 al 11:

"Aconteció que cuando Jesús terminó estas palabras, se alejó de Galilea, y fue a las regiones de Judea al otro lado del Jordán. Y le siguieron las multitudes, y los sanó allí. Entonces vinieron a él fariseos, tentándole y diciéndole: ¿Es lícito al hombre repudiar a su mujer por cualquier causa? Él respondiendo, les dijo: No habéis leído que el que los hizo al principio, varón y hembra los hizo, y dijo: Por esto el hombre dejará padre y madre y se unirá a su mujer y los dos serán una sola carne. Así es que, no son más dos, sino una sola carne; por tanto, lo que Dios juntó, no lo separa el hombre. Le dijeron ¿Por qué, pues, mandó a dar carta de divorcio y repudiarlas? Él les dijo: Por la dureza de vuestro corazón, Moisés os permitió repudiar a vuestras mujeres; mas al principio no fue así. Y yo os digo que cualquiera que repudia a su mujer, salvo por causa de fornicación, y, se casa con otra, adultera; y el que se casa con la repudiada, adultera. Le dijeron sus discípulos: Si así es la condición del hombre con su mujer, no conviene casarse. Entonces él les dijo: No todos son capaces de recibir esto, sino aquellos a quienes es dado". Palabra de Dios –dijo el obispo- ¡te alabamos Señor! -Contestaron al unísono los presentes-.

Luego, el diácono que le acompañaba, dio inicio a la segunda lectura... Lectura del apóstol san Marcos. Capítulo 10, versículo 9: "Por tanto, lo que Dios juntó, no lo separa el hombre". Palabra de Dios –dijo de nuevo el obispo- ¡te alabamos Señor! -Respondieron todos a una sola voz-.

Acto seguido se pasó a la bendición de las "arras" y las "alianzas". Cuando las bendijo, se acercó a los novios, diciéndoles al oído: "Recuerden que este lazo es para toda la vida. Si aceptan estar unidos para siempre, después de la ceremonia y la aceptación de ambos, no hay vuelta atrás". La pareja no dijo ni una sola palabra, lo que fue tomado como una decisión de peso para el oficiante, por lo que continuó:

"Yo bendigo, en el nombre del Padre, del Hijo y del Espíritu Santo, estas "arras" que representan la prosperidad financiera de esta pareja que hoy se funde en una sola carne para ser uno". Luego dijo: "Yo bendigo, en el nombre del Padre, del Hijo y del Espíritu Santo, estas alianzas, que son símbolo del amor que siente uno por el otro. Por favor –continuó- todos de pie".

Dijo entonces: "Estamos reunidos todos aquí hoy, para presenciar la unión matrimonial, de libre y espontánea voluntad de Luis Gregorio Benito IV Montalván y Calderón y Lucrecia Efigenia de la

Concepción Vega Duarte. Si alguien se opone a esta unión, que hable ahora o calle para siempre". Pasados sesenta segundos –dijo dirigiéndose al novio- repite después de mí: *"Yo, Luis Gregorio Benito IV Montalván y Calderón, te acepto a ti, Lucrecia Efigenia de la Concepción Vega Duarte, como mi legítima esposa y prometo amarte y respetarte, en la salud y en la enfermedad; en la riqueza y en la pobreza; en la alegría y en la tristeza; en tiempos buenos y adversos; durante todos los días de mi vida".* Y lo mismo repitió la novia cuando le tocó su turno. Luego, la amiga íntima, tomó el rosario hecho de azucenas y lo pasó por el cuello de ambos. Después, los pajecillos entregaron las arras al novio –quien entregándolas a la novia- dijo: *"Yo te nombro a ti, Lucrecia Efigenia de la Concepción Vega Duarte, en el nombre del Padre, del Hijo y del Espíritu Santo, la administradora y guardiana de todos nuestros bienes, tanto materiales, como espirituales".* Ella, respondió: *"Yo te nombro a ti, Luis Gregorio Benito IV Montalván y Calderón, en el nombre del Padre, del Hijo y del Espíritu Santo, el jefe y el principal proveedor de nuestro hogar".* Dicho lo anterior, el obispo los bendice, diciendo: *"Yo los declaro marido y mujer. Lo que Dios ha unido hoy, no lo separará jamás el hombre. Puedes besar a tu esposa".* Y concluyendo el ritual de la boda, dijo: *"Vayan todos en paz con la bendición del Altísimo: en el nombre del Padre, del Hijo y del Espíritu Santo".* ¡Amén! –Contestaron todos-.

Las campanas doblan una y otra vez con algarabía. El organista entonó esta vez la "Marcha Nupcial". Los pétalos de naranjos y jazmines caían como una lluvia olorosa sobre los esposos, quienes al salir de la iglesia, abordan la carroza rumbo a la majestuosa celebración por la unión de sus almas, sus cuerpos, sus mentes y sus espíritus.

Lo planeado se cumplió. En la celebración hubo de todo y para todos los gustos y hasta para complacer a los paladares más exigentes. Fue un acontecimiento que a través del transcurrir de los tiempos, se recordará de siempre en siempre.

Partieron a su luna de miel en Castilla, España. Se ausentarían por dos meses. Durante este corto tiempo, la "baronesa de las claras aguas" se dedicó a la lectura exhaustiva de la vida de los nobles de por aquellos lares. Él, por su parte, se dedicó a vender la mayor parte de las propiedades heredadas en Sevilla. El dinero que recaudó lo invirtió en la compra de un ingenio azucarero de grandes proporciones en un país del continente americano. Solamente se quedó con la casona colonial en Castilla y la granja de familia en las afueras de Sevilla. Regresaron a casa. Después de un mes, la baronesa le dio la noticia a su esposo de su embarazo. Comenzaron el alistamiento para recibir como príncipe a su heredero y así transcurrieron los meses hasta el alumbramiento.

Nació pues, Luis Gregorio Delio V Montalván y Vega, el 31 de octubre de 1899. Fue recibido por las manos de la partera de la familia de su madre, doña Eusebia de los Desencantos Magallanes Rubio. A las 3:45:01 de la madrugada de ese día, nacía entre sábanas de seda bordadas con hilos dorados y un "moisés" en el que dormiría y en el que se le calmaría el llanto con tiernas canciones de cuna.

"El Barón de las Claras Aguas", además de contar con varias barberías de su propiedad, era el mayor "azucarero" de la región. Además de azúcares de diferentes tipos, contaba con una destiladora de alcohol y la producción de licores de caña.

Con estos negocios, su inversión inicial aumentó al 100 %, convirtiéndolo en el primer millonario de la ciudad. Tanto es así, que su hijo nunca asistió a la escuela. Su educación fue en casa con "intitutrices" y maestros calificados. También recibía clases de arpa, violín, piano, pintura y canto.

El tiempo pasaba. El niño ya era adolescente. De excelente porte, estilo y educación. Políglota... Hablaba, escribía, comprendía y leía bien los idiomas: castellano, alemán, inglés, francés, italiano, ruso, mandarín y portugués. Dotado de un encanto especial. Gustaba mucho de las obras de arte, de la literatura y la música clásica. Cuando leía, gustaba siempre degustar una taza de té con crema, escuchando las obras magistrales de Vivaldi, Mozart, Bach, Handel, Beethoven, Chopin, Brahms y Strauss. Se volcó a escribir. Su fuerte fue el género de novelas románticas y los desencuentros cotidianos, en los que la vida diaria no podía mezclarse con los placeres. Así pasó sin medida la existencia.

Ya un hombre de treinta años, sus padres lo observaban y lo veían ensimismado en las brumas de la soledad, entre música clásica y literatura. Decidieron sacarlo de su monotonía y dieron una fiesta e invitaron a las jóvenes solteras (solteronas ya que después de los veinticinco años eran consideradas como tal), de la misma clase social, para ver si su vástago se interesaba en formar un hogar, pues con los diez libros que llevaba escritos, en ediciones múltiples; si había vendido tres o cuatro ejemplares de algunos de ellos, era una victoria (aunque él decía que no escribía para vender, si no por placer). Además, sus padres estaban ya envejeciendo y nadie mejor que su heredero para comenzar a involucrarse con los negocios familiares para sacarlos adelante; y porqué no... Casado con una mujer a su altura en conocimientos y cualidades, pues a la par de un gran un hombre siempre hay una gran mujer.

Aun en desacuerdo con el agasajo por su 30 aniversario, aceptó. Comenzaron los arreglos para el festejo. Faltaban seis meses para el 31 de octubre de 1929. Todo debía de salir perfecto. A cargo de esto estaba su madre, que era una perfeccionista empedernida. Su traje fue encargado a la mejor sastrería de Sevilla, España. Los adornos, la misa de acción de gracias, las flores y demás, serían realizados en la Catedral donde se casaron sus padres y donde lo bautizaran a él.

No contrataron músicos. Él mismo se encargaría de enamorar los oídos de los asistentes desde su piano, acompañado por sus mejores pupilos en el arpa y el violín.

Sin que sus padres lo supieran, él tenía un plan. La mujer que escogiera ese día para comprometerse debía de gustar por lo menos de la lectura; desenvolverse con soltura en una conversación; saber de arte y música; gustar de la ópera; contar con buenos modales; ser amable y saberse comportar públicamente.

Así pues, llegado el día de las brujas (para Norteamérica) en 1929, se comenzaron a recibir en la mansión familiar (como si fuese en algunas de las cortes de la realeza española), a las invitadas de honor, quienes iban siendo anunciadas de viva voz al momento de entregar sus invitaciones en la entrada. Posteriormente, los mayordomos se encargaban de indicarles donde quedaban sus puestos. Mientras esto sucedía, una "vitrola" sonaba los más románticos valses de tiempos remotos.

Después de las 8:30:00 pm., cerraron las puertas. Todas las mesas estaban llenas. Hermosas damiselas con espléndidos vestidos y ajustados corsés, con abanico en mano, esperaban la apertura a tan magno y sofisticado evento.

A las 9:00:00 pm., "el Barón y la Baronesa de las Claras Aguas", bajan las escaleras a paso lento hasta llegar al primer piso... Al salón principal. Las "arañas" enormes lucían esplendorosas sus lágrimas traslúcidas de vidrio colosal al toque de la luz. El vocero de la familia, alza la voz desde un pequeño balcón y dice: "Recibamos con un fuerte aplauso al "barón y a la baronesa de las claras aguas", don Luis Gregorio Benito IV Montalván y Calderón y su señora esposa, doña Lucrecia Efigenia de la Concepción Vega Duarte de Montalván y Calderón.

Pasados los aplausos y la ovación de los asistentes a los anfitriones, el vocero anuncia la presencia del homenajeado de la noche... "Es un placer para mí, presentarles al señor barón don Luis Gregorio V Montalván y Vega, escritor de profesión, poeta, políglota y músico. Noble y honorable hijo del "Barón y la Baronesa de las Claras Aguas".

Como si fuese el mejor de los teatros, una luz siguió desde su aparición a Montalván y Vega, quien después de recibir los aplausos de sus admiradoras, pasó a tomar posesión del piano, deleitando a los asistentes con su destreza al interpretar a los más famosos compositores de música clásica de aquellos tiempos… Cada nota se elevaba a su máxima expresión. En su rostro se palpaba un gozo estrepitoso, que sin querer parecía trasladarlo a un tiempo lejano e inusual.

Luego, con una voz exquisita, se escucharon los versos de "El Implorante" y de repente de otra esquina del salón, sobresale el vocerrón de "Neptuno" y todo aquello se asemeja al mejor "número" de ópera nunca por los presentes visto.

Se despliegan así por aquel clásico ambiente las notas de arpas y violines entre las copas que contienen el mejor y más espumoso champagne.

Entre-tiempo, ninguno de los asistentes sintió el pasar de las horas. Parecían transportados –como diría el poeta mexicano Amado Nervo-: "… a cierta emoción anterior, venida de lo lejano".

Luego el cumpleañero invitó a los asistentes a participar e hizo de la celebración una gran tertulia lírico-cultural, en donde cada uno disfrutaba.

De entre los participantes, salieron a relucir todo tipo de talentos: trovadores, poetas, declamadores, músicos, cantantes, escultores, pintores, dieron a conocer sin pena, la procesión que llevaban dentro.

Mientras tanto, la mirada de Montalván y Vega se había posado en una joven mujer que sin querer había dejado entrever todos los dones que él buscaba. Sentía que en ella latía todo lo que anhelaba. Cuando ella –desinhibida- subió a presentarse, lo hizo a la altura:

"Buenas noches. Soy Perfecta Epifanía Amada Bohórquez Mendizábal. Descendiente en línea directa de los duques Perfecto Epifanio Clemente Bohórquez Siqueira y Amada Leticia Margarita Mendizábal Klass de Bohórquez Siqueira. Me considero más poeta que escritora; trovadora, intelectual, lectora asidua. Debido a la disciplina que como lectora me embriaga, me encanta leer a Rubén Darío; Cervantes; el rey Salomón. Gusto del buen vestir; el buen comer; el buen beber; el buen andar y el buen hablar. Si aún no me he casado, es porque no he encontrado al candidato ideal. Porque, no niego que soy exigente y muy selectiva. Me gusta investigar antes de "meter las de andar" y cometer una equivocación garrafal". Es por ello –continuó- que me atreveré a cantar algunas coplas de mi autoría: ´Ese amado que no llega, porque le he de investigar, deseo que sepa de sobra, que si lo escojo a deshora, no es porque es menester, más bien es porque deseo que veamos juntos el sol y la luna y cada amanecer. Ahora que les he dejado saber mi real entender, de Montalván y Vega me despido, robándome sus suspiros, los que llevaré conmigo porque estoy segura que nos hemos de volver a ver´.

Las coplas y estribillos en la voz de tal mujer, dejaron prendado al homenajeado, quien ya no puso atención al resto de las doncellas maduras que poblaban su salón.

Se terminó el ágape después de la media noche. Hubo de todo: comida, bebida, bailes románticos al compás de valses ... Con el "Danubio Azul" las decenas de parejas, como que habían ensayado cada paso, hacían su elegante y formidable espectáculo. ¡Ah! Y qué delicia era ver y escuchar a los declamadores y poetas dando la entonación a cada metáfora y verso. Las demostraciones artísticas no pararon ahí. Los lienzos al óleo de hermosos paisajes, parecían hablarle a la concurrencia. El canto de los sopranos. El gemido envolvente de las notas de los violines y pianos de cola. Las interpretaciones de actos de ópera dignos de un teatro; las esculturas talladas con precisión; en fin, aquello fue más que una fiesta de aniversario, la mejor tertulia lírica, clásica, artística y musical... Algo nunca visto por aquel lugar.

Pasaron tres días. Las núbiles doncellas maduras estaban pendientes y a la espera del llamado oficial que daría a conocer a la feliz escogida para contraer matrimonio con aquel caballero que parecía haber salido de un cuento de hadas o de algún castillo novelesco e irreal. Sin embargo, los Barones de las Claras Aguas, aún no se habían reunido con su hijo para llegar a un veredicto final, sobre la futura nuera que habrían de adoptar y aceptar como miembro de la familia después de aquel baile fenomenal.

Llegado el cuarto día después del festejo, a la hora de la cena, sentados los tres a la mesa, se atreven a preguntarle a su hijo, por cuál de las 300 invitadas aquella noche se iba a decidir a desposar. Recuerda -dijo el padre con voz autoritaria-... ¡Son tres opciones!, y las tres serán llamadas al estrado para la prueba definitiva. Cuando las hayamos estudiado, te daremos a saber nuestra opinión acerca de cuál de ellas te convendría más como esposa; en el entendido que si nuestra opción no es la más acertada ante tus ojos y te pareciera mejor alguna de las otras dos, la decisión al final será tuya siempre.

Está bien –dijo el joven con obediencia y fidelidad-. Me gustaría me adelantaran los nombres de las futuras entrevistadas, pues es menester. Bien, dijeron, son ellas: Bruna María Eduarda Vasconcellos Calloni, hija de los barones Octavio Antonio Carlos Vasconcellos Dinarte y Eduarda Estebana Cristina Calloni Ramos de Vasconcellos Dinarte. Luego, nos parece bien, Julia Celia de los Ángeles Alfonsini Di Blassio, hija de los condes Juan Mario Emilio Alfonsini Priess y doña Johanna Isabel Teresa Di Blassio Boccelli de Alfonsini Priess y la última candidata sería Perfecta Epifanía Amada Bohórquez Mendizábal, hija de los duques don Perfecto Epifanio Clemente Bohórquez Siqueira y doña Amada Leticia Margarita Mendizábal Klass de Bohórquez Siqueira.

Continuaron diciendo: "A nuestro real entender, preferiríamos te decidieras por alguna de las dos primeras. Ambas tienen título nobiliario de cuna (generación tras generación) y son de alcurnia y fina estampa. La tercera la dejamos y prácticamente la escogimos al azar, pues desde nuestro punto de vista, es poseedora de mucho desarrollo verbal y alguien que habla hasta por los codos, más temprano que tarde, pasa por imprudente".

Él los escuchó con mucha atención y callado. No emitió palabra. Los dejó terminar sin interrumpirlos y cuando concluyeron sus argumentaciones, les dijo: "Está bien. Mándenles el citatorio. Por favor que sea una cada semana, en el orden que establecieron". Y así fue. Aunque a sus padres nunca se les imaginó quién sería la escogida para esposa y nuera respectivamente.

Mandaron pues con el mandadero las citas hasta las casas de cada una de las tres mujeres. En el citatorio iba hasta la forma en que deberían vestirse para la comparecencia. Los avisos rezaban así:

Srta. Bruna María Eduarda Vasconcellos Calloni.
12 de noviembre, 1929 – 6:00:00 p.m.
Traje formal y de gala

Srta. Julia Celia de los Ángeles Alfonsini Di Blassio.
19 de noviembre, 1929 – 3:00:00 p.m.
Traje elegante y casual

Srta. Perfecta Epifanía Amada Bohórquez Mendizábal.
27 de noviembre, 1929 – 5:00:00 p.m.
Traje casual

Los Barones de las Claras Aguas, informaron a su hijo de la distribución de los citatorios. Respetuosamente increpó a sus padres diciendo: "A la joven que yo escoja, enviaré con el mandadero el broche con el escudo de nuestra familia. Ella, después de cinco días de recibida la respuesta, tendrá que hacerse presente en el alcázar real. Las tres respuestas han de ser entregadas el mismo día".

Sus padres estuvieron de acuerdo y además se comprometieron a acatar su decisión.

Llegada la fecha 12 de noviembre de 1929, cinco minutos antes de las 6:00:00 p.m., sonó la campana de la puerta principal. El mayordomo atendió y anunció con voz de trueno la llegada de la joven Bruna María Eduarda Vasconcellos Calloni. Fue conducida a la biblioteca de sus posibles futuros suegros, en donde ellos estaban presentes acompañados por su hijo. Se sentaron todos a la mesa redonda en la que solían recibir a los invitados especiales y degustando un té negro con galletas de coco, dieron inicio al interrogatorio... ¿A qué te dedicas? ¿Qué opinas del matrimonio? ¿Estás dispuesta a honrar el escudo de nuestra familia y nuestro título nobiliario? Después de las respuestas y pasada media hora despidieron a la joven y cada quien se retiró a sus aposentos.

Así pasó con la siguiente candidata, la joven Julia Celia de los Ángeles Alfonsini Di Blassio el 19 de noviembre de 1929 a las 3:00:00 p.m. y con la joven Perfecta Epifanía Amada Bohórquez Mendizábal, citada para el 27 de noviembre de 1929 a las 5:00:00 p.m. Al día siguiente, fueron despachadas las respuestas a las casas de las jóvenes.

Sus padres esperaban ansiosos el transcurrir de los cinco días en que la joven escogida daría la respuesta a su hijo. Se contaba en el calendario la fecha 3 de diciembre de 1929. El reloj de pared comenzó a mover diestramente su péndulo para anunciar las cuatro de la tarde. Pasados cinco minutos, llama la campana de la puerta principal. Los Barones de las Claras Aguas intercambiaron miradas. El mayordomo, con voz alta y sonora (como la de un clarín), anuncia la llegada de la señorita Perfecta Epifanía Amada Bohórquez Mendizábal; asombrados ante la escogencia de su hijo, no les quedó más que honrar aquella visita y planear la petición de mano oficial ante los padres de la ahora novia oficial.

Así fue. Los duques, don Perfecto Epifanio Clemente Bohórquez Siqueira y su señora esposa, la duquesa, doña Amada Leticia Margarita Mendizábal Klass de Bohórquez Siqueira, fueron notificados de la visita de "los barones de las claras aguas" para la planificación de la boda de sus hijos.

Se hace un paréntesis para dejar saber que los padres de la duquesa Perfecta Epifanía Amada Bohórquez Mendizábal, habían formado parte de la alta sociedad. Con sus negocios –herencia adquirida con la dote entregada por sus abuelos maternos, al momento del compromiso de sus padres- que consistían en tiendas de verduras, frutas, "comiderías" para la clase media y trabajadora, dos restaurantes para la "high class", fueron amasando más y más dinero; consiguiendo abrirse paso entre la sociedad clasista de su entorno, hasta adquirir los títulos nobiliarios de "duques", tan necesarios para poder formar parte de la "alcurnia" que no poseían de nacimiento.

Los duques prepararon su palacete (mucho más modesto que el hogar de sus consuegros) para el día 28 de diciembre de 1929, día en que la iglesia católica conmemora a los "santos inocentes", en horario de las 7:00:00 p.m.

Confirmada la asistencia de sus consuegros, comenzaron a prepararse para la ocasión. Mientras los futuros esposos – como era tradición- volverían a verse hasta la fecha dispuesta por sus padres.

Transcurrieron los días. Nadie sintió el transitar del tiempo, debido a las celebraciones y días feriados que por esas fechas se dan.

El día y la hora marcados llegaron al fin. En el palacete de los duques fueron anunciados –con mucha menos pompa- la llegada de la familia de los barones de las claras aguas.

La joven comprometida hizo gala de sus talentos. Con destreza inimaginable interpretó en el piano las mejores "master pieces". Los consuegros se deleitaban probando los exquisitos quesos, jamones y uvas "germanas"; bocadillos que acompañaban con el mejor vino blanco y seco de la temporada. En el "entretanto", se dejaban venir los deliciosos aromas desde la cocina.

Impresiones iban y venían en su máxima expresión. Hablaban de los recorridos que cada pareja presente había hecho a lo largo y ancho de Europa. Sin embargo, los ojos de todos bailaban al compás de la servidumbre que de un lado al otro del comedor se desplazaban. Aquella mesa era para 30 personas y a todo lo largo de la misma, las miradas se posaban en las decoraciones que tenían los platos, los vinos, los postres y demás.

Cuando la servidumbre hubo terminado de colocar la comida, los platos, las copas, las servilletas y los cubiertos, anfitriones e invitados se acercaron al salón para cenar.

Después de la cena, "el barón de las claras aguas" tomó su tenedor y golpeando la copa de agua a su lado dijo: "Buenas noches. Antes de cualquier otra cosa, muchas gracias por la calurosa acogida y especialidad de ésta recepción. Mi esposa y yo estamos aquí, para pedir oficialmente la mano de la señorita Perfecta Epifanía Amada Bohórquez Mendizábal para nuestro hijo, Luis Gregorio Delio V Montalván y Vega. Por lo que necesitamos una respuesta a lo inmediato para fijar la fecha de la boda el próximo 31 de diciembre de 1930". A lo que el duque Bohórquez Siqueira respondió: "Petición concedida". Todos levantaron sus copas y brindaron.

Luego, tomó la palabra el novio, quien haciendo una genuflexión dijo a su prometida: "Yo, Luis Gregorio Delio V Montalván y Vega, te pregunto a ti, Perfecta Epifanía Amada Bohórquez Mendizábal, si aceptas ser mi esposa el 31 de diciembre de 1930" y ella, con ojos de mariposa enamorada respondió: "Sí acepto". Entonces él tomó el anillo de compromiso (que había venido de generación en generación) y lo colocó en su dedo corazón. Después de esto, nuevamente todos los presentes levantaron sus copas y brindaron por el futuro de los comprometidos.

Como en todo ritual de nobles, los duques procedieron a darle a su futuro yerno los horarios y fechas de visita: de lunes a viernes de 6:00:00 a 9:00:00 p.m. y los fines de semana de 11:00:00 a.m. a 9:00:00 p.m., bajo la supervisión esporádica de algún miembro de su servidumbre o de los padres de los mismos, o sea, nosotros –dijo como susurrando-. ¿Está claro? A lo que el joven asintió.

La recepción del compromiso tuvo feliz término. Sin embargo, al llegar a casa, la baronesa de las claras aguas, en la calidez de su habitación confió a su esposo: "No estoy ni un poco feliz con éste compromiso. Esa joven aun no me convence de estar a la altura de nuestro hijo. ¡Debemos hacer algo!". Su esposo, se acomodó entre las sábanas, tomó entre sus manos el clásico del español Fernando de Rojas (La Celestina), se puso los lentes, encendió la lámpara de kerosene de la mesa de noche y se dispuso a leer hasta que el sueño lo venció.

A partir del día siguiente, todas las acciones de la baronesa de las claras aguas hacia su futura nuera, serían falsas. Estaba dispuesta a evitar que su hijo se casara con la joven, aunque ello la llevase a realizar acciones inimaginables para deshacer ese compromiso. Así su hijo estuviera desbordando felicidad, para ella esa actitud no era suficiente. Pensaba: "De darse esa boda, pasaremos a formar parte de la bola de ignorantes y farsantes; de aquellos que tienen títulos de nobles, no porque lo sean, si no por haberse ubicado en la sociedad como nuevos ricos o porque se dieron el gusto de comprarlos".

Exactamente era lo que estaba sucediendo no sólo con sus consuegros, si no con muchos otros de clase alta en aquella viciada sociedad... Pero, era muy prematuro aún sacar de la manga éste "as de oro", por lo que tendría que ingeniárselas para jugar bien la partida y ganar.

Los preparativos de la boda seguían su rumbo. El joven recibiría además la dote que le darían los duques por desposarse con su hija. Esta dote era de una buena suma en dólares y como correspondía en estos casos, los gastos de la boda también correrían por cuenta de los padres de la novia.

Pasando ya cinco meses, Luis Gregorio Delio V, presentó un cuadro severo de neumonía, lo que le obligó a guardar reposo sin derecho a visitas; aún así, continuaban los preparativos del matrimonio. Recuperado de su afección un mes y medio después reanudó las visitas a su amada. A los dos meses de "haberse recuperado", se enfermó nuevamente con una gripe muy fuerte, con altas temperaturas y una molesta e incesante tos; por lo que su médico de cabecera recomendó nuevamente "reposo absoluto", cero visitas y un clima más cálido, mientras se completaban un sin número de exámenes para descartar la sospecha de "tuberculosis" –enfermedad que azotaba indiscriminadamente a las personas en esos años-. El doctor le envió a seguir una dieta muy especial: caldos calientes concentrados; leche caliente con canela y rapadura de dulce; además de no cabalgatas cuando el sol estuviese fuerte; no caminatas bajo la brisa ni bajo la lluvia fuerte; abrigarse siempre bien y guardar reposo la mayor parte del tiempo. Él y sus padres decidieron guardar su situación de salud bajo siete llaves.

Los preparativos de la boda seguían. Debido a su padecimiento, sus padres, aprovechando su debilidad, decidieron trasladarlo a las montañas de España... Y así fue. Le ocultaron la información de su partida a Perfecta, a quien le dijeron que él se tendría que ausentar debido a los negocios de su padre en Europa –los que serían su herencia- pero que para un mes antes de la boda, todo estaría normal nuevamente. Le dijeron: "Recuerda continuar con la preparación de tu ajuar, de la ceremonia, la recepción y compras de los boletos del barco que los llevará a Europa de luna de miel". Pero, para Perfecta, él nunca abandonó la ciudad, mucho menos el país.

Una vez en España, lo sometieron de nuevo a todos los exámenes habidos y por haber para determinar si sus pulmones estaban sanos y libres del bacilo de la tuberculosis; muy tristemente, diagnosticaron que ambos pulmones estaban gravemente afectados. Le recomendaron lo mismo… La misma dieta que había venido siguiendo y reposo absoluto.

Sus padres hicieron la pantomima ante Perfecta. Falsificaron cartas de amor con la firma de su hijo y en una de ellas le dijeron: "Querida mía: Sería mucho mejor que nos volvamos a ver hasta el día de la boda; fecha en la que nos juraremos amor eterno y estaremos eternamente juntos hasta después de la misma muerte. Recuerda que te amo con todo mi corazón, mi mente y mi alma. Tuyo, tu amado". Ante la petición, ella aceptó sin pestañear, pues le pareció un gesto muy romántico entre dos personas que habían nacido el uno para el otro. Y como entre ellos nunca existieron secretos, no cabía la más mínima posibilidad de duda.

****

Así transcurrieron los otros cinco meses y medios que faltaban para el matrimonio.

El 31 de diciembre de 1930, en la Capilla del Perpetuo Socorro (parroquia que le correspondía a la novia por su domicilio), todo estaba dispuestamente preparado para la boda. Las campanas comenzaron a anunciar lo que sería un gran acontecimiento ante los ojos de aquella mal llamada sociedad.

Los invitados comenzaron a hacer acto de presencia. Las bancas de la iglesia, se estaban llenando rápidamente, tanto es así, que aún faltando una hora para la ceremonia, estaba tan llena, que no cabía ni un alfiler.

El incienso de jazmín se dispersaba en el ambiente trayendo sosiego a los asistentes que esperaban ansiosos la llegada de los novios.

Nadie imaginaba lo que pasaba en ese momento en España. Al novio, sus padres (dizque para protegerle y sanarle) le seguían mintiendo. Mas, ese día en particular, el nombre de Perfecta entre un murmullo y otro, se escapaba de sus labios como una perenne letanía.

Las campanas hacen un segundo llamado. En el palacete de los duques, una novia llena de emoción estaba recibiendo la bendición de sus progenitores. Pronto se enrumbaría hacia la iglesia a desposarse con el hombre a quien ella había esperado por tanto tiempo.

El eco del deje desde el campanario se escucha. La novia ha llegado al fin al atrio de la iglesia. El cortejo delante de ella. Sus suegros -de prisa- suben al altar mayor, en donde además está su madre -que se unirá a la compañía de su padre- cuando éste la entregue a su prometido en el altar. Los invitados por su parte, sorprendidos están... El novio no ha llegado, como es tradicional. La novia llegó atrasada y aun así, el novio desaparecido está.

El sacerdote sale de la sacristía, acompañado de diáconos y monaguillos (sus ayudantes en todos los rituales que celebra). Tenía ya cinco minutos esperando la llegada del novio y nada de poder empezar... Sin novio no hay boda.

Pasada media hora, Perfecta se comienza a preocupar. Sudores helados emanan por los poros de su piel. Los padres del novio hacen el "parapeto" de desconocer lo que pasa; los invitados se desesperan y el cura dice: "Daré media hora más".

Concluidos los otros treinta minutos de espera, el padre dijo: "La boda se cancela por ausencia del novio". ¡Qué vergüenza! ¡Qué decepción! ¡Qué horror! Perfecta desesperada se descalza; arranca la diadema y el velo de su cabeza y llorando se echa a correr rápidamente, como una saeta atravesando el portón principal de la iglesia.

Los barones no saben que otra disculpa dar. Se sienten en la obligación de seguir guardando el secreto de la enfermedad tenebrosa que aqueja y consume a su unigénito en España.

Los duques decepcionados corren detrás de su hija; mas, le perdieron el rastro. Nadie sabe adónde fue ni a qué hora llegará.

Perfecta, con su inmaculado vestido llegó hasta la fontana. Quería encontrar la explicación que le convenciera ante tal desacierto. Había sido dejada plantada en el altar. Sus sentimientos aciagos se confunden en si es pesadilla o realidad. Los sinsabores acicalados, agrios, desabridos, le ganan la batalla. ¡Acólito actuar! El corazón se une a su voz interior y aclama en silencio a las ruinas de su amor. Sus lágrimas resbalan bañando su rostro finamente delineado por la amargura ante la cobardía que habrá de acomodar. ¡No habrá otro amor! –Angustiada se decía-. Solamente me haré de subordinados que al compás de la música de la pasión me obedezcan con tan sólo sonar mis dedos. ¿Más problemas? ¿Más aciertos? –Se preguntaba-. No será más que el acervo que atesoro en mansedumbre, hasta que este dolor todo se disuelva en la nada de su realidad volátil. Las aguas profundas y frías de la fontana se arremolinan dejando escapar los desechos que la envenenan. ¡Todo retumba! Sus pensamientos como humaredas se levantan perdiéndose ensimismados en la frustración y el dolor... Mas, ¡todo algún día ha de pasar! ¡Lo sé! –Así trataba de consolarse-.

Al fin sus padres lograron encontrarla. Ya era de madrugada. Lucía como una orquídea pálida y acongojada. No ha cesado de sangrar su herida y la espina del desamor sigue incrustada al centro del corazón como las que brotan de los tallos de las rosas para protegerlas de ser cortadas por manos humanas. Es en vano su cavilar. No encuentra en sus pensamientos uno que le lleve a la razón exacta que haya llevado a su amado a hacerle tal crueldad. No alcanza siquiera a imaginar que él en su agonía, con su voz apagada –entre la muerte y la vida- llamándole está.

Han pasado después de esto varios años. Una o dos décadas quizás. A la duquesa Perfecta Epifanía Amada Bohórquez Mendizábal, como alma en pena, desde aquel día, por las calles y avenidas del pueblo se le ve transitar. Vestida de negro y con un velo que le cubre el rostro y que apenas permite imaginar su faz; con los labios resaltando al centro de tanta obscuridad y los zapatos de tacón alto que estilizan su delgadez sepulcral.

Algunos dicen por ahí que le han visto sola hablar. Que sus pasos elegantes se pierden, cuando sus tacos altos se hunden en el terreno fangoso que lleva a la fontana. Otros dicen que le han visto hacer tratos con los rayos de la luna, con su cabello hirsuto ondulando con el soplar del viento y su rostro reflejado en el espejo de las aguas quietas en donde se reflejan los astros del cielo, esos que anuncian la buena o mala fortuna.

Los años prosiguieron inclementes su andar. Por el palacete familiar no se le volvió a ver más. Dicen que vive en la cueva de un murciélago voraz que acabó con su memoria, impidiendo sus amargos episodios recordar. Que se volvió loca de amor... Porque su amor eterno la abandonó al pie del altar.

"La baronesa de las claras aguas" logró separar a su hijo de la plebeya Perfecta. Enviudó y hoy vive sola como un cangrejo en el mar. Anciana y sin sirvientes en la calle de la amargura está. Dicen también que en su agonía, pidió ver a aquella joven, pero fue muy tarde. Días antes, Perfecta fue encontrada bañada por el plenilunio de octubre, dentro de la cueva del murciélago que le mordió el raciocinio.

Luis Gregorio Delio V Montalván y Vega, aun recluido en el hospital donde lo dejaron sus padres para curar su mal, ha llegado para el sepelio de su madre; al de su progenitor, no pudo acudir, pues ni siquiera se enteró de que había fallecido, hasta varios meses después de su defunción.

Cuando entró a los aposentos, en donde su madre dio el último suspiro, encontró en la mesa de noche una caja de madera y encima de ésta un sobre con su nombre.

En la caja estaban muchas cartas que narraban todo lo sucedido. Hablaba también de cómo la conciencia le remordía... *"Hubiese sido mejor dejarte casar con ella que haberte apartado así. Hoy más que la soledad, acaban conmigo la poca conciencia que me queda, que no es más que el verdugo de mis penas, esas que con precisión me condenan. ¡Um...! Hijo mío, sus restos dicen que están en la primera cueva que hay camino a la fontana".*

Después de haber enterrado a su madre y ya con sus 70 años cumplidos, se dirigió hacia la fontana, cerca del pantanal. De repente –frente a la entrada de la cueva- llamó su atención una botella verduzca, cerrada con un corcho, que el oleaje vespertino mecía con suavidad. Claramente podía ver dentro del cristal oscuro, un papel enrollado... ¡Un mensaje quizás! La curiosidad le pudo y lentamente se acercó. Tras varios intentos por quererla atrapar, al fin lo consiguió. Al quitar el corcho, con avidez introdujo una rama delgada que encontró por allí y poco a poco, sacó aquella hoja de servilleta, misma que lucía intacta, hecha un rollito y amarrada delicadamente con una cinta que tenía grabado su nombre y el de su amada y la fecha en que debieron haberse casado. El pequeño pergamino, tenía un poema... Unos versos que hubo de haber escrito en algún momento de lucidez, para dejar escapar el dolor que su ausencia le causó, ese mismo dolor que no dejó de sangrar hasta que con su vida acabó. El poema decía así:

PEABM para mi único y grande amor, el
que se perdió en la nada y nadie supo
del porqué de tan triste decisión...

NO LLORES MI BIEN AMADO

Estará siempre en mis recuerdos
la imagen de las greñas de la luna
aturdidas e hirsutas… sobre el ocaso cayendo.
La mirada aun llorosa de tus ojos avivados
por el café claro de la miel
o por el café obscuro de cien rajas de canela.

Se viste de luto mi alma al ver tu barco partir,
sobre ese mar turbulento agitado por grandes olas,
rellenas con la arena de trozos desparramados
con espuma de tormentos.
Este temporal no amaina.
De un lado al otro tu barco
es sacudido con las ráfagas de aire
[de corrientes pendencieras.
Con seguridad, este terrible temporal,
te arrastrará a la deriva,
te arrancará el aliento y te despojará de la vida.
No llores mi bien amado… ésta no es la despedida.
Es tan sólo la vasta fotografía
que hará que yo recuerde lo pronto de mi partida.
Yo no perderé mi tiempo.
Yo no esperaré mi día…
Me apresuraré y haré la reserva
en el primer vuelo que encuentre
(directo y sin escalas),
sin presentar pasaporte;
y burlaré la vigilancia
y contaré los minutos para reunirme contigo.

Entre risas, a escondidas... nuestros espíritus libres
[tropezarán frente a frente;
con ironía el aire estará dando vida
a nuestro sentir etéreo,
pues es menester querido....
que sin duda y muy pronto me reuniré contigo.
Se formarán en el cielo dos rayitas blancas
que simularán nuestros hálitos de paz...
Y estos versos,
quedarán formando parte de nuestra historia,
en las páginas amarillas de mi envejecido diario.

No llores mi bien amado...
deja que hoy el mar revuelque
[en sus tumbos de agua salada,
cada letra que hoy escribo en
este trozo de servilleta
que estaré metiendo debajo de la puerta
del camarote donde dormirás,
y... solamente, déjate llevar.
Mécete con el vaivén de la corriente a la deriva
como un mensaje errante dentro de una botella...
Para que cuando alguien,
a través del tiempo la encuentre,
se imagine cada uno de nuestros bellos momentos,
aquellos que fueron mágicamente humedecidos con
[el elíxir fogoso,
de cada sorbo que dábamos a
la bebida de los dioses.

No llores... ¡No!, ¡no!...
¡No llores mi bien amado!
Alimenta con esperanzas esos intentos fallidos,
... Recuerda, querido mío,
que pronto estaré contigo.

Con el rostro cubierto por las lágrimas, se encaminó hacia aquella cueva húmeda, fría, obscura. Cortinas de estalactitas parecían decorar aquél lóbrego lugar, dividiendo los recovecos que lo formaban. Cientos de quirópteros ante la luz de la vela que le acompañaba para alumbrar el sitio, volaron despavoridos, atropellando su entristecido andar. De repente, un aire suave comenzó a soplar. La luna nueva se perfiló en el cielo y filtró sus rayos alumbrando tenuemente aquella morada caliza. Los grillos y las ranas entonaron un concierto. Los búhos que no cantaban, lo hacían cual tenores; después del recorrido, tratando de encontrar algo más que le hablara de ella, vio que desde la cima, algo levitaba despacio... Era un velo negro, mismo que tomó en sus manos. Lo llevó a su nariz y todavía se podía sentir el olor del perfume de jazmín y almendras que su dueña usaba. Sus ojos se humedecieron nuevamente ante la crueldad del desconsuelo. Su amada Perfecta era etérea, liviana, libre y había bajado para llevarlo con ella a gozar de la paz que la inundaba allá arriba... En el cielo.

Al barón lo encontraron cobijado con aquel viejo y corroído velo negro de satén traslúcido. Su mano izquierda apretaba en su pecho el poema que le dedicara ella, el que encontró flotando dentro de una botella... Así, se despidió de la vida que le acomodaron -quienes por quererlo bien- a un infierno le llevaron. Mas, su rostro estaba plácido, como si alguien le hubiera llevado a conocer la dicha plena, ya libre de las cadenas que lo esclavizaron.

Hoy día en esta cueva, se escuchan cantares nocturnos. Voces y murmullos de enamorados –plácidos- se difunden. Sus ecos se dispersan a ayudar con sus versos a aquellos que han sido envenenados por Cupido y que pueden estar siendo víctimas del irrespeto al sentimiento.

RELATO IV

Allá en uno de esos países lejanos –al centro del nuevo continente- se ven las flores humectadas de rocío en un vergel colorido. Aquí se respira vida y alegría. Gorriones huraños sobrevuelan aquel arcoíris aromático, como enamorando a cada cáliz a abrirse con confianza. En este día especial, el ocaso está husmeando entre los débiles rayos solares y los azules del cielo se devanan cual hilos de seda en azur y marfil. Todos los episodios dejan huellas en el transitar de los seres humanos. Somos como las águilas... "Huéspedes en sus propias selvas"; o como canarios huérfanos "que pían en lo alto de sus nidos sin explicarse el porqué de la inocencia".

En éste cálido espacio, nació con el siglo XX una niña hermosa, de tez de nube, labios de rosa, cabello ensortijado en lustroso alquitrán y ojos color de almíbar recién bajada del fuego. En el humilde hogar de Carlota Rosario Ramírez Sándigo y su compañero de vida Pepe Chui (diminutivo utilizado para José Jesús) Barrantes Ramírez, llegó la pequeña flor de marzo, Ubidia Leticia Barrantes Ramírez, el día cinco del mes tercero del año 1900.

Sus progenitores rebosantes de alegría ante tan gran bendición, pues Carlota estaba en su menopausia (entre los 50 y los 60 años –tardíamente diríamos hoy día- quizás porque en aquella época la alimentación siempre estaba en primer lugar y la disciplina de los horarios establecidos para alimentarse, eran religiosamente cumplidos). Cuando hubo nacido la pequeña, Carlota estaba en sus 52 años y Pepe Chui en 55 años de edad. Les parecía mentira a estas alturas de la vida estar cambiando pañales, pues habían perdido toda esperanza de concepción y ya habían aceptado el hecho de no dejar descendencia; mas, cuando toda esperanza parecía fallida, llegó ese motorcito pequeño a impulsar sus deseos de vivir.

En sus años mozos, Carlota Rosario quedaba embarazada, pero con tan mala suerte que a las pocas semanas sufría abortos espontáneos. Por falta de recursos financieros, nunca pudo visitar a un médico. Sus ingresos daban a duras penas para darle una ayuda al hierbero y a la partera del pueblo.

Su hogar lo mantenían con el ingreso de albañilería que de vez en cuando hacía Pepe Chui (quien era reconocido por los excelentes repellos y muros levantados –además de otros trabajitos- hechos a "los narices respingadas" del poblado de Marsupiales). Ella -Carlota- desgranaba maíz para hacer masa y venderla por libra; hacía cuajadas de leche de cabra; cortaba las cabezas de bananos verdes y los cocía para vender y hacía una gran olla de hierro hasta el tope de "chocolate" (bebida espesa y caliente de maíz molido, cacao y agua). A veces a José Jesús le salían "rumbitos" adicionales para realizar y a ella uno que otro encargo adicional (estos centavitos de más, eran ahorrados disciplinadamente dentro de una lata vacía de café molido, escondida celosamente en el gallinero).

Con los pocos centavos que ganaban, el dinerito que caía adicional de vez en cuando y ahorrando lo más que podían, compraron el cuartito donde se fueron a vivir recién "juntados" y poco a poco José Jesús fue ampliándolo hasta convertirlo en un hermoso caserón de suelo de cemento pulido y reluciente, tejas y madera reforzada, además de un invernadero colosal que a la fecha les generaba para terminar de llenar la alcancía de lata que abrían con un cuchillo y martillo al final de cada año.

Los ingresos del trabajo de Carlota eran utilizados para cubrir los gastos básicos y para la compra de la materia prima que utilizaba cada uno en el diario sopor de su vivir.

Con la llegada del bebé todo cambiaba. Las energías de ambos estaban reducidas en un 40 %, sin embargo, contaban con el caserón y lo poco que habían logrado acumular durante todos los años de trabajo. Fue cuando se sentaron a dialogar y llegaron a la conclusión que estaban ya para llevar una vida más sosegada y para dedicarle tiempo a su criatura. Decidieron pues contratar a un ayudante que se encargaría de los asuntos domésticos para que Carlota pudiera dedicarse 100 % a la educación de la niña.

El tiempo transcurría. La pequeña estaba creciendo rápidamente. Carlota y Pepe Chui deseaban –como todo el mundo- lo mejor para su hija; sus sueños se apoderaban de la realidad. Nuevamente se sentaron a discutir qué hacer para que la pequeña Ubidia Leticia aprendiera un oficio para cuando ellos ya no existieran. Miles de ideas se les ocurrieron... Podrían comprar más cabras para criar y vender lo que el rebaño les proporcionara; o hacer crecer el invernadero y vender más plantas; podrían sembrar árboles frutales –además de los vegetales que ya tenían en el huerto del patio trasero-; ampliar la crianza de gallinas y de cerdos; comprar una nueva carreta para llevar a comercializar todo a otros poblados... Una a una llegaban las sugerencias de los dos lados y asimismo se desvanecían.

Para ellos enviar a la pequeña a la escuela era atraso. Primero porque tenían que recorrer millas para ir y volver; segundo, los caminos no eran muy buenos y podría suscitarse algún accidente sin necesidad. Y siendo de la creencia de antaño que era mejor enseñar desde temprana edad a la niña a ganarse el pan de cada día con un oficio honrado como el de sus padres, optaron por no mandarla a la escuela. Al final de cuentas, ellos nunca necesitaron papel y lápiz para sacar una cuenta y mucho menos aprenderse las tablas de matemáticas para saber cuánto les debían los que se llevaban "al fiado" sus productos.

Así crecía Ubidia Leticia, quien consciente de la astucia de sus padres, sabía que en el diario vivir hacía falta algo más: aprender a leer y a escribir, lo que ella consideraba -más que un deber- una necesidad urgente. Nunca los contrarió. Aprendió a lidiar con el negocio familiar; nadie le daba lecciones al respecto. Puso en práctica su propia técnica para generar más ingresos. Amaba la tierra al igual que sus padres y era muy del trabajo honrado y digno. A sus siete años era excelente negociadora, lo hacía mejor que su padre y su madre juntos. Al ver la agilidad, inteligencia y astucia de la niña para los negocios, sus padres decidieron comprar una nueva carreta y un par de bueyes adicionales (dejando para el trabajo de casa –a lo interno- la carreta vieja y sus bueyes).

Los árboles frutales sembrados años atrás ya tenían retoños y pronto comenzarían a sacar frutas en cantidades considerables; ya no se diga los vegetales y la leche de cabra (de una pareja de cabras surgió un rebaño de cerca de 24 animales). Se encargaría pues José Jesús de enseñar a su hija el manejo de la carreta, ya que la tercera edad ya les estaba pesando en la espalda y ya era hora de que fuese tomando las riendas de lo que iba a heredar. Y así fue. El cinco de marzo de 1908, con sus ocho añitos cumplidos, Ubidia Leticia y sus padres emprendieron rumbo hacia el poblado de "El Juncaral", a siete leguas de su vivienda y a día y medio de camino. Iban apertrechados hasta los dientes para aquella larga y cansada gira. En los morrales llevaban: tamales, queso, semillas, agua, frutas, leche cruda, mosquitero (para los zancudos o cualquier otro insecto o animal peligroso o inoportuno), fósforos, leña y kerosene para hacer una fogata, lona para levantar una carpa, frazadas... En fin, todo lo necesario para el día y la noche.

Descansaban ellos, los bueyes y el burro que cargaba las provisiones del viaje. Cada seis horas se detenían a comer y a relajarse un poco.

El día de la partida, al atardecer, los campos estaban afelpados; las mariposas afloraban entre bejucos y velillos; brisas áfonas les obligan a guarecerse bajo la ancha copa de un cedro frondoso, mientras el río y el viento parecían darse un tremendo banquete. Manojos coloridos de mariposas aglutinadas, hacen que se olviden de tantas molestias y dejan abierta la grieta del agradecimiento a Dios para Pepe Chui, Carlota y la pequeña Ubidia Leticia.

A las pocas horas de nuevo emprenden el camino. Deben aprovechar la luz del día para avanzar lo más que puedan y hacer una parada más antes del anochecer y cenar y dormir tranquilos; levantarse y desayunar hasta llegar a su destino final.

En el trayecto la niña no paraba de hacer preguntas que su madre se ingeniaba para contestar. Se maravillaba de todo lo que sus ojos recorrían; parecía hacer versos con cada comparación acerca de la naturaleza y mientras tanto, seguía transcurriendo el tiempo y ellos acercándose más a El Juncaral. Llegada la hora, acamparon ya muy entrado el anochecer. Encendieron la fogata para ahuyentar mosquitos; dejaron a los animales pastar, beber agua y descansar; se sobrecogieron entre el calor de sus frazadas y durmieron hasta temprano en la madrugada en que les despertó el ruidoso correr de las aguas del riachuelo cercano.

Nuevamente continuaron su travesía. Después de nueve horas, casi al atardecer llegaron al poblado El Juncaral. Buscaron una posada u hostería para descansar un poco y luego salir a contactar a Eusebio Granados, quien estaba vendiendo una carreta, dos bueyes y de paso un pequeño rebaño de 18 cabras.

Así fue. El diez de marzo de 1908, Pepe Chui fue a negociar con Eusebio Granados, el valor de todo lo que vendía. El paquete tenía el costo de cinco mil pesos. Pepe Chui, acostumbrado a "regatear", logró bajarlo a P$3,800.00 pesos, ya que debía buscar la forma de llevarse los animales, la nueva carreta (para una flota de tres) y los bueyes para su casa... Y cerraron el trato.

Mientras lo anterior pasaba, Carlota y la niña salieron a dar un paseo por los alrededores de la posada. Ubidia Leticia veía a los niños contentos con sus bultos colgando, riendo y jugando en el camino hacia la escuela. Escuchó gozosa la campana que los llamaba a ingresar. En su mirada se veía plasmado el deseo del saber... El anhelo de aprender; de estudiar... Pero ¿qué hacer? No debía contrariar a sus padres. Debía olvidar en "el para mientras" la idea y concentrarse en los objetivos que se habían trazado para ella.

Su padre regresó al fin a la posada, montado en la carreta número tres que compró. Preguntó al dueño de la hostería si conocía a alguien responsable que vendiera un "barandal" en qué trasladar las 18 cabras adquiridas; por lo que la estancia en el poblado de El Juncaral se alargaría quizás por una semana más.

Se dio a la tarea de buscar como trasladarse con todo lo comprado. Costó un poco encontrar algo y alguien con las características que él buscaba para concluir sus metas y el viaje de regreso; mientras, su pequeña hija, ya había averiguado en dos días cómo ir y venir de la posada hasta la escuela.

Se conformaba con escuchar las clases por una hendija. Una maestra daba clases en un salón mediano como a veinte niños. Veía los dibujos y las letras; los números, los juegos que realizaban para aprender con más facilidad. En fin, ella se conformaba únicamente con eso. De repente sintió que los ojos grandes de la profesora se detuvieron en la hendija donde ella tenía puestos los suyos. No se dio cuenta en qué momento la joven maestra estaba ya a su lado invitándola a entrar y participar como "oyente" de la clase. ¡Qué gran experiencia! -Se dijo la pequeña- y así absorbió en pocas horas algún conocimiento nuevo. Mientras, su madre se volvía loca buscándola por los alrededores de la hostería, pues se sentía nerviosa de sólo pensar que José Jesús llegaría y no encontraría a la niña... *"¡Ay Diosito! ¡Diosito! ¡Si mi va a armar un sainete!"* –Monologaba con su deje campechano-.

La pequeña tenía una gran confianza con su madre. Acostumbrada a decir la verdad, fuese lo que fuese, le comentó la experiencia que tuvo en las horas recientes aquel día cuando fue invitada a participar de oyente en aquel salón de clases de la escuela del pueblo. La madre, viendo cómo le brillaban los ojitos a la pequeña, acordó con ella que, todo el tiempo que estuvieran por aquellos lados, asistiría a la escuela, pero antes tenían que contarle la novedad a su padre. Carlota sabía cómo hacer entender a su pareja y mientras tanto pues era mejor que la pequeña estuviera entretenida en algo productivo a que anduviera en algún mal camino.

Seguían pasando los días y Pepe Chui no encontraba a la persona que trasladaría a los animales hasta Marsupiales y en eso fácil habían transcurrido ya seis meses. Carlota tuvo que inscribir a su hija en la escuela y en vez de estar pagando por un cuarto en la posada, convenció a su pareja de regresar a vender él solo: el caserón, el invernadero, los árboles frutales, la carreta vieja y los bueyes, las cabras, las gallinas y los cerdos y todo lo que habían dejado en Marsupiales, a cargo de los compadres Juancho y Leonora. Le dijo que era más factible que hiciera ese negocio allá para establecerse con lo recaudado de todo en El Juncaral. Ella quedaría a cargo para mientras de los nuevos animales y demás, mientras él cerraba los negocios en el lugar de origen. Pareciéndole una idea excelente, partió, no sin antes haber rentado con opción a compra una finca con un caserón adentro, para poder dejar instaladas a su mujer y su niña; a los animales, etc., y conociendo como era Carlota para hacer producir lo no productible, volvió a Marsupiales.

Efectivamente, todo resultó como planeado. Vendió todo en cuestión de una semana y a los diez días ya estaba de regreso en El Juncaral. Compró la finca, se acomodaron en aquel otro caserón. Cuando él llegó, su mujer ya tenía montado el negocio de venta de leche y cuajadas de cabra; chicharrones de carne y de cáscara; bananos verdes cocidos; frutas y vegetales, en el sitio y a domicilio; ésta tarea la realizaba con la ayuda de la pequeña Ubidia Leticia cuando ella llegaba de la escuela.

El progreso en el poblado de El Juncaral iba "viento en popa y a toda vela" y para ellos, la abundancia... La prosperidad, les sonreía ahora más que antes. En un año, eran una de las familias campesinas más pudientes del pueblo. Su hija destacaba como una de las mejores alumnas del segundo grado de primaria y como la número uno en lectura (al leer de corrido), pues hacía las pausas de acuerdo a los signos de puntuación y daba la entonación correcta a la lectura. Había aprendido a leer rápidamente con los ojos, sin utilizar los dedos para guiarse y sin mover la cabeza y cancanear. En las noches, la pequeña alfabetizaba a su madre y ésta convenció a Pepe Chui de que aprendiera también.

Cuando hubieron descubierto la fuente del conocimiento, se sentían otros... Estaban más seguros de sí mismos y cada noche (para practicar) se acostumbraron a leer un pasaje de "la santa Biblia" y de lo que leían y asimilaban ponían en práctica con el prójimo cada enseñanza hasta donde sus limitaciones se lo permitían.

Cada noche discutían entre ellos la lectura. Sacaban sus propias conclusiones y así pasaron siete años más. Se aproximaban los quince años de la niña, quien dos años atrás había concluido su primaria con honores y ¡debían premiarla! Planearon la fiesta de la jovencita con toda pompa, sin imaginarse que en ella conocería a quien la iba a hacer sufrir por un buen tiempo en la vida.

El cinco de marzo de 1915, a las 6:00:00 p.m., en el altar mayor de la Iglesia de Los Acongojados, se celebró el "Te Deum" para agradecer por los quince años de Ubidia Leticia. Partieron luego a la finca, en donde los mozos habían preparado tremenda "barbacoa", chicha fermentada, pastel de nancites y mermelada de papaya. Música de valses al compás de acordeones y violines y además, música campestre para que todos los invitados disfrutaran del convivio. Todos bailaron y comieron a más no poder. La cara de felicidad de la "quinceañera" era notoriamente inminente. Cuando partieron el pastel, se quedaron maravillados de la delicia por el toque del nancite y de la mermelada de papaya que le daban ese saborcito adictivo... Entre más comían, más querían. El fotógrafo del pueblo de El Juncaral, tomó 25 fotos en el día (todas en blanco y negro).

Pepe Chui y Carlota se fijaron en que hubo un hombre de entre quince o veinte años más que su hija, quien demostró mucho interés en la joven (aunque ella en él no mostró mucho entusiasmo); sin embargo, al momento de la despedida, se acercó a ellos y les dijo -con un hablado pueblerino muy acentuado– al hacer una reverencia y tomar la mano de Carlota-: *"Mucho gusto. Mi llamo Alejandro Francisco Juárez Jiménez. Mi dicen Alejo. Tingo trintocho años. Soy finquero o como dicen los de por'ai hacindado. Vivo aquí cirquita y me gustaría, con la bendición de astedes visitar a la niña Ubidia Leticia pa'conocerle mejor... Quien quita y nos intendemos".* *Carlota, desconfiada como toda madre, le contestó de inmediato –igual con el mismo cantadito-:* *"¿No li parece al "míster" que asté es dimasiado grande pa'ella? Además, es ella quien debe dicir si quiere o no hacé amistad con su "mercé".* Y Pepe Chui, respetando siempre la decisión de su mujer, se limitó a responder en lengua totalmente lugareña: *"Amigo... ¡Ujum! Di veras, lo siento; pero ella es la qui manda y "pa'qué" le digo... Mi mujer acá urdena".* El fulano movió la cabeza en señal de aceptación y con una media sonrisa dibujada en el rostro, les dijo con el mismo habladito: *"Yo s'isperar".*

Todo parecía demostrar que el tipo aquél que pretendía a su hija, era un hombre de bien. Nadie sospechaba que era uno de los más instruidos y poderosos hombres de los alrededores, ya que siempre imitó bien la humildad y el deje del hablado de los campesinos del lugar.

Sin embargo, desde ese día con lluvia o con sol, en la finca Las Jícaras, no dejó de recibirse un ramo fresco de geranios cada mañana; un ramo de girasoles cada tarde; y un ramo combinado de lirios y rosas blancas cada noche. Los tres ramos destinados para Ubidia Leticia de parte de Juárez Jiménez con tremendas dedicatorias -las que daba a hacer al poeta y escribano del poblado- como por ejemplo: *"Deseo tanto incursionar en tu pensamiento; buscar minuciosamente en el interior de tu intelecto; descubrir lo que escondes tras cada estado de ánimo; brindarte como punto de apoyo, éste corazón mío empático y por amor hacia ti sangrando; decirte qué tan valioso es para mí que me ames. Recibir tu afecto generoso y solidario. Ver en tus ojos de miel en jicote, el ansia que desborda un beso, una caricia, un abrazo apretado. Decirte que eres el abrevadero donde intentaré calmar la sed de este afecto placentero y amoroso. Soy tuyo hasta cuando decidas dejar de castigarme por quererte y amarte. Alejo".*

La joven nunca fue indiferente a lo que leían sus ojos ni a los aromas de aquellos ramos tan sutilmente adornados. Sin embargo, así lo tuvo durante dos años. Pasado este tiempo, ya con diecisiete años de edad, les dijo a sus padres que le permitiría a Juárez Jiménez frecuentarla solamente como amigo... ¡Solamente eso! –Enfatizó como dándoles a entender: "no intervengan"-. Pero, realmente ella no sabía que con tanto galanteo durante veinticuatro meses, ya se había enamorado de él sin percibirlo.

Le mandó una misiva en la que le decía: "Estimado señor Juárez Jiménez: Acepto su amistad y con la anuencia de mis padres, puede visitarme de 6:00:00 a 6:30:00 p.m. los sábados". Esto fue un jueves de abril de 1917.

El sábado siguiente fue el primer día de visita. Apareció el susodicho faltando cinco minutos para las seis de la tarde, con un clavel rojo (además de los ramos de flores matutinos, vespertinos y nocturnos, que siguieron llegando disciplinadamente a Las Jícaras).

Fue recibido por Joao el jardinero, un campesino bien trozado a quien no le caía muy bien que se diga y quien al verlo pensó: **"Aquí vieni ya iste "míster perfumao" que no tiene na´qui hacer más qui darme trabajo y más trabajo".** Calladamente le indicó esperar en la antesala adornada y aromatizada por los ramos de flores enviados por él ese día... Se sentó y no fue sino hasta las 6:00:00 p.m. (ni un minuto más), que aparecieron por los pasillos de los aposentos, la jovencita y su madre, quien era la que estaría presente durante cada visita.

La jovencita era asidua lectora de los escritores de la época. Hablaba sin el acento campechano de sus padres. Contaba con temas de conversación exquisitamente variados. Hablaba con fluidez de todas las ciencias (filosofía, teología, geografía, arte, literatura, etc.), en fin, con ella nadie se agobiaba, ni en media hora ni en 100. Así pues, astuto como era y con el cometido de no ser descubierto ni dejar ver su buena educación y suspicacia, Juárez Jiménez hizo el parapeto y comenzó a frecuentar por dos horas diarias la escuela y la biblioteca del pueblo, dizque para estar a la altura intelectual de Ubidia Leticia; ya que hubo momentos en que tuvo que quedarse callado ante la elocuencia de ella cuando abordaba algún tema relacionado con un tal Aristóteles; un tal Platón y un tal Galileo Galilei –lo que jocosamente comentaba con quien deseara escuchar–.

Las pláticas entre ellos cada vez se tornaban más interesantes. Visitaban –dejando volar sus pensamientos– cada lugar descrito habilidosamente en las páginas de los libros que leían. Se imaginaban con gran protagonismo incursionando parajes y pasajes diferentes; compartían de tal manera que se les fue haciendo corto el tiempo para intercambiar ideas, temas y conocimiento. En todas las conversaciones trataban de incluir a Carlota, quien se limitaba más que todo a escuchar y una que otra vez, cuando estaba segura de su posición, se atrevía a opinar.

Así transcurrieron dos años más. Las visitas fueron extendidas a su viejo amigo a una hora los sábados y una hora los domingos. Su pretendiente al escucharla hablar sobre Mozart, pudo percibir su gran admiración y cuando llegó el tiempo de su cumpleaños número veinte, faltando dos meses para su aniversario, tocaron a la puerta de Las Jícaras seis hombres con lo que parecía un camión de trasteo. Cuando se les abrió, uno de ellos con voz grave dijo: "Traemos un encargo para la joven Ubidia Leticia Barrantes Ramírez. Lo envía Alejandro Francisco Juárez Jiménez. Me firma aquí por favor"... Le indicó el conductor del vehículo, con el dedo índice sobre el papel, a Joao el jardinero, quien no sabía escribir y corriendo dijo, con su peculiar hablar: *"Yo tingo qui llamar a 'la patruncita' pa'qui firme iso. ¡Ya vingo! ¡Ya vingo!"*... Y salió corriendo hacia dentro del caserón. Cuando la señora Carlota hubo firmado, bajaron de aquel camión (obsoleto y algo viejo) un hermoso piano de cola, con su banca forrada con el material del que hacían las alfombras persas y con él, las partituras de las mejores sinfonías escritas por Mozart.

Cuando Pepe Chui llegó del trabajo al atardecer, se encontró con el "armatroste" al centro de la sala, de frente al ventanal que conducía al jardín de azucenas, lirios, margaritas y avellanas... ¡Estaba estupefactamente sorprendido! Boquiabierto ante el valor de aquel lujoso detalle, que brillaba cual ónice o alquitrán al contacto con el resplandor del ventanal. Ellos estaban preocupados por la reacción de su hija, quien además de perspicaz, siempre lograba zafarse de situaciones engorrosas... Pero, ¿era esa una situación engorrosa?

Aproximándose su llegada de la escuela nocturna (en donde estudiaba ya el último año para graduarse de "Bachiller en Ciencias y Letras"), su padre Pepe Chui, solicitó a Joao cubrir con la capa satinada en rosa el "armatroste" y *¡qui sía lo qui Dios quera!* –dijo con su tono original-.

A las 9:00:00 p.m. en punto, sintieron los pasos de su hija aproximándose a la puerta principal. Cuando entró, se asombró por el silencio fantasmal que habitaba la sala. Sus padres estaban de pie junto al angosto pasillo que conducía hacia los aposentos con una mirada interrogativa que le produjo confusión en el instante. Ante tanto misterio, preguntó: ¿Alguien puede decirme que está pasando aquí? Pepe Chui –su viejo padre- haciendo ademanes de cara, le señaló con la boca el lugar donde se encontraba el suntuoso regalo recibido más temprano para ella. Curiosa se dirigió hacia el mueble y quitándole la cubierta rosada de satén, comenzó a acariciarlo de manera tal que parecía amarle desde siempre. Haló el banquito, se sentó en él, abrió la compuerta que resguardaba las teclas de medio luto y deslizó suavemente sus dedos de izquierda a derecha y viceversa, haciendo aquel sonido magistralmente conocido. Luego, metió la banqueta, cerró de nuevo la compuerta del teclado y lo cubrió con la capa cuidadosamente. Después preguntó a sus progenitores: ¿Quién compró esto? La respuesta estuvo llena de todos los detalles de la recepción del piano. Luego, le hicieron entrega del sobre que acompañaba el regalo, conteniendo una nota que textualmente decía: "Permíteme por favor el hecho de haberme tomado la libertad de hacerte llegar este obsequio por adelantado para tu pronto y próximo cumpleaños. A veces analizo las imágenes oníricas presentadas a mi memoria como sueños abismales, inalcanzables y sin embargo, tu sonrisa cándida me sostiene en el aire como una fuerza invisible purificando algunos de mis erróneos procederes. Acepta, querida mía, luz que aviva mis ojos, este presente que te doy y no lo veas como ostentoso, ni te sientas obligada a corresponder a mi amor, pues lo que debe ser entre nosotros, simplemente será. Déjame decirte mi amada y dulce niña, que diario abogo al cielo me libre de sumisiones y cualquier mal proceder, para así, poder ser digno del manantial dulce de tu amor. Tuyo por siempre, el esclavo de las corrientes clandestinas que conducen bravíamente a los cauces de tu amor. Alejo".

Ella estrujó sobre su pecho aquel papel perfumado con aromas a canela, aceite de uvas y clavo de olor y luego subiéndolo hacia sus labios, depositó en él, el más tierno de los besos. Sus ancianos padres observaban cada escena y no salían de su asombro. Presentían por el ambiente que estaban por sonar campanas de boda y de gloria. Solamente pedían a Dios un poco más de vida para dejar a su hija segura... Bien casada y con una hermosa familia.

Esa noche, Ubidia Leticia no pudo dormir. Pasó soñando despierta en quien podría enseñarle a tocar el piano magistralmente y hasta se vio el día de su cumpleaños brindando un concierto a todos sus invitados.

Amaneció. Ya estaban en sábado. Tenía que alistarse para recibir a Alejandro Francisco por la tarde. Pasó la mañana completa, embelleciéndose y escogiendo los trajes que mejor la hicieren ver.

Llegada la hora, el pretendiente llegó con el acostumbrado clavel rojo de cada fin de semana, el que era exclusivo para la muchacha. Por primera vez, Ubidia Leticia sintió a su corazón saltándole en el pecho. Corrió a la puerta y la abrió rápidamente para dejar entrar y darle la bienvenida a aquel hombre paciente que por mucho tiempo con sus detalles la enamoró. Sus miradas se toparon. Sus ojos se posaron sobre las bocas de cada uno... ¡Cuánta ansiedad! Carlota se dio cuenta de los cambios suscitados y dejando a su hija que actuara a su libre albedrío les dejó solos por unos minutos.

Instintivamente se tomaron las manos, se miraron fijamente a los ojos y sellaron sus bocas con el más amoroso de los besos de amor nunca antes dados. Los minutos, los instantes, fueron mágicos... Hechiceros. Al volver a la realidad, no hicieron otra cosa más que expresar a carcajadas la felicidad que hambrienta les consumía y embargaba.

Ella le agradeció por el piano, la banqueta, la camisa satinada y las partituras de Mozart... Pero, ¿quién me enseñará a deslizar mis manos ansiosas por él? Y Alejandro Francisco, respondió: "¡Asunto resuelto! Tengo a tu maestra, es la joven señora francesa, Marie Antoinete Grimond, hábil en la destreza de interpretar al grande Mozart y la que hará de ti la mejor pianista de El Juncaral".

Y agregó –aun con algo de acento campestre-: *"Tus clases correrán por mi cuenta y ella vendrá los martes, miércoles y jueves de dos a cuatro de la tarde. Debes de expresarle tus deseos de tocar bien en el piano "la primera sinfonía" –esa que tanto te gusta- para tu veinte aniversario".*

Así fue. Ubidia Leticia comenzó las clases de piano con la profesora Grimond. Como cualquier principiante, dio inicio con el "do-re-mi-fa-sol-la-si" (de adelante para atrás y de atrás hacia adelante). También estudió la posición de sus dedos sobre el teclado –altos y bajos-. Aunque la profesora creía que era muy corto el tiempo que faltaba para su cumpleaños y entrenamiento, nunca imaginó que la jovencita sería capaz de conseguir estar lista en el período acordado.

Ubidia Leticia estaba acostumbrada a no dejarse vencer a la primera. Si se caía ocho veces se levantaba nueve; y así, acostumbrada a sobresalir en todo, se empeñó tanto que en menos de tres semanas y para asombro de todos, ya se encontraba interpretando las notas del "Danubio Azul" y la primera parte de la "Primera Sinfonía de Beethoven". Era tanto su interés por lucirse en aquella fecha, que pidió a Alejandro que las clases se extendieran a todos los días (incluyendo fines de semana) por cinco horas diarias y como para él, sus deseos eran órdenes, todo se realizó como ella quería.

Pepe Chui y Carlota, como una letanía del diario vivir, aconsejaban con sus propias palabras y con la humildad característica que les diferenciaba, diciendo siempre a su hija: *"Ricuerde m'ija qui'l tiempo, ese viejo mañoso y calvo, di tanto andar errante por il mundo, no in balde tiene la barba luenga y canosa. Es por iso qui debes de aprovecharlo, porqui di lo contrario, llegará el momento en qui 'ra-ca-ta-zás' te arrastró con él y ya no podrás ritroceder ni disandar las avenidas dil error ni los polvorientos caminos di los disagravios dil pasado. Lo andado se quedará como dicían tus abuelos: 'Como marcas permanentes qui nunca ti dijarán alcanzar aquello por lo qui tanto has luchado'. Ricuerda eso siempre m'ija, siempre".* Y ella, nunca dejó escapar aquellos consejos sabios... Por lo del dicho famoso que reza: 'Quien oye consejos, llega a viejo'.

Faltando ya una semana para el cinco de marzo de 1920 con ya todos los preparativos finiquitados, quedaban únicamente por ajustar breves detalles.

La cumpleañera y la profesora Grimond aún no podían creer en sus propios avances. La "veinteañera" esperaba ansiosa aquel día (su día), en que llena de talento daría su primer concierto a sus selectos invitados en el Salón Principal de "Las

Jícaras". Hasta la servidumbre murmuraba por los rincones los que todos esperaban en ese acontecimiento.

Los días pasaron con velocidad suprema. Ya era la fecha y faltaban tan sólo treinta minutos para que empezara el debut. La joven apareció con un traje talle princesa, en colores pastel (blanco y rosa –para ser exactos-), con perlas delicadamente adheridas y una diadema que realzaba su cabello negro con piedras de vidrio cortado que brillaban y eran de un rojo intenso, como si en realidad fuesen rubíes. Su porte era semejante a la de un personaje de cuento de hadas o algo así.

Una vez que hubo puesto sus pies en el salón, los aplausos de los concurrentes, los vivas, los saludos y felicitaciones no se hicieron esperar. Alejandro Francisco y la profesora Grimond la esperaban junto al piano, nerviosos a más no poder (las manos las tenían sudorosas y al hablar tartamudeaban), solamente esperaban que a Ubidia Leticia los nervios no le traicionaran (mas ellos todavía desconocían lo valiente que ella era).

Después del agasajo por parte de los invitados (que eran los campesinos y lugareños ricos) y luego que la servidumbre repartiera los rones; el aguardiente propio del lugar; chicha bruja (con licor) y varios bocadillos "delicatesen" de la culinaria nacional, solicitaron a la festejada dijera unas palabras de bienvenida a los asistentes, a lo que ella gustosamente accedió, diciendo:

"Buenas tardes a todos. Agradezco grandemente su presencia en éste día especial para mí, para mis padres y mi prometido. Realmente la vida es un espejo, un

cristal reflector en donde visualizamos sin proponérnoslo cada paso dado al transitar por sus avenidas o por sus barrios. No hay medidas que minimicen el abismo infinito del destino, en el que la naturaleza es menos sensible, aunque restringe particularmente la esencia universal, en esencias incompatibles y atemporales. Los pensamientos fallidos, se embalsaman en la hendija del colmenar donde el amor huye escurridizo en un pensamiento efímero o en un recuerdo destructivo. En lo particular agradezco a Dios todos los días por los dones que me ha dado, principalmente por la caridad, humildad y don de gente; a mis padres, por enseñarme a valorar lo que tengo, para entregarme a los demás; por los regalos inmerecidos que en el día a día llegan a mi vida en forma de bendiciones; agradezco diariamente por los animales, por las plantas, por la genialidad de la creación; así como por toda la humanidad. Gracias a todos por estar aquí hoy en éste ágape. ¡Disfrutémoslo! Gracias".

Concluidas aquellas emotivas palabras que a más de uno sacó lágrimas, Alejandro Francisco, con su aire de caballero de buen porte y donaire, pidió la palabra sonando con una cuchara el borde del cristal de su copa, y dijo –casi sin el deje lugareño-: "Señoras y señores; don Pepe Chui y doña Carlota; mi amada Ubidia Leticia; no se imaginan ustedes la infinitud de mis sentimientos para con ésta dama primorosa, que me enamoró desde hace cinco años. Desde aquel entonces pasé las pruebas más duras al luchar por su amor. Recuerdo cuando sólo me permitía una cálida amistad (la que me encargué de cultivar al máximo) que desde mi ignoto pensar con la sencillez campesina que me acompaña desde que abrí mis ojos, me invitaba a luchar por su cariño. Ella por su parte, con esa inteligencia que le caracteriza. Sus conocimientos vastos en todo tipo de materia, hizo de mí su esclavo y de ella mi amo. Para mí, su mirada tiene la dulzura que envuelven los festejos del adviento; su aliento es como el vaho de la hierba buena cuando la salpica la brizna matutina; su voz es esa melodía que deleita mis oídos; sus manos son los pétalos de una flor que dulcemente me acarician; sus cabellos son la hondonada en los que mis suspiros se ahogan; su perfume es de albahaca recién cortada en combinación con el aroma de las piñas de los pinares. Es por esto, por todo eso, que aprovecho la ocasión para hacer –con ustedes como testigos- una petición... Ubidia Leticia, niña de mis sueños más ligeros y profundos, ¿deseas ser mi esposa y la madre de mis hijos?". Ella, con los ojos humedecidos por la emoción, respondió: ¡Sí! Nuevamente el eco de los aplausos se apoderó de aquel salón. Pepe Chui y Carlota, en un abrazo colectivo de eterna bendición acapararon a los dos; y al unísono gritaron: ¡Qué siga el festejo!

Alejandro Francisco, se tomó el papel de "maestro de ceremonia" desde aquel preciso instante. Dio continuidad a los anuncios y expresó: "¡Mi prometida nos sorprenderá! Pero antes de la sorpresa, deberá decirnos la fecha en que desea se realice nuestra boda". Ubidia Leticia dijo con clara voz: "El 19 de marzo de 1921, día de la celebración del patriarca san José, patrono de las familias". ¡Perfecto! Será como digas, chiquilla mía –respondió Alejandro Francisco con desbordante alegría-.

Muy bien, amigos, ahora mi prometida nos dará una breve muestra de su destreza en el piano. Inmediatamente, con una elegancia inusual, haló la banqueta de abajo del piano, acomodó su fustán can-can y su faldón y tomando la pose acostumbrada de los grandes concertistas, abrió la tapa del teclado y deslizando sus finos dedos sobre las teclas bicolor, interpretó con maestría el famoso vals "Cuentos de los Bosques de Viena", del famoso compositor austríaco, Johann Strauss II, conocido como el "rey del vals". Los asistentes no resistieron la tentación y bailaron todos al ritmo de aquel melodioso compás que enamoraba al oído. Terminando aquella pieza, la ovación no se hizo esperar. Los gritos de ¡bravo! ¡Bravo! Y los ¡viva! Y los aplausos incesantes elevaban el ego de aquella jovencita... Llena de emoción, dijo: ¡Gracias! Pero aun les voy a interpretar la "Primera sinfonía de Beethoven". Todos estaban boqui-abiertos y se sentaron a escuchar (aquellas melodías para muchos de los presentes desconocidas), mientras los meseros, transitaban circularmente por el salón, repartiendo la carne de "lechona" y más tragos de licor nacional.

Habiendo concluido la "Primera sinfonía de Beethoven", con aplausos, ovaciones y demás, presentó a su profesora de piano, doña Marie Antoinete Grimond, a quien con una sonrisa encantadoramente dulce, agradeció por su paciencia. La profesora, ya quedaba a cargo de seguir amenizando la fiesta.

Luego, Alejandro Francisco, dijo: "¡Sigamos divirtiéndonos! Este día es doblemente especial para mí". Y dirigiéndose a la profesora Grimond, enfatizó: "Deléitenos pues con su repertorio en el piano de tal manera que se haga digno de recordar".

Así, entre risas, comilona, tragos, baile y demás, cayendo la madrugada del seis de marzo, la mayoría de los asistentes ya había abandonado el lugar.

Los comprometidos volvieron a verse hasta después de dos días de aquella afanosa celebración. Pero, ésta vez, todo giraría ya en torno a la boda de Ubidia Leticia y Alejandro Francisco. Pensando en no escatimar en gastos... ¡Tirarían la casa por la ventana!

El novio parecía cada vez más enamorado. Siempre que podía pasaba con algún pretexto visitando a su prometida, convirtiéndose casi en su sombra. Todo parecía de ensueño. Todo era mágico. Hasta el ambiente se transfiguraba en algo especial.

A ella, a veces le daba por soñar despierta y en sus visiones, huestes de "aberrojos" se alistaban para convencer a Elfos y Gnomos de dejarlos pasear de vez en cuando por los bosques de la tierra. Sentía al viento bullir en remolinos bravos, llevándose la belleza del paisaje imaginario y con él a Cupido (el Querubín aquel, cuya aljaba lleva flechas envenenadas de amor); y sentía viajar con las alas de gorriones, que ariscos, en el ocaso humeante, con el azul y blanco del cielo devanados, ya no serían presas de águilas gitanas en su aguerrido vuelo voraz desesperado. Y mientras soñaba y viajaba en una inmensa alfombra persa, con forma y color de corazón, se detiene en el brocal del aljibe y ríe y ríe... Abajo, las aguas turbulentas del deseo y la pasión yacían quietas y en ellas, la barca que conducía su amado, iba lento, navegando despacio, hacia sus brazos desesperadamente enamorados.

Sin darse cuenta estaba más enamorada que nunca. Sus padres no creyeron bien averiguar más acerca del prometido de la joven. Fue suficiente para ellos la excelente buena fama que sobre él corría de boca en boca por las calles del pueblo, así como el prestigio del que estaba cargada su palabra. Nunca hubo algo que él dijera que no hubiese cumplido y como la palabra de un hombre vale más que el dinero, pues "críate fama y échate a dormir".

Todos por aquellos lares repetían como una lección bien aprendida, lo que Alejandro Francisco, en voz alta, diariamente se decía:

"El terreno de la vida, es poco notorio a los ojos de quienes caminan desanimados entre "hierbajes", matorrales y espinas; pues al final del camino, en hilera han de encontrar, cientos de piedras talladas de sardio, topacio, carbancio... Y más allá, hacia el horizonte, las montañas y las sierras salpicadas de esmeraldas, zafiros y diamantes que en la escalinata que conduce a lo alto de la cima, en donde se esfuerzan por llegar, se visualiza todo aquello y mucho más. Jacintos, ágatas, amatistas, berilos y jaspes ¡misterio inescrutable! ¡Terrible es la amenaza!"...

Esto era como el "padre nuestro de cada día" en su boca. Y, luego de unos segundos, proseguía:

"¿Acaso es ésta la posterior sentencia?... ¡No! Quizás solamente he de quitarle a los poetas, las coronas de laurel de quienes han logrado ponerlas en sus cabezas, pues se debe de apartar del terreno de la vida, desánimos y sinsabores y también el "ajenjoso" sabor de las hieles, que viajan asidas a los rieles de los errores; y encerrar todo eso en el sótano, junto

a la vieja vitrina donde se guardan los secretos y las espinas del destino, a veces crueles y otras, perfectas".

Para Alejandro Francisco, todo lo anterior, era su lección y lo que le permitía elegir con precisión, dejando entrever su más guardado secreto, mismo que nadie sabía ni podía descifrar. Muchas veces se le sorprendía con la mirada perdida entre los cerros y la neblina y su estado de ánimo era de vez en cuando "irritablemente inusual".

Entre ensimismamiento, parecía que a veces fingía una sonrisa en su rostro trabajado en demasía y marcado por el paso inclemente del tiempo. Los vientos vespertinos alborotaban una que otra vez las hebras ralas de su cabello y –frente al espejo, ese amigo franco que nunca miente- veía opacarse, poco a poco, lo que le restaba de juventud.

Ubidia Leticia ni por un momento pudo imaginarse la vida que le esperaba. Para ella, los instantes eran los que componían la felicidad y el deseo y el presente es el tiempo que se debe vivir conforme transcurren los segundos; al pasado -solía decir- hay que echarle una palada de cal y otra de arena y del futuro no hay para qué preocuparse, porque... ¿Quién nos asegura que estaremos vivos en las próximas horas? Por lo tanto, "los instantes placenteros que componen el presente, son los que cuentan para mí". Esta filosofía le ayudó a hacer posible lo imposible; a conseguir los anhelos más lejanos; a no desistir a la primera; a levantarse cuantas veces fuese necesario. Y toda su existencia la vivió de esa manera; aún cuando fue embestida sin piedad por las amarguras del destino, lograba de cualquier forma hacer gárgaras prolongadas de aquel amargoso licor de almendras.

Y los meses pasaban… La luz y el tiempo en un punto ciego parecían encontrarse y unirse. Sin mesura, sin medida, se entregaba a cada momento. La leyenda visionaria de lo incierto estaba ocultando en blanco y negro, el futuro desventurado por llegar. Sin embargo, para ella, vivir ya era un acto de pura poesía. Toda carga por pesada que parezca debe de verse con mirada filantrópica.

Se acercaba la navidad. Sus padres, Carlota y Pepe Chui, no perdían la tradición de festejar la llegada del Enmanuel, "el Salvador" del mundo.

Entre tanta algarabía, ambas preparaciones (una de toda la vida y la otra recién adquirida) estaban marcando las páginas de su propia historia. Después de navidad, quedaban ya sólo tres meses para su matrimonio con Alejandro Francisco, quien no perdía el tiempo en llegar muy temprano cada fin de semana y llevarla a disfrutar de las celebraciones del adviento; algo inolvidable en el poblado de El Juncaral.

Cada año, las calles del pueblo eran iluminadas con medianos y pequeños "quinques" de kerosene, listones de colores, en fin… Las pastorelas desfilaban por las calles al sonido de panderetas y cuernos. Era un espectáculo digno de llevar al cine. Dentro de la iglesia de Los Acongojados, la historia era otra… El nacimiento era inmenso y había sido hecho con esmero –como todos los años- por las beatas pueblerinas y por los "cofrados" del niño Jesús. Este año en particular, lo hicieron en la huerta ubicada en el terreno trasero del templo. Allí construyeron una choza, grande lo suficiente y los personajes, los actores pueblerinos, simulaban lo que hacía tantas centurias había acaecido. La gente del pueblo se turnaba entre sí hasta el veinticuatro de diciembre. Todo era debidamente ensayado y cada quien se tomaba su papel muy en serio. Hacían el verbo y gracia, desde la "anunciación del arcángel Gabriel a la virgen María", hasta la mula y el buey (animales reales) apostados en el establo junto al pesebre, en donde yacía un bebé recién nacido (hijo de alguno de los organizadores o de alguno de los fieles). Mientras se daban los actos de la presentación religiosa, pasaban la canastilla de las ofrendas; cuando terminaban la presentación, daban inicio a los cánticos navideños y al sonar de las panderetas y de los platillos, se dejaban venir las tonadas... *"Ese cabellito rubio, que te cuelga por la frente, parecen campanas de oro que van llamando a la gente..."*. O bien, *"san José era carpintero y la virgen costurera..."*. Luego, ofrecían café, pan dulce o lo que tuvieran en el momento a quienes se quedaban hasta el final. Después, el sacerdote de turno invitaba al acto religioso mayor: "La santa misa".

Aun después de salir de misa, Ubidia Leticia y Alejandro Francisco se entretenían por las calles antes de llegar. En cada esquina se escuchaban grupos de "copleros" gritando al ritmo de los tambores sus mejores rimas y pensamientos: *"BOMBA: estamos en diciembre, vamos a celebrar la llegada del Mesías, quien ha de nacer de María para llenarnos de vida"*. Al inicio y al final de cada "bomba", se escuchaba el tamboriteo de los bongos de los músicos.

Llegada la fecha, el propio 24 de diciembre de 1920, desde la hacienda Las Jícaras, se escuchaban desde horas de la madrugada, detonaciones de cohetes, cargas cerradas de pólvora y morteros. Los cuernos de los hijos de los obreros, -con el canto de los gallos- empezaban a sonar. Esperan una gran multitud antes de las cinco de la tarde. Mientras en la cocina, hay comida de sobra para regalar. A las doce del día, todo estará listo y a la una de la tarde, llegan las cantadoras, las rezanderas y los artistas que darán los últimos toques al "nacimiento" para que todo quede como debe de quedar.

Los de casa, siempre listos. El reloj de arena, ha dejado caer su último grano... ¡Son las cinco de la tarde! Las puertas de la capilla de la hacienda Las Jícaras se abren de par en par; suenan las campanas, las velas titilan de júbilo. El viento arrastra en sus rachas un aroma a zapoyol y almíbar. La banda entona y afina y las coristas empiezan a cantar: *"la virgen se está peinando, en una montaña oscura. Los cabellos son de oro, el peine es de plata fina..."*. Emoción y algarabía viven invitados y anfitriones. Al final, todo salió mejor de lo planeado y aunque exhaustos, esperan las doce de la noche para asistir a la misa del gallo y al regreso a abrir los obsequios y prepararse para el almuerzo tradicional del día 25 de diciembre. Y con este mes de festividades, esperan también la llegada y las celebraciones de la bienvenida al nuevo año.

Llegó el año 1921 y con él la primera celebración: seis de enero –día en el que la iglesia católica conmemora la adoración de los reyes magos al Mesías y con éste festejo, terminan las celebraciones del adviento-; luego, la llegada del catorce de febrero, día de san Valentín o de los enamorados;

entre marzo y abril, inicio de cuaresma y semana santa; y la preparación del 19 de marzo, día del patrono de las familias, el glorioso san José, fecha de la boda de Ubidia Leticia Barrantes Ramírez y Alejandro Francisco Juárez Jiménez.

Salió pues el cortejo nupcial desde la hacienda Las Jícaras hacia la iglesia de Los Acongojados. La novia iba orgullosa del brazo de su padre, José Jesús Barrantes Ubeda, quien a pesar de su edad avanzada, se veía rebozando de salud, de energía, de vida; y lo mismo se veía en la madre de la novia, Carlota Rosario Ramírez Sándigo, quién al igual que su marido y con la simplicidad que les inundaba, yacían dentro del templo. *El "velo"* de la novia, era corto, llegaba hasta el "as" de sus hombros (el velo simboliza el pudor matrimonial y la transparencia de los sentimientos de los esponsales y el amor incondicional; la amiga íntima (no tan íntima), llevaba *el "lazo o los dos rosarios"* (símbolo de la unión de la pareja y el amor que los mantendrá juntos toda la vida hasta que la muerte los separe. Éste enlazará a los novios al momento del ritual del sagrado matrimonio); *los "anillos"* (símbolo de amor infinito y fidelidad); *las "arras"* (costumbre heredada de los hebreos que significa ofrecer y prometer seguridad. En las bodas católicas, simbolizan la unión material y el compromiso de la pareja ante Dios de esforzarse y hacer fructíferos sus bienes materiales); los anillos y las arras, los llevaron los pequeños hijos de unos vecinos de los padres de la novia. *Los "cojines"* (significan la oración en pareja o la relación íntima de los esposos con Dios); *el "ramo de flores de azahares"* (símbolo de pureza y de fertilidad, ya que el azahar posteriormente se convierte en fruto e indica la petición de la bendición y las virtudes de la madre de Dios a la recién casada); *"la corona de flores o tiara"* (trae felicidad y protege de malos pensamientos a los miembros del matrimonio); *"el arroz y los pétalos de rosa"* (que simbolizan el no desperdicio de los alimentos); *el "beso"* (cargado de simbología y tradición, pues aunque no es el primer beso de la pareja, es su primer beso como esposos).

Después de haber recorrido a pie las principales calles del pueblo en su travesía hacia la iglesia, cuando se anuncia la llegada de la novia a las gradas del atrio para enfilarse hacia el altar, el organista interpreta la "marcha nupcial" y el Ave María, mientras la novia, a paso corto desfila hacia el altar mayor, del brazo de su orgulloso padre, quien al entregarla a su futuro esposo, le dijo con el deje que nunca le abandonó y con los ojos llenos de agua: "Li´stoy dando mi tesoro más valioso, no mi dicepcione y cuídela como sus mesmésemos ojos".

Mientras tanto, todo el mundo aguarda sentado y atento por el ritual de la ceremonia y la misa sacramental. Luego de la aceptación de los prometidos, el cura dice la acostumbrada frase: "Puedes besar a tu esposa". Los presentes se disponen a felicitar al nuevo matrimonio y entre una tormenta de granos de arroz y pétalos de rosas rojas, partieron hacia Las Jícaras a disfrutar de la fiesta y del banquete preparado por los padres de Ubidia Leticia para esa ocasión.

Fue notoria la ausencia de parientes del esposo. De parte suya, nadie asistió y nadie hizo comentarios al respecto.

Bailaron los recién casados su primera pieza musical. Hicieron su primer brindis. Se dispararon los flashes para las fotos en blanco y negro. Partieron el pastel y en un descuido desaparecieron de la multitud y saliendo por la cocina, abordaron la carreta que los llevaría al mejor hotel de los alrededores, en donde pasarían su luna de miel por quince días.

Pasado el lapso mencionado, regresó la nueva pareja a organizar su hogar. Fueron trasladados a su nueva hacienda, Los Prados, adquirida por su esposo unos meses atrás.

En esta nueva etapa, todo marchaba bien, hasta después de transcurridos cuatro años, ya cuando la pareja había traído al mundo a una niña: Alejandra Francisca Juárez Barrantes.

Su esposo comenzó a mostrarse de manera inusual. De un genio irritante (hasta cuando las escuchaba respirar). A veces se ausentaba por días, sin saber de su paradero y ella, siguiendo los consejos de Carlota –su madre– no le reclamaba y seguía atendiéndole como acostumbraba. Así pasaron cuatro años más, hasta que una vez –decidida a descubrir lo que pasaba– se armó de valor y siguió a su esposo (quien contaba ya con cincuenta años de edad).

A unos pocos kilómetros de la hacienda "Los Prados", su marido tenía otra hacienda... "Horizontes", mucho más grande y la que él decía tener arrendada. De allí salió a recibirlo una mujer, casi de su misma edad y cinco mujercitas (entre niñas y adolescentes), quienes corriendo en grupo a su encuentro, gritaron: "¡Madre, madre... Papá ha llegado!" No podía creer lo que había escuchado. Asombrada vio con el amor desbordante con que abrazaba y besaba a aquella mujer elegantemente vestida y de modales muy refinados. Él estaba desbordando felicidad por la armonía que aquel entorno le brindaba.

¡Qué desilusión! ¡Amargo y áspero fastidio! Se sentía como un espectro lunar. Por un momento perdió su luz y dejó de iluminarse el recinto espectacular que de amarillo claro vestía su aura amorosa. Aquellas escenas la envuelven en un turbio vaivén y ahora no sabe lo que hará con el aro que sostiene aquel cuarzo violeta que debió haber dejado caer al pie del altar. Ya no se siente la amatista de un romántico plan. Siente ahogarse en las aguas recias y turbulentas de un río desbordado; no tiene fuerzas ni deseos de respirar... Aunque siempre supo que era cual piedra de ámbar (electrizable por frotación), ese alguien a quien amaba, convirtió en cenizas su interior.

¡Falso! ¡Mentiroso! Si hasta la forma de hablar de campesino había perdido por completo. Su ortología era impecable... Su acento era el de un bien educado caballero español y sus modales, los de un gran señor. ¿Cómo pudo fingir ser quien no era? Mas, el teatro se le cayó de la manera más simple.

Apesadumbrada toma fuerzas y decide ir más allá. Quiere saber por su propia cuenta qué tan cruda es la realidad. Necesitaba una explicación a la respuesta que le daba vueltas y vueltas en la mente: ¿Qué había hecho mal para merecer tal crueldad? Se sentía utilizada, engañada, herida.

Un influjo callado y profundo se va apoderando de su intelecto. Poseída por las palabras proferidas en un tiempo –atinado y embriagante- se atreve a renovar plácidamente el plan que le ayudaría a salir victoriosa de aquel profundo dolor. En el fondo sabe que ese será el antídoto a un sufrimiento mayor. Mientras la voz de sus pensamientos, entre alaridos de alerta le gritaba: *"El sufrimiento –recuérdalo siempre- es el lavadero del alma. Por allí, las penas huyen sin reversa hacia el sumidero de la reflexión; así, por el canal donde los errores son el aprendizaje para alcanzar el grado perfecto animado de la purificación. Piensa en frío".*

Y es así que logra infiltrarse para poder escuchar y entender tanto episodio que llama a suponer muchas cosas, llenando de dudas y desconfianza su existencia.

Sobornó al mayordomo y al ama de llaves, quienes le permitieron esconderse en el granero, un sitio que por todos sus costados contaba con una acústica espectacular y desde donde podía ver y escuchar con claridad lo que sucedía en la casa grande.

"Su esposo" después de haberse complacido al ingerir una jugosa cena familiar, se quedó reposando en un sillón afelpado, hecho a su medida; el mueble era muy similar al que tenía en "Los Prados". Después de comer y como era costumbre conocida, tomó el periódico del día, mientras su esposa, le cambiaba los zapatos por unas cómodas pantuflas. Luego, ella se sentó en su mecedora, a leer un libro intitulado "Vidas Cruzadas" (mismo que Ubidia Leticia ya había leído y en el que comparaban las vidas de la reina María Antonieta de Francia y Catalina de Médicis) y escuchaban la música gregoriana de los frailes franciscanos, misma que invitaba a la meditación total. Después de un buen rato de relajamiento, él enciende un habano y ella le invita a la habitación matrimonial. Todo transcurre en santa paz y entre besos y abrazos se retiraron a descansar.

Pero, ella deseaba descubrir más. El ama de llaves, doña Eusebia, era quien había criado a aquella mujer desde su nacimiento, ganándose el título de "nodriza" y fue el motivo que le permitió abrirse con ella para obtener información veraz.

Así fue. Doña Eusebia le contó una historia increíble. Dijo que:

"Beatriz Lucía Bohórquez Ruíz fue hija única. Sus padres eran gente de la alta sociedad portuguesa y que heredó de ellos una gran fortuna dentro y fuera de Portugal. Que al señor lo había conocido porque era hijo del chofer y de la cocinera de su familia, quienes fueron contratados cuando los padres de Beatriz fungían como diplomáticos del Consulado de Portugal en Brasil. Como puede ver –continuó- prácticamente se criaron juntos; ya que cuando la contratación de los padres del señor Alejo se dio, su familia estaba recién llegada de Uruguay (que es de donde es originario el señor, pues allá nació) y que al ser un país fronterizo con Brasil (país donde vivió hasta los diez años), allá había aprendido a hablar portugués, por lo que cuando sus padres fueron contratados por los padres de Beatriz, él al igual que sus padres, eran bilingües, hablaban español y portugués. Los niños prácticamente permanecieron juntos mucho tiempo y su relación se fortaleció con lazos firmes de una gran amistad y solidaridad, la que no tardó en

transformarse en un gran amor; lo que dio lugar a que se comprometieran y casaran, aun cuando la madre de Beatriz vivía. La madre de ella le tenía un gran aprecio a su yerno; mas, sin embargo, al morir, pasó todo a "mi niña Beatriz Lucía" –dijo la mujer-... Luego, ellos se casaron y tuvieron a esas cinco bellezas de niñas que ha conocido –continuó-"... Y después de un momento de mutismo prolongado, emitió un suspiro que la dejó sin respiración, pero con un gesto de profunda satisfacción por haber dicho lo que llevaba por tanto tiempo como una trampa al centro del corazón magullado y adolorido, ya que solamente su niña Beatriz Lucía no veía lo que era obvio.

Después de esos minutos de silencio, prosiguió diciendo: *"Algún tiempo después, él le dijo que deseaba extender los negocios y ella (quien nunca ha desconfiado de él) le soltó una fuerte suma de dinero. Le dijo que compraría más haciendas en los poblados aledaños, pero que, para eso, necesitaría estar más ausente de casa, que si ella confiaba en él, que se lo demostrara dándole su voto y lo consiguió".*

Desde entonces, harán ya unos quince años, él viene por aquí de vez en cuando y sabe que encuentra siempre un hogar intacto, unas hijas y una esposa amorosa, fiel, millonaria y dedicada.

Hasta donde se sabe, en el poblado de El Juncaral, a pocos kilómetros de acá, compró a nombre de Beatriz Lucía, de él y de las niñas: "Los Morros"; "Los Prados"; y "Las Jícaras"; además de múltiples negocios. Cuando llega acá, lo primero que hacen al día siguiente es sentarse a sacar cuentas y en las planillas existen los nombres de las familias de los peones y otros trabajadores que ha empleado para realizar las diferentes tareas que se deben hacer por allá.

Ante tanta información, Ubidia Leticia, le suplicó que le mostrara las planillas y los nombres que en éstas figuraban. Doña Eusebia fue al despacho, sacó la última y se la mostró. ¡Oh asombro! En ellas aparecían ella, su niña, su padre y su madre como arrendadores de las tierras de las que eran propietarios desde que llegaron a El Juncaral. Calló, se despidió de doña Eusebia y se echó a tratar de dormir sobre las espigas de trigo almacenadas en el granero. A primera hora de la mañana, se despidió de Eusebia, dándole las gracias por haberle colaborado, haciendo ambas un pacto de silencio.

Al llegar, pasó por "Los Prados" echándole un ojo a su hijita. Luego se fue a visitar a sus padres. Una vez en "Las Jícaras", sentó a sus progenitores en el banquillo de los acusados y les exigió le dijeran la verdad acerca de la propiedad. Hubo intercambio de miradas y después de un prolongado letargo, Pepe Chui, dijo con la voz entre-cortada y su humilde hablado campesino: **"Himos ido vindiendo poco a poco l'hacienda al yirno mi'ja y ya podemos dicir qui's d'él, qui le pertenece, pés; yo hice tudo iso, con la condición qui sirá tuya y di la niña, cuando nosotros hayamos pasado a mijor vida".**

Consternada aún, les comentó de la doble vida que llevaba su marido y les desenvolvió todo el pastel. Dijo: **"El dinero que nos mantiene es de su legítima esposa. Me voy a divorciar (si acaso toda** la pantomima de mi casamiento con él resulta nula, será una bendición) y que sea lo que Dios quiera". Sus padres, comentaron que esos trámites podrían llevarse un tiempo prudencial y además, debes pensarlo bien. A lo que ella ripostó: "En última instancia me presentaré a la hacienda "Horizontes" y me siento a hablar con la otra".

Viendo sus padres que no habría manera de hacerla cambiar de parecer, decidieron callar y dejarla actuar.

Su situación se tornaba cada vez más caótica. Había sido engañada doblemente... En lo sentimental y en lo material. ¿Cuál era el objetivo de éste bribón y patán? No logra su raciocinio dilucidar más que la sombra vaga de un hombre que sin rumbo divaga entre los pliegues almidonados de las cortinas de la avaricia y la ambición y que ese efecto gris, se anuda al final como un vaho de aliento vespertino sobre los cristales ahumados de los ventanales de la traición y el engaño. Para ella, todo él ya era una sombra antropomorfa, confundida entre niebla y bruma; una sombra añadida, extendida, añejada sobre el sudor perpendicular del tiempo. Un reflejo sórdido que azuza su órbita. Una luz ausente y transitoria sobre el vacío de los años. ¡Desaparece sombra! ¡Aléjate! No eres más que una falsa y desleal compañía... Espero que al tomar esta drástica decisión, se desvanezca la añoranza embriagada de ausencia por la falta de su atención y compañía. Y aún perpleja de aquella situación, se terminó de convencer que solamente fue un instrumento en las manos de aquel hombre.

Así, con la mente más abierta, decidió esperar a que el "susodicho" apareciera. Pasaron seis semanas desde su partida. Ese día en particular, amaneció con los cinco sentidos invadidos por un no sé qué insalubre, intranquilo. Disociaba en su fe, dudoso padecer que parecía enloquecerla. Era menester encontrar la salida a todos los males y que el velo de la mentira cayera de una buena vez.

Afuera de la estancia de "Los Prados", a las seis de la mañana, salió por el sendero de los girasoles. El sol estaba tierno. Aún se avizoraban los resabios del rosicler. Las flores apenas abrían sus chotes. Los pájaros carpinteros, los colibríes y otras aves cantoras, entonaban su concierto matinal. Al fondo, el esmeralda de las colinas contrastaba con el anaranjado del horizonte matutino y el río en sus aguas cristalinas reflejaba el dulce velo excepcional, celeste y blanco del cielo... Mientras ella, cavilaba entre el cabildo sostenido por la vida, la ira y el amor.

Caminaba como un "zombie", alejada de toda realidad; perdida en sus meditaciones. Así se le pasó el tiempo. Transcurrieron cuatro horas y decidió regresar. A paso lento bajó posando la vista en las mariposas que llenaban el entorno con su revoloteo colorido.

Cuando hubo entrado, su ayudante de cocina le dijo que pondría la mesa con un plato más, pues su esposo acababa de llegar y estaba duchándose en la alcoba principal.

El corazón le daba saltos en el pecho. Sintió como los músculos de su estómago se contraían formando como una bola nerviosa abajo del esternón. Sus manos comenzaron a sudar... Mas, después de unos minutos, pudo al fin controlar sus emociones.

Cayendo nuevamente en la triste realidad, no supo cómo controlarse para no entrar a la habitación y recibirlo con los apapachos a los que se había acostumbrado. Pacientemente esperó a que bajara a almorzar con ella y su hija.

Cuando apareció con su sonrisa de nube, con su impecable vestir, besó en la frente a la niña y dio otro beso en la frente a Ubidia Leticia. El almuerzo transcurrió en paz. No dejó de hablar (con el acento campesino que siempre había utilizado) sobre lo cansado que es hacer viajes de negocios para engrosar el patrimonio familiar y por todo lo que un esposo enamorado y un padre dedicado hace para que en su familia todo sea armonía y felicidad. Mientras su esposa en silencio, degustaba su almuerzo (no como se acostumbraba cuando regresaba, que todos hablaban casi al mismo tiempo).

A la niña Alejandra Francisca, le dieron permiso para salir con una de sus amiguitas de escuela. Ubidia Leticia le pidió al ayudante de cocina se retirara a descansar a su cuarto y cuando quedaron a solas, dijo a su esposo: *"Tú y yo debemos conversar"*. Sorprendido contestó: ¿Pasa algo malo? Y ella le respondió: *"Más de lo que te puedas imaginar"*.

Inteligentemente abrió la conversación. Comenzó con un *"lo sé todo, así es que mejor es que no me mientas"*. Cínicamente, le riposto: ¿Todo qué? Ubidia Leticia lo queda viendo a los ojos y con una sarcástica sonrisa, le responde: **"Lo de tu otra familia** –por ejemplo- **que me imagino es la única válida ante Dios y la sociedad. Eres un bígamo y puedes ir preso por ello. Las leyes y la diócesis del pueblo me respaldan y hay muchos** testigos para enjuiciarte. Te aseguro que llevarás las de perder. Y te felicito... Están hermosas tus cinco hijas. Elegante y con mucha clase tu esposa millonaria, la que es dueña y señora de todas mis "supuestas posesiones", hasta de "Las Jícaras" te apropiaste, pues engañaste a mis padres con "triquiñuelas", con puras mentiras de las que eres experto en producir y hacer valer. Te dejo claro que no soy de las mujeres que se agarra de los moños en peleas por un hombre... Pero hoy te llegó el turno de tomar todas tus cosas y marcharte. Los papeles del divorcio te llegarán en tiempo y forma".

Desarmado y sin argumentos, pálido como un papel –como si su alma hubiese abandonado su cuerpo- solamente atinó a decir (y ésta vez sin el deje campesino que de vez en cuando se le salía): *¿Cómo lo descubriste? ¿Fuiste capaz de seguirme? Por favor déjame explicar... "No tengo nada con ella más que el lazo de mis hijas y los bienes materiales. A ella no la amo como te he amado a ti. Ella recibe tus sobras".*

Ubidia Leticia –sin quitarle la mirada de los ojos- le dijo: "¡Cínico es lo que eres! ¡Un actor de primera! Hasta has fingido el deje de nosotros los campesinos para engañarme, casarte conmigo y desgraciarnos la vida. Yo te he visto abrazarla, besarla. Vi cómo te atiende y cómo comparten todo. Así es que mejor te vas". A lo que él respondió: *"Me dejas sin alternativas y lo mejor es recoger mis cosas y marcharme. Otra cosa, te queda de tarea explicar a Alejandra Francisca, los motivos de nuestra separación. Puedes vivir aquí en "Los Prados" para siempre –si así lo deseas-, pero tendrás que trabajar duramente para mantenerte, mientras salga la sentencia del divorcio y debo recordarte que "Las*

Jícaras" es propiedad de *Beatriz Lucía Bohórquez Ruíz y sus hijas, así como las otras propiedades que ya conoces".* Con el corazón contrito por la pena y el agobio, vio salir a su esposo de casa, azotando la puerta, con su chaqueta de cuero en la mano, sin despedirse. Desde ese momento, fue la última vez que se vieron frente a frente.

Decepcionada pero decidida a todo, se dedicó desde ese día a buscar un empleo digno que le sirviera para sustentar a ella y la familia. A la semana, estaba siendo llamada por la Biblioteca Nacional para ocupar el cargo de "organizadora de libros".

A pesar de las circunstancias, todo iba marchando bien. Sus padres tuvieron que desocupar Las Jícaras y trasladarse a vivir con ella a Los Prados. Pepe Chui se encargó de hacer producir a los animales... Gallinas, cerdos y cabras.

Después de tres años, la Biblioteca Nacional cerró sus puertas y Ubidia Leticia perdió su trabajo. Con los gastos agobiándola; las deudas acumulándose... Menos mal que su madre decidió hacerse cargo de la cocina, lo que hizo que despidiera al ayudante, ahorrándose así el pago de su salario; la niña tuvo que ser cambiada de colegio privado a escuela pública. Se agotaron los ahorros; las reservas de víveres, la manutención de los animales (el gasto de comida de engorde para ellos era una pequeña fortuna), etc. En fin, hubo un momento en que el cielo se le unía a la tierra y el caos parecía apenas comenzar.

A su marido no se le volvió a ver por aquellos lares. Decían por allí que una semana después de haberla abandonado, se trasladó con su esposa y sus hijas a Francia sin fecha de regreso. Mientras, aumentaban las dificultades. Ella trató de dar clases de piano, pero la mayor parte de los interesados ya eran alumnos de quien había sido su profesora. Trató de colocarse como profesora empírica de primaria, pero no pudo... En pocas palabras, todo esfuerzo era en vano.

Agotada de tantos empujones, decidió colgar un rótulo a la entrada de la estancia... *"Se cose – Se hacen alteraciones y ajustes de ropa. También se borda, se lava y se plancha"* –rezaba-.

La idea se le vino a la cabeza cuando bajó al sótano y vio la antigua máquina de coser de su madre (la que de vez en cuando utilizaba aquella, para hacerse uno que otro traje nuevo) y varios canastos enormes conteniendo hilos, figurines, telas, agujas... Había un arsenal como para montar un taller de corte y confección. Y ¡manos a la obra! ¡No había de qué preocuparse! La materia prima estaba al por mayor en el sótano.

Unas dos horas después de haber colgado el rótulo, recibió su primer cliente y ese mismo día recibió tres encargos más. Todos de reparaciones y remiendos.

La voz se corrió como el agua en el río. La familia de Ubidia Leticia hizo trabajo en equipo. Carlota –su madre- a cargo de la máquina de coser, haciendo los remiendos, ajustes y alteraciones; además de confeccionar los trajes de los clientes. La pequeña Alejandra Francisca, se encargaba de doblar la ropa, después de ser lavada y planchada por su madre y Pepe Chui, era quien hacía las entregas en la carreta (a la que luego de un tiempo, convirtió en un soberbio coche moderno de retoques armoniosos y vistosos). Ubidia Leticia era la administradora del negocio.

En dos meses su clientela aumentó de ocho a veintidós clientes, de los cuales quince eran fijos. Luego, se incrementó al 100 %, al 120 %, al 150 %... Y así fue pasando el tiempo. Pasaron varios años para comenzar a ver las ganancias. Más temprano que tarde, el negocio era ya extremadamente rentable, por lo que compraron una casa céntrica en el pueblo; contrataron más ayudantes (ya la anciana Carlota estaba dando más de lo que podía); adicionaron un nuevo rótulo, más vistoso con el lema: "Repare su ropa vieja y estrénela como nueva" y el rótulo principal rezaba: "Modistas de El Juncaral".

La casa era de tres plantas. En la tercera planta estaban los dormitorios. En la segunda planta, las partes principales para las reuniones familiares (sala, corredor, comedor, bar, cocina, etc.) y la primera planta era para el negocio.

Ubidia Leticia habló con sus padres acerca de la devolución de las llaves de la hacienda "Los Prados" a su exesposo y ordenó a su papá se hiciera cargo del encargo, quien enrumbándose a la hacienda "Horizontes" hizo entrega de las mismas al llegar a doña Eusebia (el ama de llaves). A través de la señora se enteró que su ex yerno y su familia ya no regresarían de Francia, sobre todo por las niñas. Después de unos cuantos minutos de conversación, lo hizo esperar un momento y cuando salió, le entregó una "cesión de derechos" que su ex yerno y su esposa hacían de las haciendas "Los Prados" y "Las Jícaras" a su nieta Alejandra Francisca Juárez Barrantes.

Cuando Pepe Chui regresó a El Juncaral, entregó el documento certificado ante "juez y corte" a su hija, quien no podía creer lo que sus ojos estaban viendo y de acuerdo con Alejandra Francisca (quien era ya una jovencita) decidieron quedarse con ambas propiedades por cualquier necesidad que surgiera en el futuro.

Transcurrió mucho tiempo después de esto. Un día de tantos, Alejandra Francisca recibió una carta de Francia. Era su padre invitándole a vacacionar con ellos en París. Ya con sus veintitrés años cumplidos y con muchas responsabilidades, debía pensarlo bien. Ella hizo de la hacienda "Los Prados" un hotel cinco estrellas y de "Las Jícaras" un centro de salones para juegos de cartas, ruleta, dados, etc., y decidió contestar a su padre de la siguiente manera:

"Estimado señor Juárez: Hasta donde tuve uso de razón me enteré que usted es mi padre y lo reconozco y respeto como tal; no sé a ciencia cierta qué siento por usted al enterarme al poco tiempo de la deshonestidad y falta de caballerosidad con la que engañó y utilizó a mi madre, quien hasta hoy día, al igual que mis abuelos, son la familia que me ha dado todo el afecto, que me ha forjado el carácter y la honorabilidad que me caracterizan. Le agradezco la gentileza de haberme cedido legalmente las haciendas "Los Prados" y "Las Jícaras", ya que me imagino que con esta acción estará tratando de aminorar su cargo de conciencia. Siento decirle que no puedo desatender mis negocios, mucho menos dejar a mi madre y a mis abuelos solos. Creo que nunca más volveremos a vernos. No obstante, le

deseo lo mejor al lado de su esposa y sus cinco hijas (su verdadera familia). De usted muy atentamente, Alejandra Francisca Juárez Barrantes".

Ubidia Leticia y sus padres, nunca se enteraron de la carta que recibió de Francia, Alejandra Francisca, una joven que supo defender siempre el calor de familia y la entereza con que fue criada por ellos.

Cabe señalar que Pepe Chui y Carlota, murieron de más de 100 años. Su nieta los encontró tomados de la mano –como solían hacer cada noche-. La muerte se los llevó en el estado "delta del sueño"... El sueño de la eternidad. Y así, con una sonrisa dibujada en su rostro, parecía que de común acuerdo decidieron partir a rendir cuentas al Creador, con la firme convicción de haber cumplido con la misión encargada y haber dejado a su hija y a su nieta bien seguras, independientes y hechas mujeres de "ñeque".

Ubidia Leticia, quedó curada y no volvió a relacionarse con otro hombre. Se dedicó a trabajar. Su hija quedó al mando de todos los negocios cuando su madre ya no pudo hacer el trabajo de equipo de siempre. El patrimonio familiar creció tanto que da para que vivan bien ellas y su descendencia.

Alejandra Francisca, se casó ya en sus cuarenta y no tuvo hijos; sin embargo, adoptó a una niña a la que llamó Dulce Esperanza.

RELATO V

Hay anagramas paralelos escondidos en el universo y alguien está buscando la palabra engullida entre los vocablos de su voz. Imperantes con el pensamiento, van resonando las ideas. Hay verdades secretas acariciando ásperamente el transcurrir del tiempo... De aquel tiempo... De aquella era. Hay consejos desprendiéndose del estallido de las olas del mar al reventar sobre esa orilla... Su orilla. Sin embargo, la sentencia fue dada. La punta del hilo de la consciencia, traspasó el ojo de la aguja con que se ha cosido en punto de cruz, las letras ocultas del anagrama.

Esta historia involucra a una jovencita poco agraciada. De baja estirpe ante los ojos de la sociedad. Lo que hizo que ella se preocupara por salir adelante por sus propios medios.

Mila Locadia –era su nombre-. De vestir sencillo y de poco hablar. Fue hija de una asistente de tienda (Dorotea) y de un "tramero" (Leoncio Gabriel) que trabajaba de sol a sol, en el mercado municipal del pueblo donde vivían. Tuvo un único hermano... Luca Desiderio (menor que ella). Sus padres vivieron todo el tiempo "arrejuntados" y ya viejos, se separaron.

Su madre, doña Dorotea, dobló esfuerzos para terminar de sacar adelante a sus vástagos, pues no deseaba para ellos, la dureza con que la vida le había tratado a ella y Leoncio (su pareja y padre de sus hijos) durante el tiempo de convivencia.

El tiempo transcurría y por esas casualidades de la vida, a Dorotea la invitaron a participar de un viaje de premiación por helicóptero; un paseo que serviría para recorrer las montañas y demás sitios turísticos de su país. El viaje era un galardón a "la mejor vendedora" del negocio para el que había trabajado toda su vida y no dudó en aceptarlo.

Durante el viaje de ida, sus ojos se llenaron del verdor y de los añiles plomizos de cerros y montañas... Era maravillosamente alucinante. Ni le puso atención al papaloteo de las hélices del aparato aquel al cortar al viento. Solamente tenía oídos para escuchar el canto sonoro y sutil de los guardabarrancos, camuflados entre las flores de los madroños. Los sacuanjoches vestidos de sol y de marfil, eran cual collares de colección, en torno al cuello azulado de los conos de los volcanes. Casi al llegar a su destino, una brisa copiosa se dejó venir. Sus gotas semejaban cristales asidos a los tallos de esperanza del zacate limón que alfombraba los campos. Entre el cielo y el horizonte, podía palparse el eco de las pinceladas de los ángeles, delineadas con ahínco, tesón y amor. Las nubes dibujando al centro de su blancura, las notas melódicas de los coros celestiales -al unísono- alabando al Creador.

Cuando el gran papalote aterrizó, los pasajeros bajaron y el viento –que soplaba con fuerza al ser herido por las cuchillas giratorias- con furia les deshilachaba el cabello que con tanto cuidado habían arreglado antes de salir. Así, la naturaleza les daba la bienvenida a la posada donde se hospedarían todo el fin de semana.

Después de registrarse y cada quien ocupar su habitación (todas las habitaciones tenían ventanas hacia el campo), pudo seguir disfrutando aquella vista campestre maravillosa. La tranquilidad que reinaba allí, sólo podía compararse con la de una casa de reposo o de relajación. Adentro de la posada, reinaba paz y el ambiente era muy armonioso, como para comulgar con el éxtasis de la meditación. Desde su recámara podía visualizar el puente de madera para cruzar de un extremo al otro el río circundante. Sus barandales los cubrían una variedad de coloridas flores silvestres. Las tablas que lo componían, lucían muy fuertes y bien ensambladas. Sobre el riachuelo, sesgado por la luz, parecía se había levantado airoso el arco de Cupido. Las mariposas, los gorriones y los loros, también hacían lo suyo. La limerencia del sol era total; parecía prepararse para un encuentro con Selene. Todo aquel paisaje era como un homenaje a las hadas y demás espíritus de los bosques.

Dorotea pensaba en qué ocuparía su tiempo durante su corta estadía en aquel paraíso. Ocuparía el sitio como si fuese su propio templo. La monotonía y la soledad, seguramente le ayudarían a transportarse y de esa manera su alma entraría en directa comunicación con la divinidad. Y así temprano cada mañana (viernes, sábado y domingo), con el canto de los gallos anunciando el amanecer, salía a platicar –a solas- con la naturaleza, tratando de encontrar las respuestas del porqué estaba allí.

¿Cuál es tu propósito Señor? –Preguntaba a la vaciedad del silencio-. ¿Qué hago para dilucidar tus acertijos, oh Dios? En algún momento –seguro- me has de indicar la respuesta; pero, de todas maneras, ¡gracias!, porque me siento excelentemente bien. Tengo la seguridad de que puedo hablar contigo sin tapujos; confiarte mis miedos y mis aflicciones. Te solicito por favor que no desampares a mis hijos en ningún momento. ¡Ayúdalos a alcanzar sus metas! Mi niña, la mayor –Mila Locadia se llama, Señor- está por cumplir sus catorce añitos y el más chatel, Luca Desiderio (mi otro hijo, ya sabes Dios mío), apenas tiene once añitos recién cumplidos. Sígueme dando fuerzas para sacarlos adelante y permíteme acompañarlos y guiarlos hasta el día en que solamente me convierta en un recuerdo ausente. ¡Gracias mi Dios! ¡Gracias! En vos confío.

Acto seguido, tomaba de los nichos florales del puente, moños de lirios y primorosas, los que desfloraba lentamente. Con sus pétalos restregaba –metida en el río- cada recoveco de su menudo y trabajado cuerpo moreno. Mientras realizaba este ritual, oraba: *"Dios es el más grande, poderoso y protector, si parto a su seno ahora, le entregaré con mi alma, la pureza de mi espíritu y todo éste clamor".* Cuando salía del agua, enterraba sus pies en el terreno suave y en esa posición alzaba sus brazos hacia la bóveda celeste, diciendo: *"Señor, Dios y Creador, dueño de todo el universo y de ésta servidora, tuyo es el reino, la honra, el poder y la gloria por toda la eternidad y por los siglos de los siglos. Que se haga tu santísima voluntad y no la mía".*

Una vez con el alma sosegada, caminaba hacia la posada y se recluía en su aposento. Antes de vestirse para tomar sus alimentos, se ungía la frente con aceite de oliva, haciendo la señal de la cruz y diciendo: *"El justo que confía en Dios, vence todos los peligros".* Bajaba y tomaba su desayuno y luego se sentaba en una hamaca a leer el libro de poesías de

Alfonsina Storni, que siempre andaba con ella... Y así mataba las horas... Perdida, tratando de descifrar los versos que componían aquel poema de Alfonsina intitulado "Borrada", que textualmente dice así:

´El día que me muera, la noticia
ha de seguir las prácticas usadas.
Y de oficina en oficina al punto,
por los registros seré yo buscada.

Y allá muy lejos, en un pueblecito
que está durmiendo al sol en la montaña,
sobre mi nombre, en un registro viejo,
mano que ignoro trazará una raya´.

El domingo a eso de las seis de la tarde, con el sol del ocaso, llegaron por ella y sus otras compañeras para el retorno a casa. Cuando el helicóptero aterrizó, con tristeza sus ojos se despedían de aquel mágico lugar, en donde por vez primera conoció la carga de la energía universal en su cuerpo, mente y alma. Ya dentro del pájaro de metal, les esperaban dos horas de vuelo hasta su hogar. Dorotea lucía sosegada, como nunca se le vio jamás.

A la media hora de haber alzado vuelo, el helicóptero parecía estar siendo sacudido con furia por varias manos. Se bamboleaba sin control de uno a otro lado. El piloto trataba de mantener la calma y cuando logró estabilizarlo, dijo: "Parecía que varias personas estaban jugando con él como con una bola". Los tripulantes aun llenos de espanto, coincidieron con la descripción.

Pasado un cuarto de hora de aquel susto, los empujones que sacudieron al aparato volador, fueron más intensos. Los segundos eran eternos. Las compañeras de Dorotea clamaban: "*Santo Dios... Santo Fuerte... Santo Inmortal, líbranos de todo mal*"; mientras por la memoria de doña Dorotea, los recuerdos pasaban como una cinta de ciencia ficción. Todo lo que había guardado en su disco duro se volvía solamente un soplo de viento. Sentía que la divinidad la estaba desmoldando y con los ojos cerrados, tranquila, esperaba el desenlace. Cuando abría los ojos, todo lucía más gris que de costumbre; su yo interno sabía que había llegado el momento de la partida definitiva. De ser totalmente "borrada", como se desdoblaban los versos de Storni. Fue hasta entonces que encontró sentido a aquel viaje repentino. Todo debió estar escrito en el plan de Dios para su vida, para darle un chance a reflexionar, antes de presentarse ante él. Tomó entonces las manos de sus compañeras y apretó más los ojos. Visualizó por un instante, llamas titilantes de velas de cera ardiendo pausadamente desde un candelabro de plata heredado de su abuelo, las que la atravesaban sin quemarle la piel... Después pensaba en sus vástagos y en el dolor de su ausencia y del no retorno. Toda su mente era un torbellino turbulento y una sensación de ausencia se apoderó de ella.

El helicóptero colapsó entre las piedras gigantes de las montañas. Los dueños de la posada, creyeron que algún volcán eructaba, pues en la lontananza, el luto del cielo se veía cubierto por un velo de ceniciento color naranja.

****

Los lugareños dieron parte del accidente a las autoridades. Pasadas unas horas, policías, forenses y bomberos hacían las pesquisas y los reconocimientos del transporte y de los cuerpos.

Tres días pasaron. La madre de Dorotea, doña Eduarda y don Pancracio, su padre; sus hijos, Mila Locadia y Luca Desiderio (acompañados de su padre Leoncio Gabriel); hicieron acto de presencia en comitiva en las oficinas policiales para saber los resultados de las pesquisas. La respuesta fue la que esperaban: *"Sentimos mucho la partida de Dorotea. Muy lamentable éste suceso"*. Hago un paréntesis –continuó- en que sólo se identificaron algunas partes de su cuerpo y del piloto. Los restos de los otros tripulantes, no han podido ser identificados.

El llanto de ellos y las de los otros miembros de las familias del resto de fallecidos, no se hizo esperar. Los hijos y los padres de Dorotea, compungidos de dolor, sollozaban entre lágrimas silentes. El esposo no aceptaba aquella jugarreta del destino. Solamente alcanzaba a pensar en qué haría para sacar adelante a sus hijos. Él era un hombre deshabilitado, pues tenía seis discos herniados de la columna; acababa de pasar por dos derrames cerebrales y toda esa situación -relacionada con su salud- le impedía trabajar en el tramo y mucho menos alzar el más mínimo peso. La pensión que recibía por incapacidad, era irrisoria como para decir que se podía hacer cargo de la manutención de los muchachos.

Al ver su angustia, sus suegros (Eduarda y Pancracio), le dijeron que no se preocupara, que ellos podían hacerse cargo de mantener y educar a los nietos desde ese preciso momento, liberándolo de todo tipo de responsabilidad.

Los restos de Dorotea fueron incinerados y entregados en una pequeña urna dorada. Dos días sus familiares tuvieron la urna con sus cenizas y la mejor de sus fotografías en vela en la casa de sus padres. Luego, sus hijos, esposo y padres, partieron con ellas hacia la iglesia del pueblo, donde un sacerdote esperaba para darle la "santoleada" final a lo que quedó de ella. Después, caminaron rumbo a la vereda del río. Mila Locadia y Luca Desiderio, tomaron a puñados sus cenizas y las soltaron al viento –como había sido su último deseo, mismo que hacía saber cada vez y cuando a sus padres y a sus hijos-. Mientras, sus abuelos, alzaban las manos izando sus pañuelos blancos, simbolizando el adiós eterno.

El ocaso ya caía. Las aguas del río, reflejaban el regocijo del horizonte; el cielo parecía abrir sus puertas níveas emplumadas, como recibiendo a aquella alma generosa. Se retiraron del lugar, hasta que vieron que sus cenizas ya habían volado; mientras las aguas del riachuelo, parecían entonar una canción; los pájaros trinaban desde sus nidos como nunca antes lo habían hecho; las mariposas volaban llenando de color el paisaje... Parecía que Dorotea, a través del paisaje, con amor les acariciaba en el más sensible adiós.

La rutina regresó. Mila Locadia estaría cumpliendo quince años el año entrante. Sus abuelos le organizaron una pequeña reunión con sus amigos más allegados, pero sin música por el luto que aún les martillaba el alma y los sentimientos. Los recursos eran escasos y el dinero del seguro de vida de su madre Dorotea, sería empleado para cubrir sus estudios universitarios y los de su hermano. Desde el día del deceso de su madre, la chica parecía un rosal seco. Se había vuelto introvertida, mustia y agresiva; situación que degeneró en rebeldía. Nada la emocionaba, por último ni ser la mejor alumna de la clase (por lo que tanto competía). Lo único que le hacía bien, era hablar con su amigo Paulo, a quien tenía por confidente.

Paulo era un adolescente como ella. Estaba acostumbrado al trabajo arduo de la zapatería. Su padre era el propietario de una pequeña fábrica de reparación de zapatos, conocida por el pueblo entero... Su nombre era "La Remendadora". Los fines de semana, el negocio también abría; mientras Paulo, atendía con su máquina de remendar y demás accesorios (su mesa para cortar "cuerina" y hule; clavos, martillo, pega, cuchilla, pasta de lustrar, cepillos, lanillas, etc.), en las aceras del mercado.

Por su buen porte y excelente carisma para atender a los clientes, las jovencitas nunca fallaban llevando sus zapatos a reparar y a que Paulo les pusiera sus tapitas de baqueta a los tacones; mientras su amiga de colegio, Mila Locadia, pasaba de lejos echando un ojo y muerta de celos.

Así eran los fines de semana del joven... Completamente agotadores, pero nunca se quejó del trabajo duro. Lo que recogía, era única y exclusivamente para mantenerse. Dominaba muy bien aquel oficio que le enseñara su padre desde los seis años de edad.

Era fiel creyente en Dios. Le respetaba y le temía. Siempre trataba de agradarlo, siguiendo fielmente lo estipulado en las Sagradas Escrituras. Era hogareño, responsable y estudioso... Con seguridad llegaría lejos.

Los años seguían transcurriendo y nada detenía su ágil andar. El jovencito y apuesto zapatero, se ganó una beca para estudiar economía en la universidad de la capital. Para entonces, ya él y Mila Locadia eran novios oficiales, comprometidos para casarse. Sin embargo, su prometida, no pasó el examen de admisión para la carrera de administración de empresas y se tuvo que conformar con estudiar una carrera técnica en contaduría pública en la Escuela Normal de Comercio de la cabecera departamental del pueblo donde ambos vivían.

Paulo estaba prácticamente interno en aquel lugar; concentrado en lograr su objetivo y coronarse como "licenciado en economía", lo que ayudaría enormemente en hacer crecer el negocio de su padre; mientras tanto, Mila Locadia, le estaba poniendo oído a otro pretendiente que le salió (por esas malas casualidades de la vida) en la escuela donde estudiaba.

Sus abuelos se cansaron de aconsejarle que no debía de estar jugando con los sentimientos de un muchacho tan bueno, trabajador, educado y estudioso como lo era Paulo; que si ya no lo quería que lo desengañara, de lo contrario, ellos se encargarían de enfrentarla con la situación para que se decidiera de una buena vez. No hizo caso del todo y siguió sus andanzas de fiesta en fiesta con el fulano de nombre Juan, quien era completamente lo opuesto a su prometido, sin valores ni educación. Un fin de semana que ella no esperaba que Paulo llegara, éste se apareció de sorpresa (después de haber recibido una carta de su padre informándole lo que estaba sucediendo con ella y el tal Juan).

Ese día, la esperó a la entrada de la escuela. ¡Tremendo susto! Comenzó a temblar como la última hoja moribunda por caer de un árbol en otoño. Trató de disimular pero Paulo la vio salir tomada de la mano del sujeto aquel. Así fue de grave el impacto... Se le perdió la mirada, el corazón al revés, las manos sudorosas, el estómago volteado... Salió en una carrera sin parar en ninguna esquina hasta llegar a su casa, parecía un "bólido celestial". Al llegar, no dijo nada y pasó directo a encerrarse en su cuarto. Como a los quince minutos, tocaron a la puerta. Su abuela Eduarda atendió; lo que la señora no esperaba era ver a Paulo y al tal Juan llegar juntos y decididos a enfrentar la situación poniendo a la jovencita en "jaque mate" como si se tratase de dos reyes disputándose a la reina de un juego de ajedrez.

Su abuela fue a llamarla a su refugio. ¡Es necesario que des la cara! –Le dijo-. ¡Debes de resolver ya éste problema! –Terminó aseverando la anciana-. Mas, era tanta su cobardía y vergüenza, que de detrás de la puerta le respondió: "Que esos dos esperen sentados, porque lo que soy yo, de aquí no salgo". Veremos en qué termina todo esto –le dijo doña Eduarda-; pues parecen estar dispuestos a "pernoctar aquí" hasta que les des la cara y nadie en esta casa puede estar lidiando con esta situación fea y engorrosa... Así es que o sales o mando a llamar a "King-Kong" (un robusto moreno de la cuadra que derrumbaba puertas), para que venga a botar la puerta de un empujón... ¡Escoge!

Pasaron tres horas. Los hombres se entretuvieron entre miradas de desconfianza y lecturas de revistas y periódicos viejos. Al fin, cuando tomó el suficiente valor, apareció en la sala como si nada, y dijo –dirigiéndose a Paulo-: *"No sabes cuánto siento ésta situación. Tengo un soberano lío armado en la cabeza, por lo que te libero del compromiso conmigo, ya que estoy enamorada de otro. Aquí está el anillo que me diste para formalizar nuestra posible unión y te pido perdón por haber confundido una buena amistad con amor"*. Ante sus palabras, Juan, se levantó victorioso a abrazarla. Paulo, como todo caballero, al despedirse le dijo: *"Espero no te arrepientas de todo esto algún día"* y despidiéndose de doña Eduarda y de don Pancracio, siguió su camino de regreso a casa.

Por otro lado, el hermano de Mila Locadia (Luca Desiderio), había demostrado con seriedad y sensatez la madurez rápida alcanzada después del trágico accidente en que muriera su madre. Se destacó como un alumno excelente en el colegio de los frailes salesianos. Colaboraba como monaguillo todos los días en las misas de su centro de enseñanza, así como en las misas dominicales al público. Todos en su casa pensaban que ante tales inclinaciones, quizás estaban frente a un futuro sacerdote salesiano.

Se ganó la confianza y el respeto del director del colegio, con su buen comportamiento y fue premiado con una beca completa en una de las más prestigiosas universidades del área centroamericana. Una vez graduado del bachillerato, partió hacia Costa Rica a estudiar ingeniería civil. De ahí en adelante, sus familiares solamente sabían de él una vez cada mes, cuando les telefoneaba por cinco minutos o por carta cada dos o tres meses.

Era un joven afanoso y dedicado. Consiguió un trabajo de medio tiempo como mecanógrafo en un despacho de abogados, sin descuidar sus estudios. De su salario apartaba para uno que otro gusto que deseara darse; ahorraba y les mandaba "unos centavos" mensuales a los abuelos.

La diferencia entre los hermanos era abismal, tal como si compararan al sol con la luna. A su hermana le afectó mucho la falta de su madre y la invalidez de su padre. Ambas situaciones la mantuvieron por mucho tiempo en una tremenda depresión y rebeldía absolutas; tanto es así, que por los grandes deseos que tenía por emanciparse, se colocó como secretaria en la oficina de correos del pueblo. Nunca ayudó a sus abuelos, pues pasaba haciendo castillos en el aire al soñar con el famoso desembolso que saldría del seguro de vida por la muerte de su madre. Despilfarradora como ella sola... Aunque no lo necesitara, el ego no le permitía ser diferente. Siempre gastaba en ropa de marca y demás cosas innecesarias, pues para ella andar "al último alarido de la moda" era algo imprescindible; asimismo, las salidas a la disco, clubes nocturnos y demás era primordial, sobre todo, si era para escuchar y bailar la música del mexicano Carlos Santana, que por ese tiempo, estaba en su apogeo.

Su novio Juan, "vago de profesión", salía con ella atenido a que tendría diversión, comida, bebida y sexo asegurados, además de por lo menos veinte dolaritos extra que lograba quitarle a la tonta para divertirse a su espalda con otras jóvenes de ambos conocidos.

Sumado a su relación como amantes o amigos con derechos, estaba el vicio del alcohol, que hizo a ambos tocar fondo. De sábado para domingo, era tanta la "francachela", que amanecían bien borrachos (después de un suculento vómito) embrocados en las mesas de los lugares que frecuentaban. Y lo peor de todo, era que padecían de lo que se conoce como "amnesia alcohólica" (nunca se acordaban de nada de lo sucedido en su estado de embriaguez). Hubo un día en que Mila Locadia, bien tomada de una "revoluta" de whisky, cerveza, ron y tequila, se subió a la cabina desde donde se controlaba la música; tomó el micrófono y empezó a hablarle incoherencias a la concurrencia del local y al ritmo de la canción "mujer de magia negra" comenzó a bailar sensualmente y a desvestirse. A la mañana siguiente, ella y el "pela fustán" del novio, se encontraron a la entrada de la disco, semidesnudos, asaltados, vomitados y aún alucinados.

Todo este desbordamiento, en el que el sexo era el rey, pues practicaban orgías en donde había hasta intercambio de parejas y todo lo que se pueda imaginar, concluyó en un embarazo no deseado; al no estar seguros los comediantes de la tragedia, de si el hijo era de ambos o no, concluyeron en que debía ser abortado el producto. Mas, no se sabe si Dios medió para que ese inocente no naciera, pues Mila Locadia, tuvo un aborto espontáneo.

Durante ese tiempo, perdió su trabajo, así como el último año de su carrera contable. Sus abuelos para ayudarla, la llevaron a terapia a la capital, en la que estuvo siendo atendida por dos años. Los viejitos hacían "de tripas corazón" con sus pensiones del seguro y con la ayuda que les mandaba su otro nieto desde Costa Rica.

Pasados varios años, al fin la empresa del seguro soltó el dinero por la muerte de Dorotea. Depositaron en la cuenta de los ancianos padres de la difunta, la suma de $250 mil dólares. ¡Adiós penumbras y escasez! Sin embargo, Mila Locadia, ya tenía su plan armado para tomar lo que según ella, por derecho le correspondía. Creía que debía ser dividido aquel pequeño capital entre cinco: sus abuelos, su padre, su hermano y ella; pero, como "siempre hay un ojo que ve", ella no pudo echar mano de los $50 mil que le correspondían porque estaba inhabilitada para manejar fuertes sumas de dinero; así es que, debió conformarse con la mesada de los intereses a plazo fijo que por esa cantidad le pasarían.

El vividor de su novio, Juan, le restregaba las conquistas en su cara; se las paseaba por la acera a como le daba la gana. Siempre borracho hasta más no poder, mal vestido y lanzándole cantidad de vituperios desde la calle, como: "Salí zorra, que aquí está tu lobo para...". Eso ya era pan de cada día. Hasta que una vez de tantas, cansada de sus ráfagas de insultos, le echó a la policía y se lo llevaron preso. Allí pasó guardado por año y medio, hasta que un pariente de él, se dignó a pagar la multa de un mil quinientos dólares. Y como dicen: **"El palo, el hambre, el dolor y la cárcel, componen al descompuesto y enderezan al torcido"**. Dicho y hecho. De allá salió reformado, con oficio para ganarse la vida decentemente. La libertad lo acogió como todo un técnico en carpintería; desalcoholizado; decente... En verdad, Mila Locadia, le hizo un favor enviándolo a aquel lugar.

Él intentó reconquistarla, pero ella, al fin había tomado el rumbo correcto. Concluyó su carrera y era ya "contador público autorizado" y trabajaba como auditor en la firma "Kent Auditores", una empresa de prestigio y donde ganaba un excelente salario. Por fin, había dicho para siempre adiós a los vicios y a las parrandas. Su autoestima estaba altísima y estaba trabajando duro para sepultar su pasado, por lo que, cuando se dio cuenta que Juan no dejaría de insistirle en que volvieran, decidió ponerle una orden judicial de alejamiento.

Durante el tiempo de su "limpieza" y el lapso que estuvo separada de "aquel bueno para nada", pudo pensar sobre todo lo que le había sucedido y llegó a la conclusión que fue un error tras otro el que cometió y la primera equivocación de todas, fue haber cambiado a Paulo por Juan.

Paulo se convirtió en un empresario exitoso, ejemplar y de prestigio. Hizo crecer el negocio de su padre y llegó a ser dueño de varias fábricas de zapatos a nivel internacional y seguía expandiendo sus negocios al extranjero. *"La Remendadora, el mejor lugar, donde sus viejos zapatos, vuelven como nuevos a sus pies calzar"*... Ya era una empresa "transnacional".

El joven empresario, desconociendo que Mila Locadia trabajaba para "Kentz Auditores", firmó contrato con ellos para consejería y auditorías contables. Ellos serían quienes manejarían la contabilidad de todas sus empresas tanto a nivel nacional como internacional.

Como era de esperarse, Paulo ya era un hombre felizmente casado. Su esposa, era una mujer luchadora, de aquellas que se "arremangan las mangas y trabajan a la par de su pareja", hombro a hombro y de sol a sol. Le ayudó a crecer –además- como hombre, como profesional y como empresario. Tenía a esa fecha, quince años de matrimonio y dos hijos gemelos (varón y mujer) –adolescentes-. A sus hijos, desde muy chicos, les enseñaron a valorar el sacrificio de su abuelo y el de sus padres. Él estaba realizado y feliz en todos los aspectos de su existencia. Se decía: "¡Qué más puedo pedirle a Dios y a la vida!"... Mas, su felicidad se vería tambaleante en unos meses más.

La empresa matriz "La Remendadora, Cía. Ltda.", estaría recibiendo la visita de uno de los más profesionales auditores de la "Kentz Auditores" y quien fue asignada para tal fin, fue ni más ni menos que Mila Locadia, quien al enterarse de que estaría entrando y saliendo de aquellas empresas, dedicó unos cuantos días a averiguar la vida y milagros de Paulo, de su esposa Claudia y de sus hijos gemelos con los mismos nombres de sus padres.

Llegado el tiempo para presentarse, se preparó como nunca antes lo había hecho, tanto profesional como físicamente. Y aunque sabía que no contaba con los atributos de belleza suficientes, desempolvó lo mejor de su armario, se "emperifolló" de tal manera que por donde iba pasando llamaba la atención, no tanto por su vestir ejecutivo vistoso y elegante, si no por el fuerte olor a "Charlie" que despedía al pasar. Ese día en particular, se presentó a la casa matriz de "La Remendadora", una hora antes de lo previsto. Faltando unos minutos para la hora señalada de su cita con el dueño (Paulo –su ex novio-), vio desfilar hacia la oficina de la presidencia, a él, a su esposa Claudia y a sus hijos y ella sin querer, pudo conocer a la familia completa ese día. Sin embargo, él no la reconoció y la ignoró cuando pasó por la salita de espera. Después de tanto tiempo, la vida lo cambia a uno –se dijo ella para sí misma-.

Su esposa y sus hijos lo dejaron en la oficina y salieron, quizás para cumplir lo programado en agenda para ese día. Fue entonces cuando la asistente de él, pasó a la oficina para anunciarle que la representante de "Kentz Auditores", esperaba en la salita para ser atendida. Ella escuchó cuando dio la orden: ¡Hágala pasar entonces!

Cuando entró a la oficina, estaba chequeando varias cosas en su archivo. La asistente anunció su ingreso a la oficina y él, de espaldas a la puerta dijo: *"Por favor, pase adelante. Siéntese que en un minuto la atiendo"*. Ella esperó pacientemente callada. Él terminó de hacer lo que tenía pendiente, se dio la vuelta y extendiéndole la mano, se presentó. Extrañada, le preguntó: *"¿Acaso no me reconoces?"*... ¡*Soy Mila Locadia!* Hubo unos minutos de silencio sepulcral y como si nada, le respondió: *"Disculpe, no la recuerdo. Pero, vamos a lo que nos interesa"*. Ella sintió como si un balde de agua fría le cayera desde la cabeza. Quiso que el piso se abriera y que la tragara. No pudo concentrarse para nada porque el hielo de su indiferencia por dentro la quebraba. De una manera muy profesional, le dejó claro que lo pasado estaba pasado y que no había vuelta atrás. Fue así que, llamando por el intercomunicador a su asistente, le ordenó: *"Lleve a la señora al departamento de contabilidad. Aquí ya concluimos y de ahora en adelante, que pase directo para allá y cualquier consulta que tenga sobre los números de las empresas, se las hace directamente al contador general, él se encargará de hacerme saber lo que pasa y lo que se necesite. ¿Me expliqué?"* -Preguntó a su asistente-; aquella, sin entender lo que pasaba, asintió con la cabeza, y le respondió: *"Como usted ordene señor"*.

Pasaron cuatro semanas. Su esposa, Claudia, le preguntó: ¿Cómo va la auditoría amor? Y él cariñosamente le respondía: *"Me imagino que bien, pues el contador no se ha aparecido a llenarme la cabeza con problemas. Mientras no se aparezca por aquí, significa que las cosas van bien"*.

Un día de tantos, sin querer, Paulo y Mila Locadia coincidieron al momento de salir al parqueo de la compañía. Hablándose con los ojos, se acercaron y como si se tratase de una historia novelesca, se abrazaron y besaron. Lo que para Mila Locadia, era el inicio del cambio que había venido visualizando.

Aún sofocado y confundido; indeciso ante lo sucedido, le susurraba: *"Esto no pudo haber pasado. Tengo una esposa profesional, linda, excelente madre, amiga y amante; cómplice y confidente. Ni ella ni mis hijos merecen que les haga daño y menos de ésta manera"*. Ella, como la serpiente que tentó a Adán en el Paraíso Terrenal, murmuraba: *"No tienen que enterarse. Éste será nuestro secreto. No voy a causarte problemas. Todo quedará guardado bajo siete llaves".*

Cegado por los albures de la pasión, decidieron pasar la noche juntos y vivir todo aquello que las locuras de juventud de ella les impidiera. En ese momento, el reloj marcaba las diez menos cuarto de la noche. Salieron del parqueo con rumbo desconocido. En la carretera los focos de los otros autos alumbraban sus rostros asombrados pero sonrientes. Una milla faltaba para llegar a su destino. Se dirigían a la casa de campo de la familia de Paulo (la que nunca visitaba con ellos). Al llegar, la desesperación de la lujuria no se hizo esperar. La ropa volaba de un lado al otro, desde la sala hasta el aposento principal. Sus cuerpos desnudos se fundieron en una sola piel. Gemidos, susurros de placer, retumbaban con eco por todo el lugar. Sumidos en el éxtasis del orgasmo –al que llegaron juntos- se juraron una y otra vez, que nunca más, se volverían a separar; y cansados de amarse, el sueño los venció.

Pasaron unas horas. Al levantarse, pudo admirar todavía aquel cuerpo perfecto de ella, el mismo que lo atrajo como un loco cuando adolescente. Su yo interior, le decía con culpa: *¡No puede ser! ¡Claudia! ¡Los muchachos! ¿Qué hice? ¿Qué hice?* Pero, las brasas encendidas de aquel momento apasionado, aun le quemaban la piel. Descalzo, sin hacer ruido, llamó por teléfono a su esposa a eso de las tres de la mañana e inventando una excusa creíble, la tranquilizó. Luego, se dirigió a la sala y decidido a no despertar a Mila Locadia de ese sueño por el que tanto había esperado, hizo sonar a volumen bajo, la canción del mexicano Armando Manzanero...

"Somos novios", recordando así el día mágico en que él y su ahora amante se habían conocido.

La "bella durmiente", escuchaba ensimismada la canción que tantas veces él le había cantado al oído y lanzando de nuevo la red, se dirigió hacia donde se encontraba, completamente desnuda. Acercándose despacio, le cubrió con las manos los ojos; pasó su boca tibia alrededor de su cuello; con su lengua recorrió los pabellones de sus orejas y rozando sus pechos con los pezones erectos sobre sus labios cálidos, le invitó a poseerse de nuevo. Él no opuso resistencia y como un niño obediente, se dejó llevar. Nuevamente, rodaron por la alfombra, trenzados en un cuerpo a cuerpo mortal y tomando la botella de vino tinto que dejaron a medias, derramó por la piel de azucena de ella, aquel divino líquido, succionando cada gota con sus labios gruesos por los lugares por donde éste caía. Alcanzaron nuevamente los albures quemantes de aquella pasión dormida y así, entre orgasmo y orgasmo, pasaron hasta la llegada ígnea del sol con el nuevo día.

Paulo no se imaginaba que había caído de nuevo en las trampas ponzoñosas de una mujer corrida, amargada y peligrosa; que no se amaba a sí misma, menos que pudiese amar a otros... Pero, ya estaba formando parte de su vida.

El sol entró fuertemente por la ventana y los sorprendió nuevamente enredados en el piso. A eso de las diez de la mañana, después de bañarse juntos -bajo el agua fría- de nuevo fundieron sus cuerpos; mas, nada parecía detener la incandescencia que ardía en ellos. Después de entregarse una y otra vez, bajaron y tomaron la convencional taza de café, una tostada de pan con mantequilla y mermelada. Decidieron que ella tomaría un taxi para ir a casa y él se iría manejando a la oficina.

Ese día, ella se lo tomó libre. No llegó a trabajar y aprovechó para asistir a la reunión mensual con la "Kentz Auditores". Llamó por teléfono a "La Remendadora", solicitando dejar salir su auto, ya que alguien llegaría de su empresa a sacarlo del parqueo.

Paulo (quien nunca había mentido a Claudia, su esposa), pasó la prueba detectora de mentiras y la convenció de que todo estaba bien. Y ella, que nunca lo había visto mentir tan bien, no entró en desconfianza. Además, la comunicación entre ellos, siempre fue fluida y abierta. Si algo hubiese pasado -se decía ella- ya me lo habría dicho.

A solas, él no salía de su asombro. Nunca creyó que fuera un cínico con experiencia; de aquellos que se creen toda la falsedad que dicen. Y así fue como aprendió a lidiar con lo que ya se perfilaba, sería una doble vida. ¿Cómo le haría para escaparse a los brazos de su amante? ¡No sabía! De lo que estaba seguro es que le despertaba aquellos ímpetus que creyó perdidos y que aunque fuera una locura, no podría parar con ello. Y convencido, se dijo: "Tengo que aprender a mentir y a actuar de tal manera que luzca lo más natural posible... Es justo y necesario".

De allí en adelante, cuando no podían verse, se llamaban como si fuesen dos desconocidos dándose placer a través de una "línea caliente". Cada llamada era eterna y en ellas se decían cada cosa… Llegaban a saciarse con la inquietud que las palabras provocaban en sus manos y en sus dedos. Luego, planeaban entre voces extenuadas de placer, el próximo encuentro, al lugar al que en clave ya llamaban "el nido".

Así corrieron tres años. Se había convertido en el "genio de la lámpara", pues cumplía todos los deseos de su amante (quien no contaba con los atributos físicos de su esposa, pero dominaba las finas artes del "kamasutra" para hacer a cualquier hombre feliz). De él obtuvo: joyas carísimas; ropa de los más famosos diseñadores; bienes raíces; cuentas de banco y demás. Aunque las cuentas de banco, fue el detonante que puso en alerta a su esposa… ¿Quién era ésta mujer que había comprado el 10 % de las acciones del negocio familiar? Eso lo tendría que explicar su estimado esposo.

Cuando llegó el momento de poner los puntos sobre las íes y al ver que había sido tomado por sorpresa o asaltado por su propia familia, pues estaban cuestionándole lo que hacía con su fortuna, misma que tanto había trabajado para acumular pensando en el bienestar de todos y sin saber qué contestarles, se limitó a decir: **"Recuerda amor que las acciones son puestas al mercado en la bolsa de valores y que nos venimos dando cuenta quién compró hasta que la operación ha sido finiquitada".** A lo que ella, le respondió: **"¡Ujum!, pero aún así, me gustaría que esa persona fuese citada a la próxima junta directiva, para saber a quién nos hemos asociado y con quién estamos lidiando".**

Viendo que la situación estaba por tomar otro rumbo y podía ser descubierto en cualquier momento (su familia le andaba pisando los talones y sabiendo que su esposa cuando se lo proponía era mejor que cualquier detective del "Federal Buro Investigation" –FBI-), prefirió ir armando un plan "A" y un plan "B" y de ser posible un plan "C", para planear mejor su defensa. Fue de esa manera que comenzó a hacer uso de la antigua estrategia de los infieles: hacerse el enojado; mostrarse inconforme, insatisfecho; demostrar su desagrado, etc. En fin, esas armas tardan en ser reconocidas y aunque es más fácil agarrar a un mentiroso que a un ladrón, el disimulo era lo más conveniente y efectivamente que ese comportamiento inusual, puso al brinco a su esposa, quien era lista e inteligente en demasía.

Comenzaron pues las sospechas de Claudia sobre las cenas de negocios frecuentes; las salidas con los socios; los viajes prolongados por semanas (cuando antes eran de dos o tres días máximo), etc., etc., etc. Ella nunca se había atrevido a revisar su chequera ni sus estados de cuenta bancarios; mucho menos su ropa y demás. Sin embargo, sabía que algo andaba mal; algo no estaba encajando en el rompecabezas. Por lo tanto, debía poner más atención a su sexto sentido, pues nunca le había fallado. A menudo se hacía la misma pregunta: ¿Será? Y por sí o por no, el espionaje había comenzado. Ni Paulo ni Mila Locadia se imaginaban de las sospechas de Claudia. A ella, la amante de su marido la tenía como una sonsa a la que le juegan bien las barbas y dice gracias.

****

Mila Locadia era del pensar que la vida es un devenir de dolores y penas más que de satisfacciones. A esta triste realidad estuvo sometida siempre. Estaba segura que más allá de toda capacidad intelectual, estaba el estremecimiento de los suspiros de cada tarde y aunque sentía estar atascada en un absurdo barrizal y enclaustrada en una cápsula de cristal, sabía que ésta última de un momento a otro, se rompería en mil pedazos y ella quedaría damnificada del alma pero más del cuerpo, al que ya había acostumbrado a todo tipo de placeres y lujos, pues su relación con Paulo, no iba para ningún lugar, ya que él nunca se divorciaría de su esposa y ella seguiría siendo una simple "sucursal".

Todo lo anterior, hacía de su relación una mansa cobra que, con su lengua bifurcada, sabía cuándo atacar. Ella ya había visto la muerte de cerca. Su familia había estado muy cerca de enterrarla. Tenía que vivir plenamente la vida, sin mirar atrás, pues la felicidad -se decía- más que un disfrute es un estado de ánimo personal. O la tienes o la desechas.

Poco a poco, tramó su plan de ataque para quedarse con la mayor parte de los bienes de Paulo, quien ciego por el deseo hacia ella, ya había dejado en el pasado los malos entendidos y ya estaba convencido de comenzar con ella una nueva vida.

Los días pasaban. Todo parecía continuar su ritmo normal. Era semana santa. En el país, se acostumbraba a dar feriados los días jueves y viernes santo; pero la diferencia aquel año fue que Paulo no iría con la familia a vacacionar al mar. Se quedaría atendiendo una serie de reuniones con los "socios nuevos" que llegarían por esos días a la empresa. Sin embargo, Claudia no se tragó el cuento y también planeó su contra ataque... Contrató un detective privado para seguir cada paso de su esposo y recibir un reporte pormenorizado a diario.

Sus sospechas pasaron de fantasía a una terrible realidad. Su ¿será? Estaba siendo confirmado de la manera más cruel; mas, nunca se imaginó que Mila Locadia era quien deseaba ocupar su lugar. Y pidiéndole al investigador más datos sobre la vida de su rival, se fue dando cuenta de toda la verdad. Ella, era aquella mujer por la que su marido sufrió tanto. Y ahora... ¿Qué debo hacer? La suerte está echada. Tenía que enfrentarlos a ambos en la casa de campo familiar, pero, sin levantar sospechas.

Era sábado (antes del domingo de resurrección). Las nueve de la noche. Todo estaba a media luz. Al pasar por la sala, las huellas no se hicieron ocultar. Cada pieza de ropa estaba regada desde la entrada hasta el aposento principal. Las velas rojas encendidas; las copas de vino medio llenas; la comida aún caliente... Todo eso había sido dejado por los huéspedes sin acabar, porque con seguridad estaban saciando su instinto carnal.

La puerta del aposento estaba entre abierta. Pudo ver los sensuales movimientos de cada uno; sus cuerpos ardiendo de deseo. Escuchó cada quejido de placer y todo lo que entre susurros se decían los amantes. Sintió como si cien puñales le atravesaran el cuerpo dejando a medio latir su corazón. El amor que sintió por él, estaba siendo asesinado sin reservas ni cargos de conciencia.

Hubo un momento en el sitio en que todo parecía volver a la realidad. Ella, desnuda, atravesó el espacio que había de la cama hasta el baño y detrás iba él, en las mismas condiciones. ¡Qué sufrimiento! El llanto no pudo contener y fluyó como cascada resbalando por sus mejillas. Cada gota que caía incesante hasta el suelo, era como si en pedazos se estuviera cayendo su gloria del cielo, estrellándose hasta desbaratarse en el suelo.

En el baño, nuevamente, vio repetirse la misma escena de hacía pocos instantes. Y ella, no dejaba de ver a través de la hendija de la puerta entre abierta. Luego, con toda la frialdad del mundo, empujó sigilosamente la puerta y se sentó en el sillón del cuarto, ubicado en la esquina que daba frente al baño. Cuando ellos salieron entre risas y besos apasionados; remojados y desnudos; sus "jajalles" y "arrumacos", fueron enfriados por la sombra espeluznante y la mirada inquisidora de la esposa traicionada. Al encender la luz, Paulo, no encontraba qué decir, ni qué hacer; mientras que Mila Locadia, con un cinismo arrebatador dijo: *"¡Se armó el circo! Ésta mujer vino a hacer el trillado espectáculo de celos y llanto. Te dije que esto iba a suceder más temprano que tarde, pero no quisiste creer y decías tener todo bajo control".*

Claudia, con mucha serenidad y calma, con la clase y estirpe que le caracterizaban, respondió: *"No te equivoques querida. Tan sólo he venido a convencerme de lo sinvergüenza que es 'mi esposo'; ¡si queridita!... Porque para que llegues a ocupar mi lugar, tendrías que matarme; además, deseaba confirmar tu poca clase y educación, la que te va a perseguir por siempre, igual que la baratija que usas de perfume... ¿"Charlie"? ¿No? El peculiar aroma de las zorras baratas. Y sí... Se ve que eres tan profesional como pregonas... ¿En dónde fue que adquiriste el doctorado de prostituta? Interesante... ¡No sabía que ya las universidades los otorgaban! En fin, 'Dios los cría y el diablo los junta'. Ambos se merecen".* Tomó su bolso y salió de la habitación, pero tras de ella, iba su marido enloquecido, gritando con desesperación su nombre y un "detente por favor" (angustiado) que salía de su boca. Ella hizo por segundos *"a palabras necias, oídos sordos"*, pero en escasos minutos respondió: *"¡No me sigas! ¡Regrésate! Entiende... ¡Todo se acabó! ¡Tú te encargaste! En una relación de pareja no se admite un tercero, a menos que uno de los dos personajes que la forma de pauta para ello; y no eres más que un infiel y un traidor, solapado y mentiroso. Después de que esa tipa te hizo lo que te hizo de jóvenes, mira nada más en lo que te has convertido. Hazme un favor... ¡No vuelvas nunca a buscarme! Olvida que existo".* Abrió la puerta de su auto, encendió el motor y arrancó. Atrás quedaba todo lo que un día creyó suyo. Solamente había que esperar para enfrentar el ciclón que venía... ¡El divorcio!

Al llegar a casa, comentó a sus hijos con todo el tacto del mundo y sin exagerar ni quitar, lo acontecido; les dio a entender que ellos debían decidir con quién iban vivir de ahora en adelante. La respuesta de los jóvenes fue al unísono: "Nos quedamos con usted mamá".

****

Paulo, después de haber sido agarrado con las manos en la masa, no tuvo más remedio que mandar por sus pertenencias a la casa que durante mucho tiempo fue su hogar. Mientras, los abogados tomaban cartas en el asunto para ver cómo quedaría la repartición de bienes habidos durante el matrimonio.

Mila Locadia, por su lado, asesoraba a su amante a pelear la custodia de los muchachos, porque de esa manera él (y ella), mantendrían el control de la pensión que debía pasarles. Así, solamente –le decía- pasas a ella la pensión por alimentos y una mensualidad para que se mantenga, hasta que encuentre a otro hombre que se haga cargo de ella –insinuaba-.

Lo que sí desconocía era que, los abogados de Claudia, ya habían imputado su genial idea, rumor que cuando llegó a sus oídos, la hizo pensar en cómo deshacerse de su rival, pues se había convertido en un terrible estorbo.

Mila Locadia, desde hacía mucho tiempo presentaba unos síntomas de comportamiento inusual. Hubo cambios bruscos en su carácter, muy notorios en su personalidad. En varias ocasiones, sus médicos diagnosticaron "esquizofrenia", la que trataban con sedantes y antidepresivos; según los diagnósticos de sus terapeutas y psiquiatras, se le disparó desde su juventud, cuando consumía alcohol y drogas. A veces se le encontraba hablando sola por los pasillos y otras en las calles... Ella, no se sabe si por conveniencia o por algún otro motivo, le ocultó esto a Paulo, quien nunca logró imaginar lo que pasaba por la cabeza de aquella mujer.

Y así, atentamente escuchaba las directrices de las voces que le decían con precisión y frialdad, las mil una maneras para deshacerse de Claudia, la gran piedra que le impedía avanzar en el camino. Tenía dos alternativas: matarla o desaparecerla (secuestrándola); pero se decidió por la primera.

Claudia sería víctima de su mente enfermiza. Mila Locadia, planeó un accidente para ella, que resultó en fatalidad. Su rival mandó a sacar el líquido de frenos de su vehículo, lo que hizo que perdiera el control en el tramo de carretera que todos conocían como "el paso de la muerte", misma que ella debía transitar para llegar hasta su casa. Y así, su auto entre brincos y vuelcos, fue a quedar destrozado al fondo de un profundo barranco. Se salvó porque pudo soltar a tiempo el cinturón de seguridad y saltar antes de que el vehículo estallara al momento de chocar con el suelo.

Después del suceso, pasaron dieciséis horas hasta que los lugareños reportaron el accidente a la cruz roja y a la policía. Aún con vida e inconsciente, fue trasladada al hospital. Los médicos la diagnosticaron con "trauma cerebral severo". La indujeron a coma y después de unos días en este estado, quedó fuera de peligro.

Pasados sesenta días del accidente, los peritos dieron por cerrado el caso. El vehículo había ardido completo en llamas. Nada se pudo recuperar. No había pruebas incriminatorias contra alguien. Todo quedó allí no más.

Mila Locadia, se estaba dando por satisfecha. Todos sus planes estaban realizándose mejor que un guion de película de terror. Cuando Claudia recuperó la consciencia, dijo en sus declaraciones que no se explicaba lo que había pasado, ya que era rutina del cuerpo de seguridad chequear los vehículos de ellos antes de ser abordados. Terminó de recuperarse en su casa. La audiencia en corte para el trámite de divorcio fue postergado por noventa días, después de haber sido dada de alta por las autoridades médicas.

Llegado el día de la audiencia de reconciliación, se presentaron ella y Paulo a los juzgados a mediar, pero su matrimonio estaba irremediablemente roto, pasando el juez de lo civil a proceder al divorcio en corte.

Cuando se disolvió el vínculo matrimonial, el juez determinó que los hijos quedarían bajo la custodia del padre, debido a los padecimientos traumáticos que dejara el accidente sufrido por la madre, ordenando a Paulo, visitas compartidas y pasar la pensión que correspondía a su ex esposa por los años trabajados. Además, el 51 % de las acciones de "La Remendadora" eran para ella, quien de esa manera, pasaba a ser la socia mayoritaria de la compañía.

Ahora que todo se había desmoronado y que los adolescentes (hijos de Paulo y Claudia), pasaban a vivir con Mila Locadia (la madrastra a quien desconocían), ella quizá tramaría algo en contra de los jóvenes... Esa era la angustia de Claudia, quien nunca descartó que su accidente haya sido causa probable, planeado por esa tipa.

Claudia, acostumbrada a escribir en un diario todo lo que le acontecía, un día se quedó dormida con él abierto entre sus manos y en una de sus páginas, claramente se leía: "*El cadáver de mi sombra está yermo en la pared. Agoniza lentamente en la desolación del querer. Disipada como éter pasa el tránsito ilusorio, viendo como la vida se queda presa en el papel. Más allá de cualquier metáfora que mi lápiz haya plasmado, la autopsia efímera de su eco ha de hablar con fuerte voz, el nombre de quien le hiciera terrible herida en el pecho, victimizando al hecho que le hizo padecer*".

Tal manera de desahogo, le ayudaba a mantenerse en pie. No existía en aquel momento ninguna mente fértil que inventara ni que escribiera con palabras precisas, tan terrible padecer. Dejaba pues impreso, con la pluma de los ángeles, el boletín que hablaría de su vida, sus miserias y su gloria.

Retomando la convivencia de los hijos de la pareja con la madrastra, ellos, con el corazón atravesado como por puñales o púas; ariscos y desconfiados por haber sido alejados de su madre, notaban el amor ficticio de su madrastra hacia su padre. Ella era más astuta que una "zorra" y sabía disfrazar con la labia de las palabras, lo que los oídos de su padre deseaban escuchar.

Ellos, habían acordado hacerle la vida chiquita con mal comportamiento, escudándose en su edad; pensaban que de esa manera, se vengarían de ella; mientras, la susodicha, ya planeaba cómo deshacerse también de ellos, pues no deseaba echar a bogar su navío sobre las aguas pantanosas, ni enturbiar la pasión que hacía creer a Paulo que sentía por él.

Los jóvenes no permitían que su madrastra les diera órdenes. Primero –se decían- no es nuestra madre; segundo –siempre desconfiaremos de ella- y tercero, veían que su padre no era más que un monigote en sus manos.

Así, el tiempo transcurrió. Primero se casó Paulo (hijo), quien se fue a vivir lejos con su familia. Él ocupaba un cargo gerencial en "La Remendadora, S.A." y aunque ya no vivía en la misma ciudad donde operaba la empresa, tenían que verse por fuerza en el día a día laboral y a pesar de todo, no le quitaba los ojos de encima a su infernal madrastra.

De la misma manera, se casó Claudia Lucía (hija), quien de común acuerdo con su esposo, decidieron vivir en el interior del país con la madre de ella por su invalidez. Igual que su hermano, también ocupaba un alto cargo en la empresa de la familia. Se sentía más acuerpada al convivir más con su madre, pues uniendo sus mentalidades, encontrarían la forma de cómo inculpar con pruebas fehacientes a la usurpadora mujer de su padre, ya que tenían serias sospechas de todo lo que ella había venido planeando para despojar a la familia de sus bienes.

Todo el desbarajuste desde que esa mujer apareció en sus vidas, era para ellos como un objeto punzante ensartado con crueldad en la herida. Veían como todo el sacrificio hecho con trabajo en equipo, se desgranaba inescrupulosa e irremediablemente.

Mila Locadia estaba feliz. Al fin se había librado de aquellos tres estorbos... Por lo menos de su vida personal, aunque tenía que soportarlos en la empresa y todavía no podía hacer nada para apartarlos de su patrimonio. Trataba por todos los medios de convencer a su títere de casarse con ella, pues ahora no había excusas para que el evento no se llevara a feliz término... Habían pasado ya seis años desde su divorcio y no era justo seguir siendo señalada como "la querida" de aquel hombre.

Paulo sabía muy bien las intenciones de su mujer, pero se rehusaba a creer que ella estaba con él por vívido interés. Aun así, se decía: "Si me caso con ella, seguro lo pierdo todo. Si me tiene un hijo, será peor el asunto".

Cavilaba y cavilaba diciéndose: *"El patrimonio accionario del negocio sigue distribuido así: A mis primogénitos el 51 % (cuya albacea es su madre); más el 39 % mío (del que le correspondería la mitad a cada uno de mis hijos cuando desaparezca del mapa); más el 10% que de bruto le cedí a Mila… Aún con todo y todo ésta mujer va a querer que yo le pase mi 39 % a su nombre y me dejará en la calle de la amargura… ¿Y ahora, cómo me libraré de ella? ¡Debo de hacer algo para sacarla de mi vida! ¡Dios mío, en qué lío me metí! ¡Estúpido! Es lo que soy"*… Y ese pensamiento, se había transformado ya en "su pan de cada día".

Terminó proponiéndole matrimonio a Mila Locadia, pero con la condición de firmar un documento legal por "separación total de bienes". Ella aceptó de muy mal modo y la boda se realizó discretamente.

Por otro lado, sus hijastros y su madre, continuaban arduamente tratando de recopilar las pruebas, mas, por una u otra razón, siempre regresaban al punto de partida.

Paulo (hijo), fue galardonado para recibir en París, Francia, el premio "al mejor zapatero", lo que llenaba de orgullo a su padre, quien –cada vez y cuando- pasaba llenándose la boca con los logros de su hijo.

Con el tiempo, su ahora esposa se embarazó y su gestación fue considerada de "alto riesgo". Las cosas siguieron su rumbo. Cuando los trillizos nacieron (como toda mamá leona, deseaba la atención únicamente para ellos), no le gustaba de ninguna manera que su marido mencionara a sus hijos mayores; su enojo era tal que hasta lo amenazaba con el divorcio y todo cuento. Al crecer sus hijos –aun con la diferencia de edad entre ellos y sus hermanos-, se encargaba de intrigar en contra de sus hijastros para mantenerlos alejados. Siempre se decía: *"Semejantes 'viejonazos' hechos y derechos que bien pueden defenderse solos. Son veinte años más grandes que mis hijos... Debo de marcar pautas y diferencias"*. Egoísta, mezquina y acaparadora, buscaba siempre el bienestar económico más que el bienestar emocional.

Los trillizos ya tendrían veinte años, a escaso un año para pasar a formar parte de los empleados gerenciales del negocio y al igual que sus hermanos (los gemelos Paulo y Claudia), tendrían los mismos derechos y obligaciones dentro de la empresa, lo que la hacía inmensamente feliz.

En ese entonces, Claudia (hija) estaba siendo galardonada en Zurich, Suiza, como la mejor diseñadora de zapatos a nivel internacional, lo que enorgullecía a su viejo padre (entrando a la cuarta edad). Todo orgullo que Paulo (padre) sintiera por sus hijos mayores, eran motivo de celos y pleitos con ella; a pesar que los trillizos eran profesionales graduados de las mejores universidades de Inglaterra y Estados Unidos de América, no habían alcanzado triunfar tanto en la vida profesional como lo lograron sus hijastros. Tanto celo y envidia la llevó a tramar una trampa sucia en contra de los primeros hijos de su marido.

Perdida en el odio hacia sus hijastros, armó un alboroto de "dimes y diretes" y los provocó de tal manera que aquellos reaccionaron –a como ella lo esperaba- ¡con furia! Se hizo la víctima y como decimos "fue la buena en el cuento de otros". Todo lo manipuló a su favor. Lloraba sin parar y no dejaba de hacerse la ofendida y hasta llamó a sus refuerzos para que la apoyaran, mas, no lo consiguió. Su anciano esposo fue más padre que hombre y les dio el beneficio de defensa a sus hijos (Paulo y Claudia). Ella al ver que se le venía el careo con los gemelos, puso a escoger al marido: "O ellos o yo" –sentenció-. El anciano no tuvo más que aceptar y rompió relaciones con sus hijos para evitar un infierno desdichado de lo que ya le quedaba de vida. Ella lo torturaba psicológicamente, con el cuentecito de que sus primeros hijos debieron ser los trillizos. *"No te pongas triste –solía decirle cuando lo veía cabizbajo y meditabundo- con hijos como los gemelos, para qué quieres enemigos; yo me siento feliz de haberme sacudido a ese par de alacrancitos de la camisa. Mi familia es la tuya, así es que es mejor que te vayas olvidando de esos hijos de su madre, mal nacidos".*

Mila Locadia aisló y anuló la relación de Paulo con sus primeros hijos, por la crueldad y locura de una mujer de temperamento versátil y egoísta. Una persona odiosa y de pensamiento fétido.

Aunque logró aislar al anciano de sus hijos, no pudo quedarse con la parte que le correspondía a él de la empresa familiar. Más bien, tuvo que adaptarse a las condiciones que su esposo estableció en pleno uso de sus facultades. Ella y sus hijos, tenían libre acceso a entrar y trabajar en la compañía, mas, no tenían acceso a ninguna cuenta bancaria.

La pena moral estaba acabando con el anciano Paulo. Los trillizos habían aprendido de su madre todas las malas mañas y costumbres. Cuando ella vio que no podía estar lidiando con un viejo achacoso y necio, decidió encerrarlo en un asilo de ancianos para indigentes sin familia; así ella, tendría su tan ansiada libertad y con la excusa de la enfermedad de él y de sus gastos de hospedaje y atención médica, podría quedarse con una buena cantidad cada mes.

"A lo que vamos –discutían los gemelos entre sí-, es a que cómo nuestro padre pudo darle más crédito a ella que a nosotros, a sabiendas de quién es esa tipa. Además, antes de ella ser su mujer, nosotros ya éramos sus hijos; teníamos más de trece años cuando ella apareció en escena. Ahora, allí tiene los resultados. Tirado en un asilo como cualquier triste mortal".

Claudia (la anciana madre de los gemelos), hizo valer su nobleza de espíritu y su buen corazón gritó más alto, pues les dijo a sus hijos que trajeran a su padre a vivir con ellos como la familia que siempre fueron. Así fue, sacaron a su padre del "ancianato" y lo llevaron a vivir al lado de Claudia Lucía –su exesposa-. Desde que puso los pies en la casa, no se cansaba de pedirle perdón, mas, no sabía que desde hacía mucho tiempo, ella le había perdonado y que él ya formaba parte del baúl de los recuerdos tristes.

Al final, pudo hacer un testamento en el que pasaba su 39 % de las acciones de "La Remendadora" a sus cinco hijos o sea 7.8 % cada uno, por lo que los gemelos (sus primeros vástagos) quedaban con un total accionario de 66.6 % (15.6 % de su padre Paulo y el 51 % de Claudia, su madre) y sus medio hermanos con el 23.4% de su padre Paulo más el 10 % de Mila –su madre- para un total de 33.4 %.

Mila Locadia –quien era prácticamente una década más joven que su marido-, murió en una sala de cirugía plástica, tratando de que la hicieran nueva, pues tenía pretensiones de casarse de nuevo y vivir un amor pasional y eterno. El 33.4 % de las acciones y dividendos que les quedó a los trillizos, les daba para seguir viviendo holgadamente y ya casi nunca se aparecían por la empresa, después de la muerte de sus padres. Solamente hacían acto de presencia, cuando les tocaba presenciar las reuniones anuales de accionistas, para reclamar los dividendos que les correspondía por su participación de capitales.

Los gemelos Paulo y Claudia, nunca pudieron probar que su madrastra fue la causante del accidente de su madre, quien murió unos años después de su padre, confinada a una silla de ruedas. Y ellos, Paulo y Claudia, siguieron viviendo su vida de trabajo y triunfos, lo que los mantuvo en pie, logrando que el negocio heredado de sus padres fructificara más, ya que posteriormente, sería patrimonio de sus hijos.

Lo que Mila Locadia heredó del seguro por la muerte de su madre, la buena, noble y justa Dorotea, se lo entregaron en cuanto ella demostró que podía valerse responsablemente por ella misma; pero por su mala cabeza, en vez de hacerlo producir, lo perdió en gastos innecesarios.

RELATO VI

Los gatos se pavoneaban lentamente, arqueando sus cuerpos y entrelazando sus rabos que de la nada se crispan. Es la noche del 31 de octubre en los Estados Unidos de América. La mayoría de la población está presta a la celebración del "Día de las Brujas".

Corría el año 1931. Doce campanadas se desprenden del reloj de pared de una de las casonas que se alzan en el pueblo "Los Desconsolados". Está silente y vacía de mortales, pero, cargada de la energía de ánimas que en otros tiempos, en ella dejaron su larga o corta existencia.

Luca y Geraldine Portinari, eran los dueños de ésa casona por heredad. Arribaron al hangar familiar en un avión particular. Habían decidido abandonar Sicilia y dedicarse a la siembra de semillas de uva en aquel lugar. Ellos eran primos hermanos. El padre de Luca y el de Geraldine, eran hermanos. La estancia que heredaron venía de mano en mano por seis generaciones de "los Portinari", quienes fueron conocidos para diferenciarse entre sí, como Portinari I, II, III, IV, V y VI (muy parecido a la familia de Dante Alighieri).

El viento esa noche anunciaba un aluvión. Apresurando el paso, con una lamparita de kerosene en la mano, atravesaron el suntuoso jardín y al llegar al porche, abrieron el portón. Caminaron por el anden y al estar frente a la puerta principal, Geraldine tenía dificultad en encontrar la llave para abrirla. Al fin y después de cinco o diez minutos, pudieron ingresar a la casona.

Encendieron las luces. Sus ojos quedaron maravillados ante tanto lujo y elegancia. El buen gusto, la limpieza, en fin, el orden (todo estaba impecablemente en el lugar que le correspondía). El mayordomo de la familia –al toque de la campanilla de servicio- salió a su encuentro vestido con el uniforme tradicional y muy atentamente, les terminó de mostrar lo que sería su nuevo hogar.

Cuando pasaron por los corredores que conducían a las dieciséis habitaciones, del lado derecho, las paredes estaban cubiertas de espejos de arriba hacia abajo. Del lado izquierdo, estaban tapizadas con la misma foto... La imagen de una mujer bonita, vestida al estilo del siglo XIV, quien parecía no dejarlos de mirar. No le dieron importancia. Estaban cansados del largo viaje y el sueño ya los vencía. Era mejor tomar un baño y descansar.

Afuera, se dejó caer el temporal. Truenos, rayos, relámpagos, se escuchaban con furia y su fuerte reventar, era como si el cielo estuviera desgajándose como un castigo sin piedad. Los destellos luminosos de las serpientes eléctricas, parecían quebrar los cristales de los ventanales. Geraldine, quien siempre le tuvo horror a los temporales como aquel, estaba con un ojo abierto y otro cerrado; temerosa ante el tenebroso efecto del reflejo de los rayos... De repente aquellos vislumbres dejaron ver a sus pies, en dirección a la puerta de la habitación, la imagen de la mujer de la foto extendiéndole la mano, como invitándola a pasear.

Temerosa de lo que creía estar viendo, se echó la sábana y cubrió completamente su cabeza. Pero, la curiosidad podía más que su miedo. Deslizando poco a poco la cobija, buscó a la mujer con la mirada y ésta vez la vio sentada a los pies de su cama. Parecía que flotaba. Tenía paz en su semblante. Veía que le balbuceaba algo, pero no tenía la habilidad para leer los labios y no pudo descifrar nada de lo que parecía querer decirle.

Recogió sus pies hasta quedar en posición fetal. Vio desprenderse al ente nuevamente hacia la puerta del cuarto. Anhelaba correr, pero sus pies estaban tan pesados como un ladrillo de cemento. Deseaba hablar y la lengua también la sentía pesada; quería moverse, pero prácticamente estaba paralizada.

Le dieron deseos de ir al baño a hacer digestión. La bacinilla debía ser ocupada nada más para el número uno ocasional. Sabía que esta vez no había escapatoria. Debía atravesar el corredor de los espejos y el tapizado de la pared con aquella foto de la mujer que estaba sentada a los pies de su cama. Y no teniendo otra alternativa... Si no salía, se haría popo en las pantaletas. Fue así que decididamente, tomó la lamparita de kerosene que estaba en su mesa de noche y comenzó a atravesar lentamente aquel tenebroso pasillo. Su propia sombra le acompañaba y a la vez le asustaba. Llegó al baño sin problema. Hizo lo que tenía que hacer y pensó: "Lo que vi lo he de haber creado con la imaginación". A continuación, sintió una fuerte corriente eléctrica atravesando su cuerpo entero. La piel la tenía "chinita" y nuevamente, lengua y piernas se volvían pesadas. A como pudo, se limpió. Abrió la puerta y lámpara en mano, atravesaba de nuevo el largo pasillo de los espejos.

Cuando iba a medio camino, la entidad etérea, le bloqueó el paso. Ella creía que iba exactamente hacia la habitación donde la esperaba su esposo, pero no... La entidad la transportó a una época remota y en cuestión de segundos, pasaron ante sus ojos, las vidas de quienes habían habitado el lugar siglos atrás. Vio a una joven sentada en el portal acariciando a un gato a quien en un "bis-bis-bis" llamaba... "¡Ven Memé!". Otra mujer delgada estaba sentada tejiendo una colcha; un caballero de sombrero de copa alta, de saco y corbata estaba fumando una pipa, leyendo el diario desde un viejo sillón de tela; y otra mujer bonita queriendo aprender a leer e intentando devorarse los mensajes que entre páginas tenían un centenar de libros en una amplia y vistosa biblioteca.

Todas aquellas escenas, eran tan reales. Un halo de raciocinio pasó por su mente. En medio de todos aquellos pensamientos nebulosos que le acechaban con más preguntas que respuestas, ella deseaba saber a ciencia cierta, quiénes eran aquellas personas y cuál era la relación que tenían con ellos que acababan de llegar.

La aparición de la mujer de la foto, sonreía, como adivinando sus pensamientos. De repente se fijó en un cuadro hermoso que estaba tapado al centro del salón. Sin querer una ráfaga de viento (que no sabía con exactitud de dónde sopló) lo destapó... ¡Qué asombro! ¡Era su imagen la dibujada en aquel lienzo! Le parecía estarse viendo en el espejo. Mientras lo anterior sucedía, el señor de la pipa, detenía la mirada en el cuadro develado y una lágrima cautiva de sus ojos resbaló. En susurros escuchó que dijo: "Livia, te he de ver en la otra vida y pasó sus manos pecosas por encima del rostro hermoso dibujado en aquella tela (¿me acaricia el rostro, por qué? –se decía- pues se sentía como en un trance espiritista). Ella, perpleja de tantas visiones, tomó el paño que aventó el viento y cubrió de nuevo aquella pintura. Luego, se acercó cautelosa hacia el hombre de la pipa. Su rostro, desconocido, le era familiar, así como las facciones de la niña que jugaba con el gato "Memé" y el de la jovencita que intentaba leer el libro. ¡Oh susto!... Poco a poco su inconsciente le indicó quiénes eran aquellos personajes y así... El hombre de la pipa, era nada más y nada menos que su esposo Luca; la mujer que tejía era su hermana África y la joven bonita pero analfabeta, era la prima Isolda. Entonces... ¿De quién era el ánima que la indujo a ver todas estas escenas y por qué?

****

Se restablece totalmente su ánimo... ¡Va! –Se dijo- las coincidencias son tales que no pasan de simples suposiciones, como el viento cuando ulula; sin embargo, deambula con la imagen presente de la aparición, como un no perenne en la conciencia borrosa; mas, ambos –eco y viento- se pierden en la monotonía anudada con nudos marineros a aquella noche volcada en una tormenta fatal sobre el huracán de los miedos. Asimismo, su todo (hasta hace unos momentos débil y superfluo), ganaba intensidad. Las palabras que gritan desde su yo interno, se quedan vagando enigmáticas, entre el velo gris que cubre su camino hasta la alcoba.

Al llegar, abre la puerta con sigilo para no despertar a su esposo. Afuera, el temporal no amaina para nada; parecía el diluvio universal. Esta vez, con la cabeza sobre la almohada y los ojos cerrados, cavilaba y cavilaba sobre la visión aquella que se le había presentado tan vívida y palpable; tan tangible. Pasó horas tratando de atar cabos y llegar a una conclusión que le permitiera estar más clara hacia aquellos acontecimientos... Y así, la fue venciendo el cansancio y el sueño.

Al día siguiente, se levantó a eso de las nueve de la mañana y se dedicó a sus actividades de siempre y abrió la ventana. El aire fresco y el olor a campo y rocío y "petricor", era tan placentero y natural, que se estuvo un buen tiempo con los brazos recostados en el marco de la ventana abierta respirando aire puro. Luca le había dejado un mensaje sobre la mesa de noche, en el que le decía: "Amor voy a hacer algunas investigaciones sobre el negocio que pretendo montar. Vuelvo para almorzar". Después de haberla leído, se dispuso a arreglarse y bajó a desayunar.

Sentada a la mesa, comenzó a disfrutar de aquel suculento desayuno. Hilario –el mayordomo- estaba inmóvil en el mismo lugar (parecía una estatua humana detrás de ella). Fue entonces que decidió aprovechar la oportunidad para preguntar al anciano a su servicio lo que sabía acerca de la mujer de la foto en los pasillos y otras tantas dudas que estaban martillando su cabeza.

En un pequeño titubeo, dijo: "Um... Hilario ¿cuántos años tiene trabajando para la familia Portinari? Y el anciano respondió: ¡Ay señora! Llevo ya un buen tiempo. Mi familia ha servido a la suya desde siempre. Yo nací acá y junto a mis hermanos, éramos como hijos de casa; mi padre, también fue mayordomo; mi hermano, el mayor, era el mandadero; mi madre era la cocinera y yo, era el jardinero. Aquí siempre nos han tratado bien. Contaba mi abuela que sus ancestros (los de la familia Portinari), eran parte de la nobleza italiana, de aquellos que nacieron en cuna de oro. Ellos trabajaron para los Portinari IV y dejaron semi-concluido su trabajo para la llegada de los Portinari V. Doña Isaurita Portinari y su esposo Luigi, eran muy buenas personas. Cuando don Luigi murió (a los cuarenta años), ella casi enloqueció... Pasaba deambulando por toda esta casa en compañía de "Memé", su gato siamés. La tristeza que irradiaba su semblante, la consumía no sólo a ella, si no a quienes le rodeaban. Su padre, don Isidro Portinari, vivía abrumado ante su aflicción; después que su yerno y sobrino murieran, decidió venir a vivir con su hija, pues era viudo. Su esposa, Livia, madre de doña Isaura, había muerto a los treinta y dos años, cuando un caballo brioso la botó y se desnucó, quedando su hija Isaura de siete añitos. Fue entonces que contrajo nupcias con su cuñada Martina, quien sabía tejer como las diosas. Con ella procreó una hija que le nació con problemas de aprendizaje".

Geraldine, no salía de su asombro. Ahora entendía los por qué de un sinnúmero de situaciones que se le presentaban en su diario vivir. Siendo así, la obsesión de Luca por ella (estuvieron casados hace dos siglos); los reproches de África —su hermana- los que siempre le parecieron inexplicables (significa que ella fue la segunda esposa de Luca —su marido- dos siglos atrás); la apatía de su prima Isolda (ella había sido la hija de Luca y África, nacida con problemas de aprendizaje) y la mujer del gato Memé, no era otra más que su suegra Isaurita Portinari... Pero, ¿quién era entonces la mujer que se le aparecía y que el viejo Hilario no mencionaba? Decidida, le dice: *"Ayer noche vi a una señora algo gordita, baja, con un faldón negro, blusa blanca, gorro y guantes... Me llamaba y estoy segura es la mujer de la foto".* Vio como Hilario palidecía ante la descripción; luego le preguntó: ¿Sabe usted quién es? Él le responde: *"Mi madre contaba que a ella también se le aparecía siempre sonriente. Por algunas casualidades de la vida, un día que me encontraba regando el jardín –tendría yo unos doce años- se me personó, así como la estoy viendo a usted y me dijo que la siguiera. Así fue. Llegando frente al cedro que se alza al pie del puente, me indicó con el dedo una marca en el árbol y me dijo: "Allí encontrarás muchas cosas y pruebas sobre un secreto que nadie sabe, pues llegado el momento, todo ha de salir a luz"... Me agaché a chequear la marca aquella, cuando me volteé para darle mi opinión ya no estaba. Recuerdo que salí corriendo asustado y le comenté todo a mi madre, pero ella, sin entrar en detalles conmigo, simplemente esquivó la plática".*

Ante tal historia, Geraldine decide contar todo a Luca, para ver si entre los dos enfrentan aquella situación o bien buscar ayuda profesional para llegar al meollo del misterio.

Se aproximaba la hora del almuerzo. Pronto estarían almorzando juntos. Mientras esperaba, decidió salir a corretear mariposas y a escribir un rato –en su fiel amigo...

Su diario- acerca de todo lo que estaba viviendo. No supo cómo, sus pies en su constante girar y girar, la condujeron sin querer hasta el cedro que se alzaba cerca del puente. Cansada se recostó en su tronco y empezó a escribir. Sus manos y su lápiz comenzaron a deslizarse en el papel sin control. Tampoco controlaba lo que escribía. Parecía poseída, pero sabía que estaba consciente de lo que pasaba. Así transcurrieron unos cuatro minutos. Escuchó entonces voces que se deslizaban con el viento desde el hangar y vio la silueta de su esposo, que a paso lento se desplazaba hacia ella. En ese momento, su mano soltó el lápiz y como una autómata, cerró el diario. Luca la saludó con un beso en la frente. Desde el cedro hasta la casa, no paraba de hablar sobre todo lo que había logrado en sólo una salida; mas, ella apenas lograba escucharlo. Almorzaron y luego se fueron a hacer una siesta que se prolongó por dos o tres horas. En el sueño de ella, siempre la misma mujer, invitándole a seguirla. Deseaba abrir los ojos, pero le era imposible. Estaba sumida en un profundo letargo. De repente, sintió que alguien palmoteaba levemente sobre su hombro. Logra abrir los ojos y le pide a Luca que la abrace fuerte. Bastante nerviosa le va contando a su esposo en un lapso de media hora, todo lo que hubo pasado desde que llegaron, además del breve relato de Hilario y lo sucedido cuando se recostó en el tronco del cedro. Juntos, deciden visitar al chamán del pueblo, un estadounidense, mitad peruano y mitad brasileño.

****

Efectivamente –murmuraba ella- lo que sabe a lágrimas se disfruta poco. Mientras una gota salina resbalaba lentamente por sus mejillas de manzana. Los besos, apresados por los sentimientos, jugaban a incrustar su lágrima en la seda de su pañuelo. Su alma riñe con sus presentimientos; mientras, el corazón se le enreda en el aroma sutil que desprenden los alhelíes. Así, justamente, tomada de la mano de Luca, entran al carruaje y se enrumban hacia la espesura de la sierra para cumplir con la cita pactada con el chamán del pueblo. Fueron cerca de cinco horas de camino... Cuatro en el carruaje y una a pie. Exhaustos, tuvieron que esperar a que llamaran su número... Les había tocado un número decente... El número 70.

Geraldine, se vio envuelta en una visión que no sabía si era de cansancio o si ésta se debía realmente a todo lo acontecido. El viento traía de la espesura de la sierra, un olor agradable y relajante a anís... Podía ver a las cigüeñas, rozando en su vuelo las verdes aguas del quieto lago.

Después de cuatro horas, el turno de pasar se acercaba. La tarde ya caía. Entre abrazos y muestras de agradecimiento, los que ya habían pasado su consulta se despedían con la esperanza reflejada fuertemente en sus rostros.

Por fin... ¡Setenta! –gritó el ayudante-. Luca y Geraldine se levantaron y entraron al espacio natural donde atendía el "ritualizante", quien les saludó diciendo: *"El adiós es sólo un ensayo en el que exhibimos lo bueno, lo malo y hasta lo gris".* Sean bienvenidos –dijo- dirigiendo su mirada penetrante de capulí hacia Geraldine.

Después de una pausa, dijo: *"Sabes que tienes una honda pena que te está agobiando y no sabes cómo hacer para controlar tus reacciones. Debemos limpiar tu aura. ¡La tienes obscura!".* Tomó hierbas y aceites e hizo un amasijo que usó para frotarle la planta de sus pies, diciendo: **"Por el poder de la "pachamama" que nos provee de alimentos; por los poderes de la luna que controla las mareas; por el poder del sol, amo del universo; yo te conjuro y te libero de toda energía negativa que esté deseando apoderarse de tu voluntad y de tu cuerpo".** Acto seguido, encendiendo un tabaco (puro), dio inicio a ahumarla de arriba hacia abajo y viceversa, lo mismo que alrededor, diciendo: **"El fuerte olor que despide el humo de éste tabaco, está alejando para siempre de ti a esa energía que tanto te está perturbando"**… Y haciendo una estrella de seis puntas en el suelo, le indicó sentarse al centro de ella. En cada punta de la estrella, encendió una vela blanca y cuando finalizó de encenderlas todas, dijo: **"Estás preparada y libre para enfrentar tus miedos"**… Puedes decirnos a mí y a tu esposo las imágenes que captaste ayer cuando estabas en trance.

Con serenidad que abrumaba, dio inicio a la lectura diciendo lo que había escrito en el diario: *"Soy Benedicta Victoria Ángela Sofía Katrina Portinari Portinari, hija de dos hermanos que se conocieron desconociendo que cometían incesto. Mi padre fue un noble, descendiente de los duques y ducados sicilianos; mi madre, hija del mismo señor, con el ama de llaves. Una tragedia que marcó a todas las generaciones de la familia, incluida la mía y la de este par de parientes (se refería a Geraldine y a Luca). Debajo de éste cedro, se encuentra una vasija de veinte pulgadas de ancho por cincuenta pulgadas de alto. Ésta contiene joyas legítimas, oro, plata y dinero que todavía circula y otro que puede ser cambiado por buenas sumas de moneda corriente debido a su antigüedad. Allí se encuentran los títulos nobiliarios de toda la familia de los que podrán hacer un buen uso y abrirse paso de nuevo en ésta sociedad de nuevos ricos. Los orígenes se transforman así como la moral. Haciendo lo que les indico, me ayudarán a encontrar la luz en aquel mismo lugar. Deseo ser de nuevo la flor primaveral; la misma que hoy suda lágrimas obscuras y llora gotas con sabor a lodo por haber deseado más de lo que pudo lograr".*

El llanto resbala por la faz ensombrecida. Geraldine, logra sentir la cascada del llanto cual diminutas gotas de rocío. Su espíritu, desesperado aun, siente la presencia de aquella ánima errante dentro de su cuerpo y anhela fervientemente le devuelva su materia y le deje en paz; mientras decide dormitar entre los adormilados pistilos de los pétalos asedados de los mirtos y los jazmines.

Hondamente, los suspiros determinan su regreso. Siente de nuevo como si el alma de la difunta Benedicta Victoria Ángela Sofía Katrina Portinari Portinari, abandonara su cuerpo y ya todo es una sensación de tranquilidad y relajamiento. Las notas esenciales de las ideas nuevas, fluyen cual versos de un poeta principiante que dibuja el anagógico egoísmo entre líneas como si estuviese en un fuego cruzado. Aquella primera expresión admite juicios al rechazo o a la aceptación y Geraldine continúa sobre el sendero del odio olvidado.

Todo aquello parecía como si estuviesen engullendo el pan de la aflicción. El horizonte a su regreso, simulaba una hoz sumergida en las mieses como una punta del sol. La sentencia había sido dada. Aquella ejecución parecía haber sido escrita en las nubes de un cuento de terror... Con sangre emanada de las espinas de las rosas cual huellas de toda una generación desparramada entre los versos de un poema, escrito sobre el papiro descolorido de una hoja de laurel.

La mujer de los cinco nombres y los dos apellidos, no era más que el fruto de dos hermanos que se amaron como amantes desconociendo su realidad, su historia. Se trataba de su tatarabuela (de ella y de Luca). No quedaba más que echar manos a la obra y cavar hondo, bajo la marca hecha siglos atrás sobre la corteza del viejo cedro, erguido por más de quinientos años.

Se retiraron sosegados a descansar. Sorprendidos aun, no lograban conciliar el sueño; ante tal situación, se dispusieron a platicar... Luca dijo: *"Domani, presto, faremo l'esorcismo sotto il cedro ... Dovremo prepararci prima di farlo efficace il rituale."* Lo que traducido a perfecto castellano, significa: "Mañana, temprano, haremos el exorcismo bajo la copa del cedro... Tendremos que prepararnos antes de hacer efectivo el ritual". A lo que Geraldine, ripostó: *"Lo fai facendolo tu, perché ero già preparato dallo sciamano della città."* Traduciendo... "De hacerlo lo haces tú, pues yo ya fui preparada por el chamán del pueblo". Luca lo aceptó.

Con los primeros rayos del sol y aun en pijamas, sin desayunar, pidieron a Hilario contratar (para ayer) a un sepulturero. El viejo mayordomo llevó al hombre con sus herramientas. Habiendo cavado más de siete metros (el pico y la pala casi acaban con las entrañas del cedro que parecía llorar), Luca y Geraldine, gritaban al hombre: *Un po' più signore!* *O sea... ¡Un poco más señor!* De repente, la pala tocó algo que sonaba... El sepulturero dijo: *¡Por fin lo encontramos!*

Empolvados y sudorosos, halaron al exterior (con el uso de fuertes sogas y la fuerza unida de todos) con el mayor de los cuidados, aquella olla de latón prensado, fuertemente tapada. Una vez afuera, la trasladaron a su alcoba. *¡Manos a la obra!* –Dijo Luca- y cuando retiró la tapa sarrosa y maltratada por el tiempo encontró todo lo que el espíritu de Benedicta les había indicado. Cuando salieron los títulos nobiliarios, Luca de nuevo expresó: *"Siamo più che milionari! ... Siamo nobili amore mio! Nobili! Siamo i duchi della nuova generazione dei Portinari."* ... En pocas palabras: "¡Somos nobles amor mío! ¡Nobles! Somos los duques de la nueva generación de los Portinari".

Fue así que las apariciones cesaron. Luca y Geraldine remodelaron el caserón y en la capilla hogareña, una foto de la benefactora, pasa las veinticuatro horas del día, velada en el altar. También hicieron muchísimas obras de caridad y en los capuces de talla imperial, grabaron con hilos de oro, el noble escudo familiar.

RELATO VII

Resonaban imperantes en el pensamiento... Las ideas. Eran cual letras lanzadas al mar o como el deseo de poder descifrar el mensaje paralelo que se escondía en aquel su universo, en donde las palabras se mantienen engullidas con los vocablos de la voz.

Ásperamente, las verdades de vez en vez le acariciaban el intelecto. El secretismo de las eras, anunciando el transcurrir del tiempo, daba paso a cada uno de los consejos sueltos que arrastraban las olas del mar en su estallido matutino. En cada extremo de sus orillas, la sentencia se ahogaba en los bancos de arena y la punta del hilo de la consciencia, traspasaba lentamente el ojo de la aguja -con que ella cosía en punto de cruz- cada línea plasmada en las hojas pasadas del libro de la existencia.

Gonul, era su nombre. Huérfana en la extensión de la palabra. Sus padres habían fallecido en un voraz incendio que azotó el pequeño poblado de Los Gansos, de donde solamente había sido rescatada ella, con tan sólo ocho meses de edad. Fue dejada en el convento de "Las Hermanas Peregrinas de la Medalla Milagrosa". Allí le enseñaron a leer, escribir, cocinar, tejer, bordar y a tocar el violín y a los doce años la llevaron como hija de casa al palacete de la familia Calloni Cienfuegos, quienes tenían dos hijos... Un varón y una mujer. El joven Felipe Eduardo, cursaba ya el último año en la facultad de filosofía en Sevilla,

España y la joven Uganda Graciela, estaba internada en un colegio de monjas al sur de Inglaterra.

Ante la ausencia de los hijos, la pareja se fue encariñando con Gonul; quien era poseedora de muchos dones y aptitudes. La agraciada morenita de ojos verdes –cual océano-; cabello castaño rizado; con sonrisa de perla y labios de ciruelo, era atenta, servicial y obediente.

Felipe Eduardo, contaba en ese entonces con veinte años y su hermana Uganda Graciela, andaba en los dieciocho y Gonul, apenas andaba en los quince años y tenía de trabajar tres años para la familia Calloni Cienfuegos.

Corría el año 1891. Se acercaba la navidad. En aquel palacete, la llegada voluminosa de cartas se acrecentó entre septiembre y noviembre. En una de ellas el joven Felipe Eduardo, anunciaba su arribo definitivo a la élite patriarcal, ya con su título de filósofo bajo el brazo; mientras su hermana, Uganda Graciela, no llegaría ese año por haberse incrementado el número de materias a pasar.

Cuando el día del arribo del joven llegó, salieron hacia el puerto del poblado en el carruaje familiar. El vapor "Castañuela" arribaría a eso de las 11:15:00 a.m. del diez de diciembre de 1891. Don Felipe Esteban y doña Ana Paola, fueron uno de los primeros en llegar al muelle de desembarque. Los pitidos del "Castañuelas" dejaban sentir el eco de su rebote a lo lejos. Pasados unos minutos, arribó. Los marineros sueltan el ancla. Los pasajeros bajan uno a uno, después de un cansado mes de travesía en altamar.

Cuando el joven bajó, su madre efusivamente se le abalanzó en besos y apapachos (cariños aquellos que solamente una madre puede dar). Muy diferente de su padre, quien lo recibió con un fuerte abrazo y unas palmadas al hombro; pues, ya no estaba recibiendo al mozuelo de catorce años que había partido con un mundo de sueños por realizar en la cabeza.

La recepción de bienvenida había sido preparada (días antes) con entusiasmo por su madre, quien invitó a jovencitas y algunos jóvenes de la alta sociedad. También había solicitado a su hija de casa practicar en el violín los valses escritos por "el divino leproso", como se le conocía al compositor nicaragüense, José de la Cruz Mena; y para hacer de aquella presentación algo inigualable en la región, contrató a un guitarrista, a una novicia (de las internas en el convento "Las huellas del Sufrimiento") para el piano y a una joven que tocaba con destreza el acordeón; quienes acompañarían el gemido sublime que desprendería el violín de Gonul.

La recepción fue de lujo. El joven nunca se imaginó que la señorita del violín fuese como su hermana. Pasada la recepción y dados los agradecimientos, los músicos lento se fueron yendo. Detenido en el tiempo, con la pregunta atragantada y ante los ojos cansados cuyos párpados se caían de sueño, dice a su madre –quien tenía problemas de audición-: *¿Qué pasa con esa chica que sólo me queda viendo? ¿Por qué no se ha ido aún? ¿Es porque llueve a mares afuera?* Su padre se acerca diciéndole al oído: **"Ven hijo mío. Te presentaré a nuestra hija de casa, quien nos acompaña y consuela ante la ausencia de ustedes, que no están acá porque deben prepararse para enfrentar la vida".** Llamando a su esposa, dice: **"Ven acá Ana Paola,** esposa mía... Llama a la pequeña Gonul y preséntala aquí a tu hijo que ha preguntado ya el por qué ella no se retira". Con voz dulce y pausada, la señora llama a su violinista especial. Gonul se va acercando y abriendo un poco más sus ojos almendrados –aquellos en los que se hospedaba el mar- va y dice: "Mucho gusto, niño Felipe Eduardo; espero ser de su agrado a como lo soy del señor Felipe y de su señora mamá".

Él quedó prendado de su sonrisa de lirio y de sus labios "ciruelinos"; de sus cabellos rizados y brillantes cual ónice y canela a la luz del sol; de su sencillez ignota; de su educación febril; de aquellas pestañas largas sobre sus párpados dormidos; del talle singular y estrecho de su cintura y de su bamboleante andar. Él, ante tanta expectación, solamente atinó a responder: "Seguro que sí... Así será. Si bien no lo dice tu nombre, espero escuchar cada mañana el trino de tu dulce voz al despertar, el que seguramente a mi ventana el viento traerá, junto a ese aroma a cítricos que despides por los poros". Así, ella dio las buenas noches y se retiró a sus aposentos a dar gracias a Dios, como siempre solía hacer, antes de irse a acostar.

Los días pasaban. El joven –como todo filósofo e intelectual- se mantenía la mayor parte del tiempo leyendo y estudiando en la biblioteca familiar. De vez en cuando, salía a tomar una copa de brandi o de vino; normalmente, en cada salida, se topaba de frente a la joven damita, leyendo los libros de historia que adoraba su mamá. Otras veces, la encontraba en compañía de su madre, distraídas cerca del rosedal o bien conversando en el camino de regreso con las canastas llenas de los frutos de oro de los árboles de albaricoques, de nancites y de mangos. La cosa es que en Gonul, ya era notorio su paso acelerado por la adolescencia y en ella ya no quedaba rastro de la provincia si no que se marcaba el refinado vocabulario y la cultura que la confundía como alguien de aquella sociedad tan cruel, en donde las personas humildes no tienen cabida alguna. El joven heredero, ya la miraba con otros ojos... Eran los ojos del amor los que abrían sus ventanales ante la belleza en aumento conforme pasaba su edad.

****

Así es el amor. Cuando se ama, las voces callan y los corazones hablan. Cada pálpito es un sentimiento en las luces vivas del propio holograma. Es como ánimo y dádiva, así como las chispas de una hoguera hecha a la luz de la luna frente al mar; estas chispas, cuando se desprenden, tardan en desaparecer al besarse con la arena.

Felipe Eduardo se sentía dentro de una gota transparente de bondad que inundaba sus pasos; esos pasos que antes se hundían en el pesimismo y que como un limón, acidaba su caminar. Se quedó por un momento con la mirada fija en la luna nueva de aquella noche. Volteó un instante hacia el vergel que aun con los chotes de las flores dormidos, despedía el aroma sutil del amor desplazándose plácido en el aire. ¡Cuánta desolación e ironía! El sentimiento estaba transformándolo todo. Es así, que se desaparecen los episodios dantescos de su vida sin atropellar las líneas de la historia continua sobre el trayecto árido que hasta hace unos días le había mostrado el destino. Ahora, la sonrisa no es una mueca álgida y marchita disipada... Ha cobrado sentido y tiene nombre propio... Gonul.

Lo esperado sucedió... Se enamoraron. Por los convencionalismos de la época y las exigencias de las falsas sociedades, no pudieron contraer nupcias como lo hubiesen deseado; mas, el amor que sentía uno por el otro, rompía con toda clase de prejuicios. Con la anuencia de sus padres, y pasando por encima de todos los convencionalismos –tanto de la familia como de su círculo de amistades- se unieron. Cada vez y cuando, escuchaban los comentarios sobre el "arrejuntamiento", pero aquellos indeseables individuos, eran incapaces de atreverse a preguntar.

Poco a poco se fue incrementando la familia. Llegó el primer embarazo y la futura madre no cabía en sí misma de tanta felicidad, aunque fue un embarazo con problemas... Hubo temporadas en que no podía ni salir al jardín y fue mejor así, pues, así se evitaba las miradas mal intencionadas de los críticos ausentes y anónimos.

¡Oh sorpresa! El día del alumbramiento, esperaban un bebé, pero su unión "pecaminosa" fue bendecida con tres bebés. Todos niñas. Sus nombres fueron: Cielo Esmeralda; Hortensia Antonia; y Eunice Aurora. Su fisionomía parecía como cincelada por los mismísimos dioses, quienes complementaron con fórmula exacta su inigualable belleza. Conforme fueron creciendo dieron muestras de sus respectivos caracteres. Cielo, era tímida; Hortensia, alegre; y Eunice, extrovertida. Fueron las consentidas y las niñas más amadas.

Cuando las trillizas iban cumplir seis añitos, su tía Uganda Graciela, anunció que llegaría de visita con su novio, el inglés, Jim Arthur Wallace. Sus abuelitos paternos, acogieron con agrado la noticia. Se decían: "Hoy día los barcos son más rápidos. Para semana santa, que es cuando han dicho que llegan, iremos a esperar al puerto, la llegada del "Archer Ship". Tendremos que madrugar ese día, pues debemos estar antes de la hora de arribo, ya que a las 10:20:00 de la mañana es el desembarque de equipaje y pasajeros".

Para atender a la tía Uganda, se prepararon dos carruajes... El de los abuelos y en el que se transportaría toda la familia completa de Gonul, su esposo e hijas. En la fecha señalada, antes del arribo a puerto del "Archer Ship", arribaron los vapores: "Madonna" de Italia y el "Lagoa Azul" de Portugal. Al fin, como media hora después de lo programado, vieron bajar del "Archer Ship" a la tía Uganda y a su prometido. Las trillizas –bien educadas- fueron las encargadas de recibir con flores a sus tíos y de darles la cordial bienvenida. La tía Uganda, les dijo: "Estas tres bellezas son sobrinas mías... Veremos si adivino... Tú eres... Y tú... Y tú...".

Después de una corta temporada, decidieron regresar a Londres. Los abuelos fueron con ellos de vacaciones, sin fecha de regreso. La mañana que partieron, soplaba un viento suave y fresco. Gran brío y pujanza reflejaba el sol. Era como si el viento abriera la boca del tiempo, conduciendo por su garganta, momentos fugaces y etéreos. Los filamentos de los rayos del astro rey hacían ver al cielo como un bebé acabado de nacer y era como si las nubes dieran brincos a la sombra de la imagen del eterno, formando como una alada figura, que parecía simular al brigadier del ejército de las huestes divinas.

Y así, partieron. Después de semanas, se recibió una carta en donde anunciaban que habían llegado bien, a excepción de Uganda, que estaba encinta y que por el bamboleo del viaje, perdió al bebé. La separación de ellos fue inminente. A los cuatro años, los abuelos y la tía regresaban al hogar. Esta vez, todos estaban ya golpeados más fuertemente por los años que nunca pasan en balde. El vapor en que llegarían, fue el mismo que se los llevó... El "Archer Ship" y nuevamente, todo el mundo preparado para la recepción. Ya las trillizas eran casi preadolescentes, con un padre orgulloso de su descendencia y celoso de su belleza.

Pasaron unos años más y ya aquellas niñas eran adolescentes y comenzaron a aparecer en escena los pretendientes. Hortensia, quiso embarcarse a París a estudiar idiomas y psicología; por lo que dejó a más de un pretendiente con el suspiro en la boca. Al contrario de Eunice quien había heredado las habilidades y el oído de su madre para tocar el violín, se involucró de lleno en el teatro y terminó relacionándose con el tenor, Antoine Chelle; mientras que para Cielo, nunca hubo un pretendiente que llenara sus expectativas. Ella era tan selectiva, que siempre estaba esperando por un médico, que fuese adinerado, elegante, de buena familia y mucha clase... Así se le pasaron los años. A sus veinte, se le sumaron cuarenta y siempre seguía con la ilusión del prototipo de hombre que había diseñado en sus sueños para sí y mientras ella continuaba esperando, sus hermanas ya eran madres. Sus abuelos, como es el destino de todos, murieron y sus padres ya eran una pareja de ancianos. Las cómodas de sus hermanas, les enviaron a sus hijos para que "por favor" viera por ellos que eran: tres varones –hijos de Hortensia- y cuatro de Eunice –tres varones y una mujer-. En total, recibió un paquete de siete sobrinos para educar. En ella había recaído el cuido de sus abuelos mientras estuvieron vivos y ahora también se encargaba de sus padres y de refresco se estaba haciendo cargo de sus siete sobrinos. Sus hermanas, felizmente vivieron su vida a su antojo. Solamente enviaban lo que podían de dinero y ella hacía magia con lo recibido para darles la educación a los niños. En fin, la vida se le fue en función del bienestar de otros y el médico adinerado, elegante, de buena familia, clase y posición social, jamás apareció. Ella se quedó a vestir santos y desaprovechó su juventud y la posible bendición de ser madre.

Llegado el momento de su tercera edad, todos la abandonaron a su suerte. De vez en cuando recibía cartas de sus "siete hijos postizos" que crio y una que otra vez, alguna mesada de sus hermanas.

La enfermedad tocó a la puerta. Solamente contaba con la buena voluntad de la vecina, doña María Josefa... Ese día, ésta tuvo que llevarla de emergencia al médico del pueblo, con el dedo chiquito de su pie izquierdo morado y la pierna hinchada y de color casi azulado. El médico diagnosticó falta de circulación. Le mandaron a hacer ejercicios y le recetó unas medicinas para ver si mejoraba su situación; pero, a las semanas, simplemente empeoró. El médico no tuvo otra alternativa que proceder a la amputación de la pierna completa. Ella manejaba bien su cuadro clínico, mas, entró en pánico y desesperación, cuando al despertar su pierna izquierda no estaba... Ha de haber sido terrible estar a su lado cuando eso pasó. Dicen que los gritos de ella eran desgarradores, que podían detener a cualquier persona de corazón sensitivo.

Con el pasar del tiempo, la resignación llegó. En su silla de ruedas, atendida por la vecina, sus sienes maduraron más y de la misma forma, su interior que desde aquel momento se marchitó como su propia vida. Mas, Dios en su infinita bondad y misericordia se apiadó de ella y su médico de cabecera la desposó.

Pasaron dos años. A pesar de no tener su pierna izquierda, se le ve sosegada y feliz. Usa una prótesis cada vez que va a salir y aunque todos la olvidaron, recibió la recompensa... Se casó con un médico de buena estirpe y donaire. Su sueño –tarde y atropellado- se le cumplió.

RELATO VIII

Su vida era todo un ramillete de sorpresas. Hija única de una pareja de ancianos. Su concepción fue todo un acontecimiento. Su historia parecía más bien bíblica. Por los abismos que rodearon su existencia, rayos cristalinos de esperanza y alaridos furiosos de soledad se fundían y ensordecían su andar. Había nacido con un defecto en su pierna derecha. Era una pulgada más corta que su par izquierdo. No se sabe si fue por la edad de sus padres o si en realidad eso no tuvo nada que ver. Después de eso, todo en ella era normal.

Ante tal acontecimiento, con el pasar de los años, su corazón se tornó acárdico... De tan dolorido, perdió la sensación de sentir. Ella era como un Ibis volando sin rumbo entre el eco bullicioso y clandestino de sus tupidas alas, batiéndose débiles entre las rachas toscas del aire seco.

Su padre, zapatero; su madre, costurera. Vivían en una casa heredada de la familia paterna. Pasaron necesidades muchas veces, pero aún con todo ello, la luz de los ojos de aquellos ancianos era su pequeña hija. Ellos se quitaban el bocado de comida de la boca para saciar el hambre de la niña, quien era poseedora de unos hermosos ojos acaramelados, con pestañas tupidas y crespas; cabello negro acolochado; de tez de leche y velluda.

Este ideario que le acompañaba, daba forma al repertorio que le traería con los "ídems" los tonos grises de la desigualdad.

No había estudio filosófico que descalificara el suvenir de aquel pensamiento acelerado; mas, en el coloquio amoroso de ideas y pensares, algo se fragmentaba en miles de pedazos difusos. Su idiosincrasia rebasaba su sensación de sentir... O quizás de vez en cuando añoraba que su corazón acárdico dejase de latir.

La situación en su país de origen no era y nunca habría de ser adecuada para la sobrevivencia de cualquier familia de bajos ingresos. Los regímenes dictatoriales cambiaban cada vez y cuando, dejando más empobrecida a la población, como suele suceder en cualquier lugar de Hispanoamérica.

Sin embargo, en medio de tantas situaciones caóticas, su familia y ella se las ingeniaban. No hubo un solo cumpleaños que no le haya sido celebrado, humildemente, pero siempre hubo un festejo.

Transcurría el tiempo. La pequeña tenía ya cuatro añitos y era momento de hacer planes y aunar esfuerzos para matricularla en el colegio de señoritas de la ciudad, en el que aprendería otro idioma, cultura, arte, y sobre todo, afianzaría su fe, misma que en su hogar se profesaba. Al ser sus padres católicos reconocidos, presentaron al centro de enseñanza donde querían matricular a su hija, una recomendación de uno de los sacerdotes "de peso", influyente en el sector de educación. Así fue que lograron una media beca para la menor en el internado de las monjas de las "Oblatas del Sagrado Corazón de María".

Efectivamente, educada en casa con recato y valores; la educación académica recibida con las monjas; hicieron de ella una joven temerosa de Dios; de un gran amor al prójimo; humilde y generosa; muy chapada a la antigua.

Por razones políticas, el colegio de señoritas, cerró. Mas, fue aceptada en el "Colegio Teresiano" –también de monjas- con la diferencia que en vez de tanto "caché", aquí le forjarían un "oficio" para defenderse en la vida. Se inscribió en el "Técnico para panificadores y reposteros" y lo aprobó con honores; además, aprendió a tejer, dibujar, moda y confección y otros conocimientos más.

Una vez que egresó de allí, se empleó como panadera y repostera en una de las mejores panaderías de la ciudad. Con el salario que recibía, hacía pequeñas inversiones en hilos para tejer; en telas para coser y en pinceles y acuarelas para pintar. Tuvo siempre para cubrir todo, pero sobre todo, para darle una vida cómoda a sus ancianos padres.

Se fue haciendo de muchísima clientela en todos y cada uno de los oficios que aprendiera. Llegó un momento en que tuvo que trabajar por encargos. Estaba en su mejor momento. El auge económico lo tenía en sus manos trabajadoras.

Fue cuando apareció en su camino, un patrocinador, interesado en hacer una sociedad con ella... Era la oportunidad de ser dueña de su propio negocio en el centro de la ciudad. ¡Tenía tantas ideas en mente! Y fue así que decidió aceptar la oferta aquella. Él entraría con capital y ella con trabajo.

Pasó pues a ser socia de la Panadería y Pastelería "La exquisitez del paladar"; de la Galería de Arte "Acuarelas y Pinceles"; de la Casa de Modas "El Buen Vestir" y de la Empresa de Tejidos, "Hilos y Piedras Preciosas". Todo fue abundancia y prosperidad durante cinco años. Las pequeñas empresas eran más que productivas y entre el trabajo y sociedades, tomaron la decisión de no ser más socios sino, esposos... Pero, ¡para qué hizo eso! –Se decían sus padres-. Su esposo, era un jugador de dados empedernido; apostador y para variar, muy raras veces ganaba.

Se embarazó a los veinticuatro años. Tuvo una niña (no tan agraciada como ella). Cuando la criatura iba a cumplir tres añitos, a su esposo lo asesinaron por una deuda de juego que no pagó a tiempo, dejando en la orfandad a su hija y viuda a su esposa. ¡Cuánta desgracia! Para cerrar con broche de oro, su madre, un día de tantos, amaneció dormida para siempre y meses después su padre sufrió un derrame cerebral invasivo, del que no se levantó y a los pocos meses, también falleció. Ahora eran nada más: ella, su hija y los negocios contra el mundo.

Pudo hacer frente con honorabilidad a toda esa situación adversa. Se adelgazó de tal manera que sus vestidos negros parecían ajenos. Su hija estudió también en el "colegio de las teresianas" en donde se graduó de secretaria ejecutiva con mención en administración de empresas, lo que sirvió para que le colaborara a su madre los fines de semana, pues había conseguido un excelente empleo en la Asamblea Nacional en la capital.

¡Cuánto tiempo había pasado! Ya su hija era una mujer de veinticuatro años y ella con cuarenta y ocho años encima.

Todo marchaba bien, hasta que apareció en su camino un comerciante turco; muy poco agraciado, pero en apariencia trabajador. Éste, antes de cortejarla, averiguó su vida y milagros; como quien dice, había llegado a darle el golpe.

Como un puma al acecho, fue endulzándole el oído hasta que la hizo su mujer. Ella todavía era una mujer muy atractiva, en pleno furor de los finales de sus cuarenta. La tersura volvió a su faz; echó el luto por el tubo y decidió volver a vivir... ¡Qué feliz se sentía! De nuevo tenía a su lado a un hombro amigo... Un hombre que la apoyaba.

Al año de la relación, quedó embarazada. Por sus años, los médicos le advirtieron que su gestación era peligrosa. Aún así, decidió tener al bebé. Dio a luz un hombrecito, a quien le dio el nombre de su padre, aunque físicamente no se parecía a él.

Mientras estaba en los atabales del embarazo y sus riesgos, su esposo aprovechó para ir tomando "prestado" parte de las ganancias de los negocios. Su hija mayor, ya casi no la visitaba porque sospechaba de las fechorías del padrastro; además, mantenía una relación con un estadounidense y tenía planeado emigrar en corto tiempo a California.

Un día de tantos, su padrastro desapareció. Era como si se lo hubiese tragado la tierra. No había rastros de él por ninguna parte. A los días de su desaparición, las cartas de cobro de las entidades financieras no cesaban de llegar. Había dejado a su madre y a su hijo en la calle. No le quedó otra alternativa que entregar las empresas y los activos fijos al banco y comenzar de ceros.

Con una mano atrás y otra adelante, volvió a hacerle frente a la adversidad. Crio a su hijo o mejor dicho lo "malcrió". La falta de recursos obligó a que fuese matriculado en escuelas públicas, pero el muchacho no había nacido para estudiar, si no para jugar. Se envició con los juegos electrónicos, los que dominaba con destreza absoluta, inigualable. Para los estudios, la cabeza no le daba.

Ella en su desesperación económica, comenzó a rastrear a los compañeros de escuela del muchacho en el exterior, pues al parecer lo conocían mejor que ella y quizás podrían colaborarle en controlarlo. Por algún tiempo lo logró. Tres o cuatro de ellos viviendo en el exterior, le colaboraron enviando dinero, ropa y otros artículos que pudieran necesitar. No se sabe si por vergüenza nunca dejó saber la angustia que le causaba ver a su hijo querido sin ningún porvenir.

Cuando el joven iba a cumplir doce años, apareció otro pretendiente a su señora madre. Nada más que éste, para variar, era alcohólico. Se emparejaron en unión libre y dicen que cuando se emborrachaba, era víctima de sus golpizas y también la obligaba a emborracharse y a hacer cosas que cualquier persona en sus cabales no haría.

Para variar, logró conseguir empleo cuidando a una anciana cuyos familiares vivían en Toledo, España. Mensualmente devengaba allí un salario de 250 euros.

Su hija se había casado con el "gringo" y ya tenía cuatro años de vivir en California y de vez en cuando le mandaba de regalo a su madre unos cuantos dolaritos.

No se sabe si fue por decepción o porque como dicen "la práctica hace al maestro", que ya los vecinos murmuraban que ella también era alcohólica como su marido. A pesar de todo, tuvo el valor de deshacerse de su pareja, mismo que sólo llegó a terminar de desgraciarle la vida.

Habían pasado unos meses después de su separación, cuando comenzó a perder peso aceleradamente. Ya estaba en sus sesenta años. Los médicos le diagnosticaron "hígado graso" y "diabetes tipo uno". Transcurridos seis meses de su última visita al médico y de repente un día de esos, tuvo que ser internada de emergencia en el hospital general de la ciudad, en el que pasó cerca de veinte días, en los cuales se reponía y luego recaía. La epicrisis médica arrojó "paro cardíaco" y otras dolencias más. Del hospital no salió viva, sino hecha cadáver.

Le avisaron a su hija, quien llegó unos días después de su deceso. Su hijo, parecía perdido en la llanura, no se sabe si por el dolor de haber perdido a su madre o por verse desprotegido ante la vida. Sus honras fúnebres se realizaron con la llegada de su hija. Una tía-abuela de la fallecida madre, con residencia en Colombia, se hizo presente. Ella se hizo cargo del muchacho, quien ahora vive con ella en ese país.

La casa que todos creyeron que era lo único que estaba libre de deudas, fue embargada por el banco, pues tenían que pagar trece cuotas atrasadas.

Al sepelio no llegaron solamente los amigos verdaderos; también se hicieron presentes quienes nunca la quisieron, quienes le envidiaron hasta sus malos momentos. Por ahí dicen que estos últimos hasta le tomaron fotos a su cadáver dentro del cajón que la abrigaba y las circularon en las redes sociales de internet; como agradeciendo verla ahí, yerta y aterida. Tuvo la suerte de que una amiga poeta, que mucho le había apreciado le elaborara el siguiente:

E P I T A F I O

Mi cuerpo yace aterido y yerto
en una caja de madera.
Discúlpenme todos que no pueda ponerme en pie
y agradecer por su presencia.
Perdonen si en algún momento,
no pude resarcir desagravios en contentos;
mas ahora, en éste instante,
no es necesario enmendar, corregir, resarcir...
Solicito que en vez de ramos, coronas y cruces
[con flores, corozos, tulipanes y rosas,
eleven una oración sincera
por mi alma que acaba de partir...
Recuerden amigos todos,
que éste mismo camino,
transitarán después de mí.

RELATO IX

sí vivió... Desandando lo andado desde el inicio de su existencia. Sus pensamientos se fundían con sus revelaciones inquietas, dando voz a la intimidad de sus ocultos secretos.

Fue el cuarto de cinco hijos de una familia de comerciantes. Eran tres mujeres y dos varones. El padre, de procedencia campesina, originario del poblado "El Ayote". La madre, de clase media, acomodada. De hecho la familia de su madre era de los "fifirisnais" de la capital, dueños de casi un barrio completo en el pueblo donde vivían... "Los Espinos".

Por los años 1920, todavía se permitían los matrimonios arreglados entre familias. A pesar de su condición campesina, el padre de quien hablamos había heredado de sus antepasados, varias parcelas de tierra, lo que fue considerado un patrimonio suficiente para que le fuese cedida la mano de la "fifirisnais" más codiciada de "Los Espinos". La boda se realizó allá por el mes de mayo del año 1928, muy al estilo de finales del siglo XIX y de los nuevos engranajes del siglo XX, en el que las costumbres sociales eran en el momento como raíces de árboles antiguos.

La pareja vivió unos meses después de casados entre uno y otro poblado; pero, como a él le gustaba hacer dinero rápido y seguro, vendieron de común acuerdo parte del patrimonio conjunto y se instalaron en la capital departamental de "Los

Chinchorros", en donde rentaron con opción a compra la mejor casa de taquezal, madera y hormigón de tres plantas. Una de las plantas para bodega; la otra, para vestidores y muestras y la otra para la exhibición de productos y la elaboración de pedidos.

Ella era una mujer de mente creativa. Se dedicaba a la confección de juguetes femeninos (muñecas de trapo y papel y sus accesorios, para niñas de todas las edades); y él se dedicaba 100 % a la comercialización de granos, verduras y frutas.

El primer embarazo llegó con un parto gemelar. La partera fue la mejor conocida y experimentada. Dio a luz a dos hermosas niñas en abril del año 1930. Ya para marzo de 1932, les nació una tercera niña; en agosto de 1935, llegó un niño y en octubre de 1937 la cigüeña se despidió con la llegada del último vástago y fue cuando la joven pareja decidió vender todos sus bienes e invertir en Los Chinchorros. Compraron una "cuartería" (callejones de hasta doce cuartos de madera con sus retretes y baños de pila), los que rentaban a buen precio. Mientras, la tienda seguía creciendo, teniendo que contratar a un par de ayudantes, pues ellos ya no se daban abasto.

A las niñas las mandaban a la escuela de "doña Estebanita", quien les enseñaba el "a-b-c" y a leer y a escribir. Aunque tenían los recursos para enviarlas a colegios católicos de renombre para niñas y señoritas, su padre era de la convicción de que "el que va a aprender, aprende en cualquier escuela". Además, con las enseñanzas de la maestra "Estebana", una mujer tosca, disciplinada en demasía, estaba seguro que el porvenir en provecho de sus hijas estaba más que encaminado. Asimismo, ellas debían de aprender el oficio del negocio de la familia... A elaborar en números de fábrica la hechura de las muñecas de papel y de trapo y sus respectivos accesorios, los que se vendían siempre, en cualquier época.

Fue así que cada una, a su tiempo, fue dando a conocer sus talentos y habilidades. A la mayor, además de la confección de juguetes, le gustaba mucho experimentar en la cocina y pasaba horas viendo como la vieja Chenta, condimentaba los alimentos y así fue aprendiendo la culinaria típica del lugar. La segunda, era un poco más calmada; mientras sus hermanas en una hora se hacía cada una por lo menos tres juguetes, ella hacía uno sólo, pero muy diferente, con un toque clásico especial, muy de ella. La tercera, mostró el arte del diseño de flores en tela (toda una eventualidad en aquellos tiempos) y también incursionaba y las hacía de papel.

Así cada una, con su propio esfuerzo y con el salario que recibían por su trabajo y creatividad, fueron abriendo sus propios departamentos; mientras sus hermanos, ya casi en la adolescencia, se encargaban de andar cazando iguanas y garrobos a hondazos por los arroyos.

El último de ellos, veía como su padre se involucraba con cada mujer joven de la servidumbre, fuese o no bonita y se preguntaba por qué su madre sabiendo de esto se hacía de la vista gorda o lo ignoraba. Una vez, por pura casualidad, se dio cuenta que lo de las muchachas, también le sucedía a su padre con los muchachos... Descubrió que era bisexual, mientras que para la ciudad completa, era ya un secreto a voces, aunque era mejor pasar por alto ese detalle.

Asqueado de la situación descubierta y siempre sintiendo las miradas inquisidoras de los vecinos, deseaba enfrentar a su padre con el asunto, pero a la vez, retrocedía pues era horrible la sensación aquella y no quería problemas serios ni enemistades con su progenitor.

A sus dieciséis años tuvo su primera relación sexual con una mujer experimentada que vendía todo tipo de sopas en la esquina opuesta a la tienda de sus padres. Cuando se refería a "Socorrito, la marchanta", se le veía un brillo inusual en la mirada. Todo lo que sucedió entre ellos, se dio en la parada de los buses que van hacia los pueblos blancos, pues era el punto de encuentro en donde ella lo esperaba "juiciosita" para hacerle conocer el cielo... ¡Uf! ¡Qué mujer! –Se le oía susurrar por los rincones-.

Fue corto el tiempo de sus travesuras amorosas. A los diecisiete años, conoció a una jovencita de familia, a quienes celaban su madre y una tropa de siete hermanos. ¿Cómo acercarse a aquella jovencita de ojos y mirada triste? Pasaba todos los días a la misma hora husmeando por aquella casa de corredores y acera alta, mas, solamente podía ver al cónclave de los siete hermanos, todos con guitarra en mano y una botella de ron que circulaba de mano en mano, entre los afinamientos de las cuerdas de sus instrumentos musicales.

La jovencita era tímida, callada, ensimismada. Apenas se le veía de vez en cuando en la otra calle, acompañada siempre de su madre. Un día como pocos, supo su nombre. Se había encajado en un árbol de mangos tan sólo para verla pasar o esperar por el momento oportuno para presentarse. De repente un grito fuerte, lo sacó de sus pensamientos... ¡Junet! ¡Junet! Fue entonces que supo su nombre. ¡Qué hermosa gracia para tan triste faz! –Se dijo-. Aunque parece un nombre de mucha fuerza para tan débil flor.

Cuando la joven y su madre desaparecieron en la esquina, rápidamente bajó del árbol y preguntó al pulpero: Y oiga usted, don Servancio... Esa joven, Junet... ¿Cómo se apellida? Yo de ti –le respondió con la seguridad que lo caracterizaba- me iba camino arriba. Ella es la más preciada joya de su familia. Es gente de clase –diría yo-; y sus hermanos no van a dejar que mocosos como usted se les acerquen. Así es que... ¿Para qué soñar? Aunque ahora a ellos, solamente el nombre les ha quedado, pues todo lo perdieron en el pasado, entre licor, mujeres y juegos de todo tipo. Su padre, quien ya no existe, murió muy joven por una bala que le atravesó la cabeza porque no pagó a tiempo una apuesta. Te voy a dar un consejo jovencito... Si no tienes "money" en el monedero, es mejor que piques y hales. Sus siete hermanos, al calor de los tragos (beben todos los días), son unos demonios. Toda la gente de por aquí lo sabe. Si aún después de todo esto que te he contado, deseas dar muestras de valentía, trata de acercarte a la joven y domar a esas fieras. Quien quita y te ganas de a poco su confianza. En fin, uno nunca sabe.

El joven Teodoro Miguel, era un muchacho alto, moreno, delgado, muy poco agraciado, pero hábil. Tenía el don de la "labia". Le propuso a don Servancio que le ayudara. Deme un chance de voluntario. Solo deseo conocer un poco a esa muchacha y si algo ha de pasar entre nosotros, es porque ya estaba escrito ¿no cree? Tratando de convencer al pulpero Servancio, pasó como quince días de atosigos, hasta que éste de tanto escuchar la bendita cantaleta, decidió ayudarle pero con cautela y bajo algunas condiciones.

Habilidoso, después de clases, disciplinadamente todos los días iba a ayudarle al pulpero a despachar en la pulpería. Cuando Junet aparecía, la atendía con una extremada amabilidad. Cada tarde ella llegaba por diez tortillas, seis cuajadas y una libra de avena para la cena.

La primera vez que llegó sola, él –caballerosamente- le preguntó: ¿Cuál es tu gracia niña? Fue la primera vez que la vio sonreír. Y agachando la cabeza le dio su nombre y él también. Mucho gusto, le dijo él. Como ves, soy ayudante en ésta pulpería.

Orgulloso de sus avances, cada vez, después de sus clases, pasaba por el jardín de las señoritas Ordóñez, robando un girasol para su amada. Ella, gustosamente llegaba ya, no por las tortillas, las cuajadas y la avena, si no por el girasol que Teodoro Miguel le obsequiaba.

Los hermanos –zorros viejos todos- ya habían puesto atención al girasol que llevaba su hermanita cada vez y cuando. Ella, lo tomaba y lo colocaba con religiosidad en un jarrón de vidrio con agua. El mayor de ellos, intrigado, decidió espiarla y la siguió a cierta distancia, descubriendo de donde procedían los girasoles que hacían brillar los ojos de la joven. ¡Qué tremenda paliza! ¡Qué horribles insultos! Con ello pagó Junet su acercamiento a su enamorado. Y eso no fue todo... En comitiva allanaron la pulpería de don Servancio, a quien amenazaron con incendiarle el tramo si no despedía al fulano aquel. Mas, don Servancio, ya le había tomado mucho cariño al joven que valientemente estaba enfrentando aquellos peligros por un amor y decidido, se fue al cuartel de policía a denunciar el allanamiento y de paso se dio una vuelta por el tribunal de menores a denunciar la paliza y los insultos de que hicieron víctima a la joven Junet.

La policía ordenó a los siete hermanos Vasconcelos Traña, no acercarse a los bienes de Servancio ni a él mismo ni a su ayudante. Un juez de menores decidió quitar la custodia de Junet a su madre, por permitir a sus hijos actuar déspotamente en la humanidad de la jovencita.

Lo que todos ignoraban es que la muchacha cansada de los malos tratos, ya había trazado un plan de escape. Le propondría a su enamorado huir juntos y después de la fuga, si lo creían conveniente, se casarían.

Teodoro Miguel al ver el rumbo que había tomado el asunto, sentía miedo; pero, a la vez, sentía que era su deber ayudar a la joven a salir de su calvario.

Después de transcurrido algún tiempo y ya habiendo practicado en múltiples ocasiones el plan de escape, decidieron al fin marcharse en la temporada de semana santa (época en la que todo el mundo anda atareado por las festividades religiosas y los viajes a los balnearios). Junet, la noche anterior, viernes santo, había dejado preparado su morral, debajo de la hierba del tronco del árbol de guayabas, próximo al brocal del pozo. De ahí, ella tomaría el morral, subiría al guayabo (que conocía de memoria, pues era experta en robarse sus frutos) y cuando estuviera lista, cruzaría el muro colindante con la calle y saltaría después de haber dejado caer el morral con sus pocas pertenencias. Del lado de la calle, la estaría esperando su enamorado y futuro esposo, quien le serviría de escalera para que no se cayera al momento de saltar a la "libertad".

Así fue. Al amanecer del sábado de gloria, se fugaron. Sus hermanos no se dieron cuenta pues andaban en la francachela desde una semana antes a la semana mayor; su madre, acostumbraba a tomar todas las noches un fuerte té de valeriana, lo que la "noqueaba" por más de diez horas. Ella, a pesar de su carente escolaridad, aprendió a leer y a escribir, y le dejó una nota a su madre que decía: *"Mamá, he decidido tomar mi propio rumbo. No te preocupes. Estaré bien. Prefiero probar suerte que seguir aguantando los malos tratos -físicos y verbales- de mis hermanos. La quiero mucho. Junet".*

Tomados de la mano, Teodoro Miguel y Junet, caminaron por las calles de tierra y las aceras altas apenas iluminadas por las luces de los candiles suspendidos en pedestales. Sentían el sabor de la libertad. Creían ser los dueños del mundo. Parecía que estaban tocando el cielo con las manos. Ella conquistaba su emancipación total y él por haberse ganado el premio mayor... La virginidad de Junet. Y durmieron hasta tarde aquel sábado de gloria. Ella se mantuvo firme y no se entregaría al novio hasta que algún cura le diera la bendición.

Teodoro Miguel, estaba desesperado por poseerla. A las seis de la mañana del domingo de ramos, despuesito del canto de los gallos (desde los árboles de almendros que aplaudían frente a la ventana del hospedaje Las Huellas), se tomaron un chocolate caliente y salieron abrazados hacia la Capilla de las Ánimas Solas (en la que el cura responsable, era gran amigo de la familia del novio y quien ya les estaba esperando para llevar a cabo la realización de su matrimonio). Ella iba sencillamente vestida con un traje de lino de arroz color celeste cielo, zapatillas negras y una mantilla blanca en la cabeza; él, con su camisa manga larga, color natilla y corbata color café canela, pantalón de dril azul y zapatos negros. Ambos con la flor de la juventud abierta a la esperanza de un nuevo comienzo y la ilusión del amor en las pupilas.

Felices salieron ya como esposos. Él apenas estaba concluyendo el bachillerato en el instituto de la ciudad y ella, tan sólo con la primaria aprobada. Teodoro Miguel se vio en "las sin remedios" y tuvo que pedir ayuda a sus padres, quienes lo acogieron a él y a su esposa. Mas, alguien tenía que trabajar para sostener el nuevo hogar; por lo que la matrona de la familia, la suegra de Junet, decidió involucrarla en el negocio familiar enseñándole el oficio de todos ellos. Fue así que aprendió a defenderse en la vida; aunque ella tuvo sus propias ideas... De la nada se dio cuenta que sabía diseñar zapatos y carteras. En su casa había medio aprendido a usar una vieja máquina de coser de su madre. Tomaba papel y lápiz y diario dedicaba dos horas a diseñar y luego a crear en tela cada diseño. Los zapatos de su creación eran para niños, jóvenes, hombres y mujeres y las llamó "zapatillas de descanso", pues eran confeccionadas en lona y elásticos ajustables. Los bolsos eran de tela con estampados vistosos.

Su suegra le dijo: *"Vamos a ver qué tal le va a lo que has hecho"*. Tomó las primeras muestras de Junet y las puso a la venta y en el mismo día se vendieron. Viendo que había encontrado un pequeño tesoro en su joven nuera, la puso a producir hasta veinte pares de zapatillas y diez bolsas diarias. Lo malo es que la suegra la explotó como quiso y nunca le dio un centavo por su trabajo. Todo lo que sabía decir era: *"Vos y tu marido tienen aquí techo, servicios básicos, vestuario, comida, etc. Ese es el pago por lo que haces, no puedo asignarte un salario si vives a mis costillas"*.

Después de seis meses en esos menesteres (su marido era mantenido de papá y mamá), se dio cuenta que estaba en cinta. La noticia no cayó muy en gracia de la familia, pero aun en desacuerdo con la situación, callaban y tragaban. Así, fueron llegando uno a uno los hijos hasta contar cuatro. Tres hombres y una mujer. Cuando ya estaban grandecitos, los pusieron aunque sea a cuidar lo que tenían de venta en la acera del negocio y otras veces a vender dentro. Un día de tantos, Junet se puso dura. Ya era más que suficiente que le hicieran a ella lo que creyeran conveniente, pero de ahí a que en frente de ella le hicieran groserías y maltrataran a sus hijos, eso no se lo permitía a nadie, por muy familia que fueran, pues era una leona defendiendo a sus vástagos. Fue entonces que le exigió al marido que rentara una casa para ella y sus hijos o se divorciaban. Él, con la frescura que le caracterizaba, accedió, pero para ganar tiempo, fue llevando el asunto de mañana en mañana; ella, que ya lo conocía mejor que a sí misma, sabía que era mañoso y comenzó a hacer las maletas, decidida a aventurarse con sus hijos a como fuera, pero en aquella casa y en esa situación ella no continuaba. Al ver la determinación de su mujer, apartó un día de su apretada agenda y lo dedicó a buscar asidero y lo encontró. Por fin, salía de la esclavitud en casa de sus suegros... Eso era lo más importante. Sin embargo, Teodoro Miguel, se notaba bastante preocupado. Quizás porque ahora sí iba a aprender qué es ser responsable y tendría que amarrarse los pantalones para responder por su familia.

Salieron solamente con su ropa. En la casa no había ni un alfiler. Necesitaban mobiliario. En el entretanto, acondicionaron con las sábanas unas hamacas y ahí dormían. Ella nunca dejó de presionarlo para que buscara la manera de comprar los muebles esenciales para la casa. Y fue así que él sacó todo al crédito en una tienda de la ciudad. Cuando ya la casa tenía forma de hogar, se veía plácidamente acogedora.

Salió pues a trabajar unos días después. Siempre le salía a ella con unas largas y otras cortas, como que tendría que viajar y ausentarse por una temporada larga del país porque había sido contratado por una empresa transnacional y cosas así por el estilo. Pero, la verdad era que nunca salía del país. Sus largas estadías fuera del hogar, eran por nuevas conquistas de faldas, de las que ella se fue dando cuenta sin querer. Se le desaparecía por meses –dizque trabajando- y a ella y sus hijos, con costo les dejaba un mínimo presupuesto para subsistir una semana, lo que la obligó a sacar a nombre de él (en el mismo almacén donde adquirieron los muebles) una máquina de coser "Singer" y su niña pre-adolescente, le hizo un rótulo a mano que decía "SE COSE".

Poco a poco se fue haciendo de clientela. Su marido, bien, gracias... Suelto como zorro por allí. Un viernes en la tarde, llegaron del almacén dónde él había sacado el mobiliario, a embargarlo, pues desde el inicio nunca habían recibido un solo pago de parte de Teodoro Miguel para amortiguar la deuda. De gracia que ella siempre fue precavida y por aquello de que "el que ahorra siempre tiene", pudo evitar la vergüenza de que los vecinos vieran que se le llevaban las pocas cosas que tenían. Pero, en lo que les iba a pagar, el responsable del embargo dijo: *"Aquí hay un error. Es en otra dirección. Es el mismo hombre el que debe, pero el embargo es en otra casa".*

Astutamente Junet pudo leer y memorizar la tal dirección. Cuando los del almacén –pidiendo miles de disculpas- se fueron, habló con su hija y encargándole a sus hermanos, tomó un taxi y se dirigió hacia la dirección que había descubierto en el papel de embargo del almacén. ¡Qué susto! Se dio cuenta que su marido tenía otra familia, en la que se contaban dos niñas y un niño, quienes agarrados a las faldas de una mujer muy morena, le decían: *"Mamá... ¿En qué vamos a dormir? ¿En qué nos vamos a sentar?".* Y fue cuando la mujer gritó el nombre del esposo de Junet: *"¡Teodoro! ¡Teodoro! ¡Vení! ¡Resolvé esto!"...* Pero el susodicho, ya se había brincado el cerco del patio trasero.

Junet se regresó a su casa pasmada por la situación. Mandó a sus hijos a visitar a su madre, porque sabía que su marido llegaría pronto a la casa y tenía que esperarlo, pues debían platicar. Pueden suponer lo que allí pasó. Aceptó que se había enredado con aquella mujer.

Toda aquella situación le trajo una de sinsabores a Junet y su familia. La amante de su marido estaba enterada de toda su vida y milagros. Le hizo la existencia un infierno y la vida imposible. Cada vez que la encontraba en la calle, le decía indirectas... *"Tan hijos son los míos como los tuyos... Esa naricita respingada de nada te sirve. Ese hombre es tuyo en papel, pero es mío en la cama... ¿Me oíste o querés que te lo mande por escrito, en letras góticas y dibujado?"*. Y así vivió escándalo tras escándalo.

Ella, Junet, una mujer de clase social muy diferente a la de su flamante esposo; sus abuelos, diputados y las mujeres de su familia, damas de la alta sociedad; descendiente de escritores, pintores, poetas, músicos... Ella, una mujer trabajadora. Le daban las horas tempranas de la madrugada en su máquina de coser y cuando los trajes de los clientes estaban listos, después de que los tallaba y eran aprobados, los lavaba, planchaba y embolsaba para entregarlos. Al fin de cuentas, ella y su niña mayor (a quien con esfuerzos educó en un colegio de monjas para señoritas), eran quienes mantenían el hogar. El fabuloso marido todo el tiempo andaba perdido en las profundidades. Junet nunca dejó de aceptarlo en casa, primero por el ego y orgullo femenino en juego con otra hembra; segundo, por los hijos y tercero, porque aunque se dijera "no", ella estaba aún enamorada de aquel sinvergüenza.

Los hijos se volvieron adultos. La mujercita, siempre apoyando a su madre en el trabajo y estudiando hasta que consiguió un empleo en una escuela como secretaria comercial, lo que le permitió aportar un poco más de dinero al presupuesto familiar. El mayor de los varones, con costo se bachilleró y se envició en los caminos de la vida. El tercero, muy parecido al padre, gustaba de las comodidades pero evadía cualquier tipo de responsabilidad, decidió regresar a la casa de los abuelos paternos, en donde tenía a una tía "solterona" que lo consentía a más no poder; y el último, que resultó con el defecto de fábrica del abuelo paterno.

A pesar de tantas vicisitudes, todos lograron hacerse de un título universitario. Con esfuerzos, pero lo consiguieron. Menos el mayor de los varones quien ya con sesenta años a tuto, padece del síndrome de D.A.A. (Déficit de Atención Agudo) y cree que el maná caerá del cielo, como si hubiera sido parte del éxodo bíblico o miembro de algunas de las tribus de Israel, lideradas por Moisés, Aarón y Josué.

La joven se casó y no le fue muy bien en su primer matrimonio; eso si tomamos en cuenta que cuando se casó, era una niña yendo hacia el altar. Pasados algunos años, después de la separación de aquel infeliz, se volvió a casar; pero, se separó del segundo esposo, por infidelidad; luego de algunos años, retomaron la relación.

El mayor de los varones, también se casó, pero, al solamente saber tocar guitarra y conducir, terminó por perder el único empleo que hubo de conseguir y se convirtió en "amo de casa" por mucho tiempo. Su esposa era quien trabajaba para sostenerlo a él y a sus vástagos. Después de treinta años de no trabajar en nada, su mujer, ya cansada de verlo en casa haciendo los oficios domésticos, decidió contratarlo en la misma empresa donde ella trabajaba, como jefe de mantenimiento de vehículos, lo que lo vino a entretener, pues la vida para él fue siempre como una perenne distracción.

El segundo de los varones, logró titularse como profesional y se casó dos veces. La primera vez, le fue infiel a su esposa con la segunda mujer con la que se casó. Con cada una de ellas procreó un hijo, pero se quedó con la segunda.

El tercero de los varones, murió muy joven (en sus treinta años), algunos dicen que fue leucemia; otros, que de los riñones, pero algunos otros afirman que fue de una enfermedad terrible y muy temida.

A Junet siendo una anciana, Teodoro le envió la demanda de divorcio, para casarse con una mujer que es más joven que su hija, a quien recogió con un hijo de una primera relación y con quien procreó dos hijos más. Él murió de un coma diabético en poder de su segunda familia, en una ciudad diferente y profesando una religión distinta que la religión de su familia de sangre. Todos los gastos de su enfermedad, de su vela y de su sepelio, corrieron por cuenta de los hijos que tuvo con Junet, a quien no le avisaron de su muerte, porque podría empeorar su cuadro clínico, pues siendo una mujer de edad avanzada, con dos enfermedades terribles, una de la memoria y otra de los nervios; no era conveniente darle tal noticia.

Por ahí dicen que no estar consciente de lo que pasa en el entorno o alrededor nuestro, es lo mejor que nos puede pasar como seres humanos; pues no nos estamos dando cuenta de los arrebatos de la vida ni de sus desdenes.

Otros creen que si Junet no hubiera padecido tanto en las manos de los desdichados de sus hermanos, como en las garras de su marido, muy probablemente a estas alturas de su vida, estaría mejor de salud que como se le ve ahora.

RELATO X

¡Rosenda! ¡Rosenda! –gritaba su madre desde la cocina de leña de la pequeña casa de adobe que habitaban-. Su padre carpintero "ebanista" y su madre, "ama de casa". Nació en los primeros tres años del siglo XX. Su signo zodiacal: "Leo" (vanidoso y presumido). De facciones finas... Muy agraciada. Su rostro parecía el de la escultura de una virgen tallada por manos italianas. Grácil y hacendosa. La tercera hija de la unión de Simut y Leyla.

Al momento del llamado de su madre, apenas contaba con doce añitos. Era un capullo que recién reventaba a la adolescencia, esa etapa en la que por idiosincrasia, el ser humano se caracteriza por su eterna y perenne rebeldía. Mas, ella -como se acostumbraba en aquel tiempo- había sido educada para obedecer y escuchar atentamente los consejos de sus mayores.

En esa época estaba de moda la "marginación del intelecto femenino"; por lo que Rosenda fue adiestrada (por decirlo así), a aprender un oficio que más adelante le sirviera para mantenerse en la vida. Fue así que se convirtió en una excelente "tejedora", la mejor de la ciudad donde vivía. Se hizo de mucha fama por el "remate" de su trabajo (que parecía que estaba al derecho, cuando lo tenían al revés).

Su prestigio se fue extendiendo de tal manera, que de todos los pueblos de la cabecera departamental, le llegaban a hacer encargos de manteles, rebozos, chales, tapetes, bordes de manteles y toallas, etc., etc. Además, desde los ocho años había aprendido a cocinar tan sólo viendo y poniendo atención a todo lo que hacía Leyla –su madre-.

Su padre, a pesar de la existencia de una escuelita pagada a dos casas de la suya, decía que sus hijos "no necesitaban saber leer ni escribir", porque eso no les daría de comer más adelante. Pero, Rosenda, se escapaba cuando él tenía algún encargo para entrega o dinero que cobrar. Se iba a "apostar" en la acera -apoyándose en el marco de cemento de la ventana de la casa de la maestra Goya-. Fue así que aprendió "el silabario" e interesada en saber qué decían las páginas del pequeño periódico que circulaba en la ciudad, apartaba los tres centavos de su valor para adquirirlo diariamente, convirtiéndose en una asidua lectora del mismo y en una de las personas más informadas del barrio donde vivía. Nadie le contaba cuentos... *"Ella se había leído las noticias sobre "todo" y sobre "todos", temprano en las mañanitas".*

Hubo una vez, que su madre recibió una notificación del "casero" y no sabía cómo ocultar su nerviosismo, cuando la persona que le entregó dicha nota, le dijera: *"Debe de firmarme ésta hoja para certificar que ha recibido la notificación, señora".* Pero, Rosenda vino y la sacó de apuro, lo que la dejó "perpleja" de la sorpresa. Luego, de corrido y con la mirada, procedió a leer a su madre lo que aquel papel decía; mas... Todo no pasó de un tremendo susto, porque de lo que se trataba era de que el dueño del inmueble, le estaba concediendo el permiso de vender comida desde la casa, lo que vino a llenarlas de alegría; pero cuando pasó el júbilo entre la jovencita y su madre, quien (como era obvio) descubrió su secreto, le pidió de favor no comentarle a su padre acerca de sus conocimientos, pues llegada la hora, ella le contaría que sabía leer y escribir, además de tejer y cocinar.

El negocio de la comida y las bebidas fue un éxito total. Generaba para todos los gastos e inversiones y algunos gustos que pudieran darse. Dos años después de Rosenda estarle colaborando a la familia, apareció en la "comidería" un pretendiente para ella, quien era un hombre que le doblaba la edad. Su padre, siempre preocupado por un buen matrimonio para su hija, decidió aceptar el cortejo de aquel sujeto, quien se identificó como Baquemut Ferreira.

A ella el tipo no le simpatizó para nada, pero no le quedaba otra alternativa que aceptarlo para complacer a su padre. Comenzaron las visitas del prometido a las 7:00:00 p.m. por media hora todos los días; cada uno sentado frente a frente y Simut y Leyla, sentados uno a cada lado de ella. Cuando se cumplía el tiempo de la visita, su padre, comenzaba a sonar las llaves, como diciendo al pretendiente "vete".

Tan sólo fueron seis meses de acercamiento y visitas de noviazgo supervisadas, cuando el padre de Rosenda le dijo al futuro yerno que era hora de ir pensando en formalizar la relación, pero que no iba a permitir casamiento civil porque no valía; que debían casarse por la iglesia, ya que lo que bendecía cualquier representante de Jesús en la tierra, era lo que para su familia tenía valor. Además, no habría agasajo. Todo se haría público, pero sin celebración.

Los recién casados vivirían con ellos en la casa. Ya habían hecho la separación en el cuarto principal con un "biombo" para que ellos tuvieran un poco de privacidad... Lo que no fue muy del agrado de aquel hombre, quien para sí mismo se decía: *"El casado casa quiere" y en ese cuarto durmiendo con los suegros, como que hay algo que aquí no encaja*; pero, al verse entre la espada y la pared, no tuvo más remedio que aceptar y prácticamente se casaron de inmediato.

De su unión nacieron dos hermosas niñas; la primera murió a los cuatro años de una fiebre fuerte conocida como "perniciosa". Ella la lloraba y la lloraba incansablemente; se le veía en las iglesias como ida de éste mundo ante aquel dolor indescriptible que le consumía físicamente y le estrujaba el alma.

Cuando iba a la iglesia, se postraba de rodillas frente a la imagen morena de la virgen de la Caridad del Cobre (conocida como "La Cachita", patrona de la isla de Cuba), implorándole que le hiciera el milagro de devolverle a su muchachita. Con el tiempo, se fue resignando a su pérdida, apegándose más a la niña que le quedó. Su madre vivía angustiada por la desventura de su hija; ya no tenía palabras para consolarla; "Chendita" parecía un alfiler dentro de un trapo negro... Y el "galante" y "bienaventurado" esposo, no vio nacer a sus hijas y mucho menos vio morir a la mayorcita. Siempre estaba ausente en el momento que más se le necesitaba. Sus ausencias prolongadas e indefinidas hacían que no se le extrañara. Sin embargo, Rosenda daba gracias a Dios por su desaparición de escena, ella se casó sin amor; y se vio obligada por aquello que le habían metido desde siempre sus padres en la cabeza: *"Si no te casas temprano, vas a envejecer sola y sin dejar descendencia".*

Ante lo sucedido con su pequeñita y desde su punto de vista, lo único bueno que le dejó aquel tipo eran sus hijitas o la única que le quedó. Él, nunca se preocupó por comprar o arrendar una casa para su familia. A su joven esposa le llegaban los rumores que andaba de cantina en cantina, cantando los tangos de Carlos Gardel cuando ya estaba bien tragueado. En fin, era un tipo que gastaba más de lo que ganaba y otros por ahí decían que le gustaba vivir de las mujeres; lo que no pudo hacer con Rosenda porque, como dicen "Dios sabe por qué hace las cosas", estaba vigilado por la familia de ella.

Como es usual en estos casos, el "comodismo" reinó. Se acostumbró a que él y su familia vivieran recostados a la poca ayuda que les podían dar Simut y Leyla. Mas, eso era lo de menos. El tipo era un hombre casado de hacía años en otra localidad y tenía hijos de la edad de su joven y más nueva víctima, dizque "esposa" Rosenda. De "refresco" su "primera" esposa era una "alacrana muy brava", quien cuando se enteró de la existencia de una segunda familia, llegó a armar tremendo escándalo, situación que hizo despertar la conciencia de Simut, quien se sentía tremendamente culpable por haber apresurado aquella unión. El engaño del falaz yerno, que a partir de ese momento había quedado al descubierto, hizo que le gritara: *"¡Aquí sos persona non grata! ¡Fuera de nuestra vista!"*.

Después de éste suceso... Fácilmente transcurrieron diez años. Fue cuando Rosenda conoció a Gaiyi Orozco; un hombre bajo, galán y todo un caballero; lo conoció cuando ella iba de regreso a casa después de entregar unos encargos en el centro de la ciudad y cuando se detuvo para escuchar el concierto de aquella "banda" de música, que tocaba en el centro del quiosco desde el "templete de la música" (dentro del parquecito que tenía que cruzar para llegar a su casa).

Ese día estaba lleno el parquecito. Hasta se veían a las damas "del centro", las casadas y las solteras, agitando sus abanicos de mano, sosteniendo sus sombrillas "afrancesadas"; vestidas con la elegancia de aquella época: sombreros satinados, guantes de seda; botines de cuero con "zipper" o con botones, hechos a la medida; con los cachetes "enrojecidos" de tanto pellizcarlos para darles buen color; y oliendo a rosas y geranios. Allí se toparon sus miradas por primera vez. Él se acercó con su impecable traje blanco, sombrero de ala corta con cinta negra; zapatos de charol negro; pañuelo con sus iniciales sobresaliendo de la bolsa del saco y una sonrisa encantadora que realzaba su bigote... *"Buenas tardes señorita. No sabía que ya los ángeles poblaban la tierra"* -dijo mostrando sus dientes de un marfil impecable-. *"Mi nombre es Gaiyi Orozco, para servirle a usted"*. Ella sonrió tímidamente y sonrojada dijo: *"Disculpe. Usted se pudo haber presentado, pero para mí sigue siendo un desconocido"*.

Él hizo silencio, como respetando lo que Rosenda decía, quien ni siquiera le dijo cuál era su nombre. No se apartó de su lado y como era tanto el calor que estaba haciendo aquella tarde, Gaiyi le invitó a disfrutar de un "raspado" (hielo en trocitos con sirope y pedazos pequeños de frutas), preguntando si le gustaba el sabor a mango. Ella vio la oportunidad perfecta para deshacerse del tipo aquel; por lo que aceptó y le dijo que estaba bien. Mientras él se dirigía hacia el vendedor -que a gritos decía lo que vendía- ella se zafó sin volver su mirada hacia atrás, alejándose entre las enredaderas de velillos, las bancas de madera, los árboles de chilamate, la pequeña fuente y el terreno de tierra del parquecito aquel que conocía como la palma de sus manos o la planta de sus pies.

Cuando Gaiyi regresó al lugar donde la había dejado... ¡Ops! "La doncella se había esfumado"; quedó picado por la curiosidad y decidido a saber de dónde había salido aquella diosa, preguntando, preguntando, dio con su paradero. Logró alcanzarla a una cuadra de distancia, desde donde la siguió. Esperó a que cayera la noche y fue a visitarla.

Muy valientemente, tocó a la puerta de aquella humilde casita. Simut abrió y Rosenda quedó frente a él y detrás de su padre. *"Buenas noches"* –dijo- *"soy Gaiyi Orozco señor, amigo de usted si me lo permite y de su hija que está detrás suyo"*. Simut -frunciendo el ceño- volteó a ver a Rosenda quien se encogió de hombros y para no pasar por mal educado, invitó al hombre a seguir adelante aunque no le dio "buena espina". No estaba demás desconfiar, ya que no existía la más remota posibilidad que él volviese a exponer nuevamente a su hija a un escándalo y a otra decepción amorosa. Fue entonces que apareció en escena Leyla, quien siempre con una sonrisa amable, recibía a las visitas en casa con un café hecho con té de canela y miel de abejas; y quien dirigiéndose a su hija dijo: *"Ya se durmió la niña; costó porque preguntaba mucho por vos, pero lo conseguí"*. Fue así como Gaiyi se dio cuenta que Rosenda era madre de una niña y de paso, conoció a toda aquella familia.

Simut parecía un cura confesando al tipo. Que dónde vivía; que dónde y cómo conoció a su hija; que de dónde era su familia; que a qué se dedicaba para vivir; etc. Cuando él por su cuenta, logró averiguar de quién se trataba realmente (pues con sus contactos logró descubrir, que también estaba muy bien casado), ya era demasiado tarde... El tipo, labioso, ¡había conquistado a su hija!

De la relación de Gaiyi y Rosenda, nació un varoncito. Gaiyi, trabajaba como lanchero, hacía viajes turísticos para extranjeros en el lago que circundaba aquella ciudad. No ganaba ni bien ni mal; pero también era dado al trago y a las mujeres. Siempre se quedaba después del trabajo, comiéndose un buen pescado sin espinas con una botella de ron y jocotes con sal (a los que llamaba "boca de pájaro").

Simut y Leyla, solían decirse: *"¡Qué mala suerte la de la Chenda con los hombres! Definitivamente tiene que separarse de ese hombre, que no es más que un irresponsable y borracho. Ahora ni modo, no podemos meterle al muchachito otra vez en la barriga; no nos queda más que apoyarla como hemos hecho siempre y tratar de abrirle los ojos; ya que ahora tiene dos bocas para alimentar y la de ella tres".*

Pero no fue necesario que Rosenda corriera para siempre de su vida a Gaiyi. Él se esfumó. Nunca más le volvieron a ver la cara por su casa. Por unos amigos en común supieron que en una de las tantas "bolencas" que se puso, le faltó el respeto a una de las mujeres de los hombres que estaban en el local donde se encontraba y que en respuesta le dieron una "madriza" de alma, vida y señor nuestro.

Pasaron cinco años y Rosenda, con lo bonita que era, conoció a otro pretendiente... Ikeni León. El galanteo de éste señor, no era ni parecido al de los dos anteriores. Él galanteaba con hechos. Le daba a su amada, regalos costosos: buenos vestidos, zapatos, joyas y demás. Solía decirle: *"Una mujer mía tiene que andar a la altura. Si es linda, como vos, ha de verse más linda y si es poco agraciada, hay que ayudarle a ver sus encantos".*

Al menos, éste fue más sincero, desde el comienzo dijo a sus suegros (cuando decidieron formalizar su relación): "Mire señor. Yo soy casado y tengo tres hijos, pero mi matrimonio desde hace unos pocos años, no funciona más; mi esposa es quince años mayor que yo y me cela hasta con el aire que respiro. Pero ese es mi problema y estoy por resolverlo. Sin embargo, amo y respeto a su hija, con quien desde hace unos meses sostengo una fuerte relación que hemos decidido formalizar ante usted y su esposa. Sé que ella tiene dos hijos de relaciones anteriores, pero, eso no importa. Su pasado es tan sólo parte de su historia."

Simut al ver la sinceridad con que había hablado aquel hombre, lo recibió de brazos abiertos.

Éste fulano Ikeni León, era un hombre "hermoso". Medía seis pies de estatura, blanco, rosado, ojos claros, velludo (un tipazo). Lo mejor de todo... Era "hacendado". Durante toda su relación le suplía a ella, a los dos hijos de sus relaciones anteriores y a sus padres de lácteos, frutas, vegetales y demás que se producían en su hacienda.

Por otro lado, Rosenda continuaba con sus encargos de tejidos y Leyla –su madre- trabajando en la comidería, en la que ahora no tenían que invertir mucho, ya que Ikeni también suplía los víveres que diariamente usaban en el negocio.

De la unión de Ikeni León y Rosenda, nació otra niña. Ikeni se responsabilizó de su mujer y su hija y los hijos de ella. Se la llevó al reparto más cercano y le alquiló una casita modesta en donde nada les hacía falta. Ella, nunca dejó de trabajar. Sus tejidos siempre fueron su sustento; y tampoco dejó de asistir a su madre en el negocio de la comidería. Su decir era: "No se puede dejar ir el medio si el medio viene a buscarte e insiste en encontrarte".

Su felicidad con Ikeni solamente duró seis años. Él enfermó de paludismo y no se recuperó más. A pesar de esto y de aquello, no los desamparó. Quedaron a la intemperie cuando unos meses después de su fallecimiento, la esposa legal, heredara todos sus bienes. Fue allí que le tocó a Rosenda "redoblar esfuerzos", ya eran tres bocas a las que alimentar, educar y enseñar valores y principios. Durante siete años tuvo que lidiar con la enfermedad del corazón de su madre y su repentina muerte de un infarto. Su padre al enviudar y no tener con quien vivir, decidió traérselo a su casa y hacerse cargo de él, pues ella no tenía el corazón suficiente para ir a recluirlo a un asilo de ancianos.

Un día de tantos, tocaron a su puerta. La visita, era de un señor que todos conocían por su fama de "buen negociante". Aarón Castelar, era su nombre. Él la había contratado para hacer 75 rebozos. Cerraron el trato y ella recibió el 50 % del valor del trabajo por adelantado (o sea la ridícula y millonaria suma en ese tiempo de seis mil pesos). El trabajo debía estar concluido en un año a más tardar. Con lo trabajadora que ella era y con sus hijas mayorcitas entrenadas en el oficio, pues aquello sería "pan comido".

Su pequeño hijo, aprendió "ebanistería" con su abuelo Simut. A la vez, todos iban a la escuela pública, en donde por la educación mensual de cada uno, ella pagaba un peso.

Ella entregó el encargo al señor Aarón Castelar en ocho meses y él satisfecho por su trabajo, le ofreció más y más y más de lo mismo. Fue así que se fueron involucrando y ahora sí, su noviazgo fue "de a de veras". De ésta unión nacieron un varoncito y dos mujercitas. Ahora Rosenda contaba con seis hijos y un padre que mantener y alimentar. Aunque, mientras el señor Castelar estuvo vivo, siempre hubo trabajo y las necesidades aminoraron.

Aarón Castelar, a pesar de ser un hombre (también casado) con hijos adultos, se deslumbró por Rosenda. Su esposa no era una mujer muy agraciada que se diga y el haber conquistado a una mujer joven, bonita, de buen andar y un físico espectacular, fue un total desafío.

Sin embargo, Castelar con todo y su buen juicio para el trabajo, era también un bebedor consuetudinario. Era tanto su alcoholismo, que su desayuno era un trago de "guaro pelón" todos los días. Hasta que le dio una "cirrosis hepática" de tanto beber y murió en casa de Rosenda. Sus hijos mayores, los de su matrimonio, llegaron con brusquedad y repugnancia a retirar el cuerpo de su progenitor a la humilde casita de ella, para llevarlo a velar "como Dios manda", a la casa de su esposa "legítima", sin importarles que sus medios hermanos estuvieran observando aquella terrible escena.

Sus hijastros, siempre vieron en ella a una "vulgar meretriz", a una quita maridos; a una destruye hogares que no merecía ningún tipo de respeto. Pero ante los ojos de la gente que le conocía, sabían que era una mujer echada para adelante, de esas que el trabajo no le hacía mella; decente a pesar de su mala suerte en sus relaciones sentimentales. Su mejor tesoro, eran sus hijos, quienes fueron el motor que la impulsaron a salir adelante con la frente en alto y sin importarle el qué dirá de la gente mal intencionada y de mente retorcida.

Después del suceso por la muerte de don Aarón Castelar, la vida de Rosenda regresaba a sus inicios. Ella ya estaba en sus "cincuenta". Los hijos, mal que bien habían crecido y le colaboraban en lo que podían. Salían adelante por su propio esfuerzo.

Su hija mayor, una joven, de andar "vaiveneante", solía desplazarse en las mañanitas sobre la calzada. Elegante en demasía. Siempre llevaba cubierta la cabeza con una mantilla y para albergarse del frío matinal, se cubría con un chal negro

–algo desteñido y hecho por su madre- el que se mecía con su contoneo en las hermosas y frescas mañanas diarias, cuando pasaba con su pichel a recoger la leche -que a una cuadra de la casa- pasaba vendiendo en un carretón, halado por un caballo, el viejo y amable don Chanito.

Sus cabellos castaños lucían sutilmente enmarañados cubriendo de vez en cuando el cintillo de tela que los sostenían y que impedía que el viento mañanero al soplar, con sutileza los alborotara, haciendo que estos, le cubrieran la cara. "Tenía clase la joven mozuela" –eso decían los caballeros a quienes siempre, sin querer, arrancaba suspiros, piropos y besos de aire-. Todos la apodaron "rosa espinada".

Se casó entrando a la adolescencia, dizque con un hombre de "apellido", que no fue reconocido por su padre, por lo que no recibió la herencia que por derecho le correspondía y a pesar de ser un buen "peón", con un excelente y bien montado negocio de doma de caballos, le daba mal trato debido al alcohol. No supo cómo le endulzó el oído. Era tosco en su hablar aunque tenía sus estudios de bachillerato completos, el alcohol lo transformaba.

Con todo y lo anterior, le parió seis hijos; los que a la larga –con el ejemplo- fueron siguiendo los pasos del padre. De los seis, la mitad de ellos fueron recuperables.

Y así fue pasando el tiempo, hasta que a "rosa espinada" le llegó el momento de su partida con la dama blanca. Murió ya de anciana y en la placidez de la paz de su cama; bajo la indulgencia y compasión de los vecinos que le llevaban de comer y algunas veces la asistían en el cuartito que sus hijos le pagaban.

****

La segunda hija que procreó Rosenda –muy inteligente, por cierto- se bachilleró y fue aceptada por sus excelentes calificaciones en uno de los mejores colegios para señoritas que había en la ciudad. Tan es así, que llegó a formar parte del equipo de profesores del lugar, trabajo que desempeñó sin quejarse y con mucha nobleza, entrega e interés.

Con el pasar del tiempo, conoció a un joven, un buen hombre con quien se desposó y tuvo siete hijos... Cinco machos y dos hembras.

Con tantos hijos para mantener, ambos miembros de ésta pareja, de oficio profesores; con salarios muy bajos; pasaban muchas penurias; aunque a pesar de todo, los padres de él – quien era hijo único- contaban con un caserón en donde vivían todos como una gran familia. Los suegros de ésta segunda hija de Rosenda, se mantenían de un tramo de granos y demás que tenían en el mercado municipal, lo que venía a aliviar un poco la carga de los nietos que habían llegado en "moños", uno tras otro.

Cuando los padres de él fallecieron, la pareja se deshizo del tramo, pues había que pagar la renta del mismo a la alcaldía, lo que venía a mermar más su ya escaso presupuesto magisterial.

Ella tuvo que dejar el magisterio y dedicarse al cien por ciento a cuidar a sus hijos. Sin embargo él, continuó dando clases y decidió tratar de incrementar sus ingresos instalando desde su casa una pulpería que era asistida por él, su mujer y sus dos hijos mayores. Cuando llegaba de los dos turnos que tenía en su jornada como profesor, se hacía cargo de la pulpería y arqueaba la caja de lo que había ingresado en el día.

A pesar de las miles de peripecias que afrontaron por mucho tiempo, los muchachos se educaron con los "salesianos" y las muchachas con las monjas "salesianas" también.

Me permito hacer un paréntesis para puntualizar en la fe profunda que profesaba e inundaba a ésta pareja. En primer lugar para ellos, estaba siempre Dios y dejando sus vidas en sus manos, lograron sobrellevar cada situación amarga y adversa con resignación. Encausaron a sus hijos por el mismo camino y ejemplo. Les enseñaron a ser unidos, tanto así, que el problema del uno era el problema de todos y en conjunto se daban a la tarea de buscar cómo dar una solución viable a cualquier asunto. Lejos de mezquindades y egoísmo; de envidia e incomprensión, allí en ese hogar reinó algo de lo que muchas familias carecen: "amor".

Todos los hijos de éste matrimonio tuvieron la oportunidad de graduarse de la universidad o bien de estudiar alguna carrera técnica que les ayudara a sostenerse en la vida.

Su trabajo como hijos es igual al de las hormigas... Siempre han honrado a su padre y a su madre, no sólo con dinero, sino con respeto; por ello, siempre cuentan con la bendición del Señor y nunca les falta nada.

****

El tercer hijo de Rosenda, a quien dio el oficio de "mecanógrafo", se sumió en el vicio del licor –igual que el padre-. Bebía todos los días y lo despedían de cada empleo que conseguía, pues pasaba más en la calle bebiendo que trabajando. El tiempo cortísimo de su sobriedad, era lo que dilataba en los trabajos. Todo era que se viera con dinero en las manos y comenzaban las parrandas con el dios Baco. Era insostenible la situación y mucho peor era, tratar de lidiar con ella. Mas, como dicen por allí, "madre es madre" y Rosenda siempre lo recibía, aconsejaba y apoyaba.

Una de tantas veces, se apareció donde su madre, con una mujer alta, morena (bien quemadita) y una niña como de año y medio que ésta cargaba y le dijo: *"Vengo a presentarte a mi familia. Ella es mi mujer y la niña es mi hija y lleva tu nombre madre"*. Rosenda los recibió con los brazos abiertos y en silencio le dio gracias a Dios porque parecía que al fin, su hijo había "asentado cabeza". Pero, no era así. Su nuera ya tenía cinco hijos de una relación anterior, quienes eran ya adultos y le ayudaban a su madre en el negocio y las ventas... Era vendedora de comida en una ciudad vecina y terminó dejándolo porque descubrió que él sustraía dinero de las ventas para bebérselo en "guaro". Aunque, estando con ella, hizo el esfuerzo por recuperarse e ingresó a los Alcohólicos Anónimos; pero el interés solamente le duraba unos meses y las recaídas eran peores. No obstante, esa mujer, le tuvo cuatro hijos. Como decimos en buen cristiano, a pesar de todo, tuvo el amor de sus hijos, quienes velaron y cuidaron por él, quien por ironías de la vida, murió de hidropesía y no de alcoholismo como se esperaba.

****

De los hijos que Rosenda tuvo con Aarón Castelar, la hija mayor se graduó de "normalista" (profesora de primaria). Ésta se casó y tuvo cinco hijos. El marido le fue infiel y la abandonó a ella y a sus hijos por una mujer más joven, con quien emigró a algún país de Norte América. Luego, las circunstancias de la guerra de guerrillas en el país, lo obligó a mandar por sus hijos, principalmente por el varón (quien corría peligro de ser reclutado por la milicia). Y así, se fueron de uno en uno, llegando primero a algún lugar del Caribe y posteriormente a su destino final.

Cuando ya los muchachos se nacionalizaron en Norte América, buscaron la manera de pedir a su madre y con sus gestiones también se naturalizó e hicieron una "vaquita" para comprar en su país de origen la casita que habían habitado con ella antes de emigrar, la que usan cuando llegan de vacaciones por aquel lugar.

****

Su segundo hijo con Castelar, se graduó en psicología. En él Rosenda volcó todas sus expectativas; tanto así que con la ayuda de sus otros hijos, logró sacarlo adelante. Aunque el muchacho era muy inteligente, siempre fue "becado", desde

que pisó por primera vez el colegio hasta que se bachilleró...
Se mantuvo invicto en el primer puesto y cuando ingresó a la
facultad de psicología, pasó lo mismo... Hasta que obtuvo su
doctorado.

Él se casó y tuvo dos hijos. Por inestabilidad emocional,
su matrimonio fracasó, pero como no era conveniente ni
convincente un divorcio, no se separó hasta que la infidelidad
hizo su arribo; esto último fue como "la gota que derramó el
vaso" y lo que llevó a su esposa a pedirle por fin la separación
y así fue... Cada quien siguió el camino que debía haber
tomado desde el inicio.

Como hijo fue excelente. Un hijo presente en la vida de su
madre, aunque no la vio morir.

****

La última hija de la relación de Rosenda con Castelar, aprendió
"pintura" y "escultura" con los mejores pintores y escultores de
la escuela "Bellas Artes" sobre una de las principales calles
de la ciudad. Hizo lienzos admirables para las personas de la
"alta sociedad"; alcanzó tanta fama que sus pinturas llegaron a
venderse en miles de dólares.

Ella era la más bonita de todas. Morenita fina, muy coqueta.
Llegó hasta el quinto grado de primaria. En todo, distinta a su
hermana profesora, la que era blanca como la leche. Se casó
con un hombre que daba la vida por ella. La quería más que
a él mismo... Era su diosa. La idolatraba. De su matrimonio
nacieron tres varones. Ella era la reina de sus cuatro hombres.

La familia de su esposo no la aceptaba debido a sus orígenes pobres. Ellos tenían un buen nombre y una excelente posición en la sociedad y al casarse, era como si su apellido se desvalorizara socialmente. Medio se acercaron cuando nació el primer hijo de la pareja. Aflojaron más, cuando nació el segundo hijo y el tercero; y ya los visitaban cuando ella con su agilidad artística puso en alto el "apellido" de su marido, tan valorizado por su familia política, ya que sus obras de arte iban firmadas con su nombre de casada.

Cuando su esposo enfermó gravemente, estuvo todo el tiempo al cuidado de su esposa, de quien dependía totalmente, ya las cosas habían tomado otro rumbo. Viajaron a Europa y a Las Antillas para su tratamiento... Siempre juntos.

Ella demostró ser la mujer, la compañera, la amiga, la pareja solidaria. Se entregó a sus cuidados con religiosidad, esmero, paciencia y mucho amor. Esa fue su vida. Cuando él murió, después de la muerte de su segundo hijo, ella quedó bien amparada. Su esposo le dejó todo lo necesario para que no tuviera que verle las caras a nadie y para que no pereciera en su vejez. Con frecuencia le decía: *"Amorcito... Sos la reina de mi existir. Vas a quedar en un palacio y con mucha plata. Así, tus nueras van a llamarte con cariño "suegrita" y no te verán de mala gana por el interés a que les dejes la plata cuando ya no estés".*

****

Rosenda murió anciana en casa de la segunda de sus hijas, quien la sintió más que a nadie en el mundo.

RELATO XI

Sidney sentía cada vez más el señalamiento del dedo de la muerte congelando su existencia. En su cama de hospital, con una delgadez insospechada; su tez morena, con una palidez "verdecina"... Día a día se marchitaba. En su habitación compartida con otros pacientes, contaba –además- con la fiel compañía de las guardianas de su familia: su madre y su hermana.

Él fue el último de cuatro hijos. Su familia, de cuna humilde, era muy dada al trabajo, pero de esos "tradicionalistas cerrados" que les importa más "el qué dirán" que la felicidad y los sentimientos de los seres queridos. Desde muy niño demostró su disgusto hacia el sexo opuesto. El padre, un machista empedernido, nunca pudo aceptar tener un hijo diferente y con palizas y malos tratos creyó haría de él un verdadero hombre... "Un macho". Los maltratos verbales y físicos, se vinieron dando desde su infancia y fueron más fuertes a la entrada de la adolescencia, pues al jovencito se le veían unas que otras maneras "raritas".

Ante tal situación, Sidney entró en una rebeldía total. Su madre (quien estaba al tanto de su situación, solapadamente lo consentía). Lo que le valía era que su padre comenzó a pasar más tiempo fuera de la casa en sus andanzas, dizque... "Trabajando fuera del país" y él debía de aprovechar esos lapsos de libertad para ser quien realmente era, así fuese solamente frente al espejo y encerrado en su cuarto. Siempre procuraba quedarse solo en casa, pues aprovechaba para tomar el estuche de maquillaje de su madre y los vestidos y zapatos de plataforma de su hermana para hacer su desfile de modas y ademanes femeninos, a solas y a ciegas.

A los doce años, su padre le encontró (al escudriñar en sus artículos personales), fotos de hombres desnudos con dedicatorias de amor al reverso. No aguantando lo que veía (pues para él tener un "maricón" como hijo, era inaudito), tomó un alambre (de esos con los que fabrican las extensiones eléctricas) y con él lo golpeó hasta donde le dieron las fuerzas. El pobre de Sidney quedó "masacrado" como un Cristo en semana santa. Su madre tuvo que llamar al médico de confianza para que lo atendiera de emergencia y entre las medicinas recetadas por el doctor, se encontraba "Valium" un analgésico para dormir y apaciguar el dolor.

Pasadas treinta y seis horas, cuando despertó a su tenebrosa realidad, decidió tomarse (en un intento voraz por quitarse la vida), todo el frasco de somníferos, lo que al cabo de tres minutos le provocó convulsiones. Su madre, quien estaba terminando de hacer unas manualidades (de las que vivía), decidió ir a ver cómo se encontraba su hijo y cuando llegó y lo vio convulsionando en el suelo, se puso tan nerviosa que no podía razonar; en eso, llegaba del trabajo su hija, quien actuó muy rápidamente y tomando entre las dos al muchacho, llegaron a la puerta, pararon un taxi y se dirigieron a urgencias en el hospital de la ciudad, en donde de inmediato procedieron a lavarle el estómago. Estuvo en terapia intensiva por una semana hasta que se recuperó.

La relación matrimonial entre su padre y su madre, nunca fue armónica. El padre, un sinvergüenza mujeriego, con varias familias e hijos regados por todas partes y con un saldo de arrastre entre los hombres de su familia (pues se decía que el padre de él era "bisexual") no podía concebir que uno de sus hijos "machos" le saliera "re-chi-vuelta".

Las mujeres de su padre, con frecuencia insultaban a su madre en cualquier lugar donde la encontraran, quien se tornó agresiva a más no poder y quien –además- aprendió a defenderse como una fiera, sobre todo si iba en compañía de alguno de sus hijos.

Sidney nunca entendió si ella aguantaba a su padre por amor o por ellos (que es la excusa más frecuente cuando por pena se prefiere aguantar agravios por lo del "que dirá la gente"; por lo que es preferible vivir de apariencias). El asunto es que ella nunca se separó de él.

Pasado ya su intento de suicidio, decidió enlistarse en el "servicio militar" de su país, todo era preferible a seguir en el entorno enfermizo del núcleo familiar; pero, su madre al no saber de él, se dedicó a investigar de cuartel en cuartel hasta que dio con su paradero y con tal de que su hijo no fuera mandado a la guerra, se las ingenió y consiguió que los salesianos de la ciudad lo aceptaran para ingresar a uno de los seminarios de ellos en Centroamérica.

Fue hasta el cuartel de los milicianos donde estaba su hijo – de espontánea voluntad- y logró convencer con constancia médica y con lágrimas al encargado, consiguiendo que lo soltaran, pero lo que más le valió al joven, fue haber llegado de libre voluntad. Una vez libre, se fue con él a la Curia Arzobispal a internarlo, ya que, una semana después, estarían partiendo al Seminario Mayor en algún lugar de Centroamérica.

Así fue. Estuvo de seminarista dos años y al tercer año, abandonó el recinto por falta de vocación y decidió probar suerte en la casa de unos familiares de otro seminarista en ese país, quien además, era alguien que contaba con sus mismas preferencias sexuales.

Como por un año anduvo como dicen "del timbo al tambo"; rodando y rodando. Ejerció como mesero, mensajero, cajero (ilegalmente, ya que necesitaba legalizar su situación con las autoridades migratorias, lo que era muy difícil y costoso). Todo lo anterior aunado a la violencia reinante en el sitio, pues ese país forma parte de los países del "triángulo del norte" de Centroamérica (conformado por El Salvador, Honduras y Guatemala), considerado como el más peligroso de Hispanoamérica en cuanto a delincuencia y corrupción se refiere.

Después de otro período de tiempo, encontró un trabajo más acorde con su idiosincrasia, en un club de "transexuales y travestis", el que también era visitado por "heterosexuales fetichistas".

A su madre nunca la dejó sin noticias suyas, siempre le escribía y cuando podía le llamaba por teléfono. Aunque le ocultó la verdad de a qué se dedicaba todo el tiempo, por temor a la homofobia por la que había sido victimizado más de una vez por su padre.

Su progenitora se llenaba la boca con la ilusión de que tendría un hijo "sacerdote", hasta que por ironías del destino, se dio cuenta que el señor obispo había regresado de una gira que había hecho por el resto de Centroamérica y Panamá y decidió hacerle una visita y le pidió le agendara una cita a la brevedad de su conveniencia.

Llegado el día, se alistó. Con su mantilla gris en la cabeza, se dirigió a la Curia Arzobispal y besándole la mano al obispo, tomó asiento y comenzaron a charlar. Entre una y otra plática, el obispo le preguntó: "Y ¿qué hay de Sidney? ¿Cómo está él?"... Ella, pensativa y confundida, con señales de asombro en el rostro, le dijo: "¿Cómo dice usted? Él está en el seminario y desde allá me llama cada vez y cuando y me escribe regularmente". El obispo, tuvo que desengañarla y le comentó que su hijo había desertado del seminario y que desconocían su paradero.

¡Qué susto! ¡Qué terrible desengaño! Preocupada y visiblemente nerviosa por las noticias de la ola de violencia que eran televisadas y presentadas diariamente sobre ese país centroamericano, tramó tenderle una trampa a su hijo la próxima vez que le llamara. Lo hizo y cuando hablaron le dijo que estaba por llegar a visitarlo y nuevamente él le mintió dándole una versión ilusoria para tranquilizarla y que lo dejara vivir su vida en paz.

Todo siguió su curso normal. Un día de mucha algarabía en el "night club" donde trabajaba, se presentó un alboroto fenomenal con tiroteo, botellazos, carreras y demás. Él estaba en el camerino preparándose para salir al escenario cuando escuchó (además de los disparos) que alguien venía corriendo hacia las escaleras que daban a los camerinos. Rápidamente se dirigió a la puerta trasera del pasillo que colindaba con el parqueo, cuando pudo escuchar carreras, gritos y amenazas suscitados entre dos hombres que discutían acaloradamente en uno de los cubículos. Pudo identificar la voz de uno de ellos... Era la de su amigo, quien resultó ser la víctima a manos de su agresor. Éste le arrebató la vida de un balazo en la frente dentro del camerino. A continuación, se escucharon las sirenas de los carros de la policía, quienes acordonaron el lugar, dando inicio a una exhaustiva investigación sobre los hechos. Pero, ¿y ahora qué? ¿Qué sería de él sin el apoyo de su amigo muerto?

Cuando la policía "peinó" la zona, lo encontraron a él temblando de los nervios. Le pidieron su identificación y lo interrogaron. Los oficiales de la ley, por un momento creyeron haber capturado al asesino. Sin embargo, sus sospechas se desvanecieron cuando al hacer el examen de balística y auscultar sus manos, se enteraron que no habían rastros de pólvora y tampoco Sidney sabía disparar. Todo lo anterior, originó que lo deportaran a su país. No habiendo más remedio, hizo las maletas y así llegó nuevamente a casa de su madre.

Decidió ponerse las pilas y empezó a buscar trabajo, pero lógicamente, no de lo que hacía allá. Él había tomado un curso antes de su salida a ese país para ser "laboratorista clínico" y esos escasos conocimientos le sirvieron para conseguir empleo como "técnico empírico" (no titulado) en uno de los centros de salud de la ciudad y como era tan dedicado en cualquier tarea que se le asignaba, con el pasar de algunos años, logró un ascenso y le dieron la posición de "director" en un centro de salud ubicado en el área rural, por lo que se trasladó a vivir al campo y llegaba de visita donde su madre una vez al mes. Él fue un excelente hijo. Cada vez que llegaba a visitar a su mamá, le llevaba provisiones y algo de dinero.

Solapadamente frecuentaba sitios de "gays" en la zona donde trabajaba. La mayor parte de sus pertenencias estaban guardadas en cajas en la casa de su madre. Aunque ya tenía como cuatro meses sin visitarla, no sabía lo que por aquellos lares sucedía.

Resulta que a su familia le pidieron la casa que rentaban y tuvieron que moverse a la vivienda que estaba a medio construir y que era propiedad de su hermana y su cuñado. Cuando estaban en el trasteo, al subir una de las cajas de Sidney al camión de acarreo, ésta se abrió del fondo, cayendo su contenido al pavimento. El aire dispersó por la calle y la acera varias fotos comprometedoras de él, en las que salía semidesnudo, maquillado, vestido como una mujer completa, etc., etc., etc. Su madre y su hermana, rápidamente trataron de recoger todo aquello, mas, algunas de las fotos, fueron arrastradas por el viento, sepa Dios hasta dónde y hacia qué manos. Ahora no había más que hacer. A la honra de la familia, pues, se la llevó el viento y sabían ya de antemano que serían la comidilla de la ciudad completa.

Sidney era una persona muy talentosa. Pintor, cantante y poeta. Poseedor de un estilo muy original. Un artista. En alguna ocasión, alguien le escuchó decir: "Yo soy el alma de una mujer en un cuerpo equivocado".

Todos sus talentos lo llevaron a desenvolverse en concursos de las bellas artes. En estos eventos se encargaba de sociabilizar al máximo con extranjeros, de preferencia europeos y norteamericanos. Fue muy selectivo con el tipo de hombre con el que se relacionaba. Gustaba mucho de españoles, franceses, italianos y estadounidenses. Decía que le gustaba disfrutar del sexo sin protección, lo que a las cortas, provocó que su organismo contrajera la terrible enfermedad del SIDA (Síndrome de Inmunodeficiencia Adquirida), la que se contrae por relaciones sexuales y transfusiones de sangre –hasta donde se sabe-. Él sospechaba que la había contraído, pero no estaba convencido de que así fuera.

Cuando nuevamente decidió visitar a su madre, no la encontró en la misma dirección. Los vecinos le informaron de la nueva dirección de la casa que habían construido su hermana y su cuñado. Al aparecer en la casa nueva, su madre, como de costumbre, lo recibió con mucho cariño; aunque el marido de la hermana, le comentó lo sucedido con una de sus cajas el día del traslado y le exigió una explicación. A lo que él, con su forma de ser directa y sin mancha, le respondió: "Vos querés que ratifique mi homosexualidad, pues bien, todos ustedes bien saben que soy maricón; a mí me gustan los hombres y considero que tengo mejor gusto que mi hermana al momento de escoger". Su respuesta provocó que su cuñado lo echara de la casa y su madre se fue con él a vivir a una casita de dos módulos en un villorrio cerca de la playa; la que la señora, con esfuerzo, había logrado comprar. Sidney, para no dejarla sola, pidió que lo trasladaran a un centro de salud de la ciudad.

Su mamá siempre había padecido de hipertensión y gastritis. Un día de tantos, él se estaba bañando y ella sabía que su hijo guardaba entre sus cosas jeringas de todos los tamaños y ella necesitaba inyectarse una medicina y no había comprado la jeringa en la farmacia. En eso estaba la señora, cuando como una bala perdida, Sidney salió del baño y le gritó –arrebatando la jeringa de sus manos-: *"¡Qué estás haciendo mamá! No puedes usar ninguna de estas jeringas porque no son nuevas"*. Pero, ella le dijo: *"¿Por qué no? Sos mi hijo y usar una de esas jeringas no me va a matar"*. Él no le hizo caso. Tomó todas las jeringas. Las metió en una bolsa de plástico y las escondió.

Como a los seis meses de ese suceso, Sidney cayó gravemente enfermo. Fue trasladado al hospital con un virus desconocido. Después de múltiples exámenes, fueron notificados de la realidad, pero la familia, para evitar la ignominia pública no quiso que se supiera que tenía SIDA y suplicaron al médico sigilo absoluto al respecto; pasadas unas semanas en el hospital y sin mejoría, Sidney entregó su alma al Creador y en el acta de defunción apareció el nombre de otra enfermedad. Sin embargo, para el público y la ciudad entera, es un secreto a voces que lo que lo mató fue lo que se conoce como eso... SIDA.

Él siempre deseó ser delgado. Odiaba verse gordo porque era bien bajito. Una vez dijo: *"Qué bueno sería padecer de alguna enfermedad que siempre me mantuviera flaco y en forma"*. Nunca imaginó que así sería. Al momento de su partida, figuraba totalmente "skeletal" ni parecido al joven que en algún momento fue: alegre, jovial, lleno de energía y con esa peculiaridad que le caracterizaba.

Bien dicen que hay que tener cuidado con las palabras que se profieren porque estas tienen poder y terminas atrayendo lo que deseas y lo que no, también.

FIN

BIOGRAFÍA
KATIA N. BARILLAS

La narradora, difusora literaria, escritora, poeta y declamadora independiente, **Katia N. Barillas**, es de origen nicaragüense, nacional de los Estados Unidos de América. Es autora –también- de las siguientes obras:

"Revelaciones de Vida en Poesía – Antología" - 451 obras de su autoría.

CD con 16 poemas declamados de su Antología.

"Cuerpos Fugaces – Relatos basados en hechos reales-"

"Mis 100 Cuentos Rimados para Contar – Antología"

Katia N. Barillas además, es fundadora y directora del Programa y Movimiento Cultural y Literario **"Noches Bohemias de Pura Poesía"**, el que se transmite mensualmente por www.youtube.com/nochesbohemiasdepurapoesia.

Conduce para www.radiovocesunidas.com y por www.spreaker.com/user/8074814 el programa cultural: *EL RINCÓN DE LAS ARTES.*

Actualmente dirige y conduce el **SEGMENTO LÍRICO** del programa radial dominical, **AQUÍ NICARAGUA** transmitido por Amplitud Modulada desde San Francisco, California, EE.UU. y al mundo por internet en www.kiqi1010am.com

Ha participado en los siguientes concursos de poesía en el Festival de la Canción de California (www.festivaldelacancion.com):

2008 – Primer lugar con su poema KARMA.
2009 – Segundo lugar con su poema ARENA, VIENTO Y OCASO.
2010 – Tercer lugar con su poema MAÑANA DE INVIERNO.

Así mismo, en febrero del 2009, recibió reconocimiento como semifinalista del *Centro de Estudios Poéticos de España*, por la participación de su poema **AUSENCIA**, *incluido en la antología poética compartida IMPRESIONES Y RECUERDOS – Página #12.*

Katia N. Barillas es corresponsal autorizada de la **US PRESS ASSOCIATION** para el ejercicio del periodismo libre (hablado y escrito) dentro y fuera de los EE.UU. –*Credencial #6794116*.

En julio 5, 2016, los versos 19 y 20 de su poema **DESASTRE** (una oda al hombre por la destrucción del planeta), fueron incluidos en la primera estrofa de la canción *"Cuando no quede nada"*, del *Grupo de Rock español LA SOMBRA DEL GRAJO* https://youtu.be/K5uXfDvleC4

En julio 7, 2016, su poema DESASTRE (completo), fue traducido de idioma castellano a idioma italiano, por MENA D'ERRICO.

En septiembre 12, 2016, su poema *DESASTRE* forma parte (desde la página 52 a la 55), de la ***PRIMERA ANTOLOGÍA POÉTICA DIGITAL BILINGÜE (EN CASTELLANO E ITALIANO) "MANOS UNIDAS"*- Poesía Femenina.**

En octubre 20, 2016, su poema *ERES* **fue declamado magistralmente en la voz de la escritora, poeta y declamadora** dominicana-estadounidense, **Yolanda Quiroz**; desde la emisora para internet **ACRÓPOLIS RADIO** en su programa **IMPRESIONES**, transmitido al mundo **desde la ciudad de Orlando, Florida, EE.UU.**

Los sitios oficiales de KATIA N. BARILLAS son:

www.katianbarillas.com
www.youtube.com/nochesbohemiasdepurapoesía
www.google.com/+NochesBohemiasdePuraPoesia
www.facebook.com/katia.barillas.9
www.twitter.com/@b67_kc
www.linkedin.com/pub/katia-n-barillas/51/566/508/es
www.mundopoesia.com/foros/poetas/30923-katia-barillas.html
kc_b67@yahoo.com - 1 (415) 871 7426
nochesbohemias2012@gmail.com

© BIBLIOTECA DEL CONGRESO EE.UU.